红 柯

本名杨宏科,1962年生于陕西关中农村,1985年大学毕业,先居新疆奎屯,后居小城宝鸡,曾执教于陕西师范大学。漫游天山十年,主要作品有"天山系列"长篇小说《西去的骑手》《大河》《乌尔禾》《生命树》等,中短篇小说集《美丽奴羊》《跃马天山》《黄金草原》《太阳发芽》《莫合烟》《额尔齐斯河波浪》等,另有幽默荒诞小说《阿斗》《家》《好人难做》等。曾获冯牧文学奖、鲁迅文学奖、庄重文文学奖、中国小说学会奖长篇小说奖、陕西省文艺大奖等。

大河

红柯——著

上海文艺出版社

额尔齐斯河的源头

红柯

小学时听同学讲"艾里·库尔班"的故事。艾里·库尔班是人与熊之子，母亲做姑娘时与外婆去森林砍柴禾，半路母亲解手，被熊劫持到大山深处。熊把女人关在洞中，过起了夫妻生活，生下艾里·库尔班。艾里·库尔班长大成人，母亲告诉他身世，艾里·库尔班打死熊父亲，与母亲回外婆家。艾里·库尔班打柴堪称人类壮举，跟拔小葱一样拔那些耸入云天的云杉红松桦树，比拔柳树的鲁智深牛逼多了，柳树长在松软的水边嘛。与之媲美的应该是隋唐英雄传里的李元霸，李元霸可以把人撕成两半，艾里·库尔班刻在小学生的脑子里了。

好多年以后，我大学毕业，来到天山脚下，读到大批少数民族经典包括神话传说民间故事，我读到了《艾里·库尔班》，渭北高原的小学时光匆匆一闪。西域十年走遍天山南北，最多的是阿尔泰。有一年秋天，在阿尔泰额尔齐斯河边，听当地人纷纷议论一只白熊，也就是北极熊，从北冰洋溯流而上，来到阿尔泰。艾里·库尔班的故事就不再是传说了，额尔齐斯河，中亚内陆唯一流到北冰洋的大河一下子被这只白熊带动起来了。

2002年秋天，我有幸到鲁迅文学院脱产学习，这是我写作生涯中唯一一次集中力量写小说。我一直是业余写作，1985年大学毕业至今每年都带几百节课，我的教龄二十六年了，老教师了。2002年秋天，终于有了大段的时间可以从容地自由地让一条大河从生命中流淌出来，于是有了年轻的兵团女战士，意中人被熊吃了，女兵只身进山，跟熊待了一段时间，然后心甘情愿地嫁人过日子……额尔齐斯河两岸人们的日常生活就这样散发着古老的人性的光芒。熊成为丈夫成为父亲，成为生命的源头之一。额尔齐斯河的源头密如星海美不胜收。这是我写得最顺手的一部小说，9月动笔，2003年元月上旬离校的前一天完稿。算是鲁院高研班一期学习的永久性纪念。长篇《大河》诞生于2002年与2003年之交。

上游

1

额尔齐斯河把阿尔泰与北冰洋连在一起不是没有道理的。由于人类的捕杀，北冰洋的白熊已经很少了，被捕杀的大多是母熊；全世界的漂亮女人都渴望穿白熊皮革做的皮衣皮靴或者皮裤，母熊的皮子最能体现女人的魅力；母熊越来越少，公熊跑几千公里也找不到一个母熊，冰天雪地，白熊只能站在地球的头顶上吐出一团团白汽，唇上和睫毛上结下了寒霜。一群群白鸥飞过来，它们都是白熊的好朋友。紧随白鸥的是大块大块的浮冰，浮冰空荡荡的，等待着白熊登上去。白熊扑咚下到水里。阳光、蓝天、雪原，万籁俱寂中轻轻滑水的白熊；冰块在熊掌的挥动中破碎，熊的胸膛和肋巴还是被冰碴子划破了，水面漂起血丝；白熊扎到水下，巨大的冰跟一块陆地一样压过来，白熊在水下潜行半小时才躲开那巨大的冰。

一望无际的海洋上，白熊是个凫水能手，它的身体窄扁呈流线型，脑袋狭小，眼睛紧靠上端，脖子颀长而又灵活，熊掌宽大宛如双桨，配上结实的爪子正好发挥威力。它浑身都是力气。它不再躲避冰块的袭击，它主动出击，冲向冰块，它已经伤痕累累了。天空只有一只孤零零的白鸥，白鸥的叫声丝毫引不起白熊的注意。白熊热血沸腾，不顾一切的劲头太可怕了。它连与生俱有的熟练的技艺都弃之不用，白鸥一遍遍提醒白熊。

白熊在变幻莫测的冰群中来往自如。白熊沿着冰岭爬上陡峭光滑的冰山，从一座冰峰可以跳到另一座冰峰，白熊从难以逾越的冰山雪堆中可以准确无误地踏出道路，鸟儿在茫茫风雪中只能顺着白熊的踪迹飞行，苔藓和冰草也是在白熊的脚印里长出来的。

白鸥的叫声终于唤醒了白熊的记忆，睫毛上的寒霜全化掉了，是两颗泪珠清除掉的。白熊的眼睛出现在冰雪世界的上空，白熊利用大地在天穹上的反光发现了冰层下边一股宽阔的暖流。

那是大河的入海口。额尔齐斯河穿过黄金草原和泰加森林的时候变成鄂毕河流入北冰洋。入海口一片蔚蓝。公熊在这里总能找到它的母熊。今天的入海口比以往更辽阔，整个陆地全都张开了，蓝幽幽的一个母性的阴道。公熊的速度慢下来，它已经感觉到阿尔泰山腹地额尔齐斯河上凫着一只美丽的母熊，那芬芳的气息把公熊迷醉了。公熊不顾一切游过去，脑袋高高地扬出水面，波浪也高起来，跟大围脖一样顶着公熊的下巴。

进入鄂毕河就没有围脖了，水面黑沉沉的，跟大理石一样，连划水的声音都没有了，这是完全跟北极世界不同的另一种寂静。白熊死死盯着它的母熊，它已经认出它的情侣是一只生活在陆地的母熊。空气的透明度太好了，公熊看到了三千公里外的阿尔泰山，公熊看到了森林的源头，看到了额尔齐斯河的源头，也看到了河边洁白的母熊，公熊情不自禁地叫起来。

那洁白的影子是阿尔泰的女人，不是蒙古女人不是哈萨克女人，是穿军装的汉族女人，是一个年轻的女兵。

遥远的阿尔泰最初只有森林、草原和男人。

在那个世界里，没有女人的地位，女人和帐篷和房子连在一起是属于男人的，说男人就行了。男人都很好打交道的，一小撮莫合烟撒上，卷一支大炮，吐一大团一大团青青的烟，就能拉上话。要交朋友吗，就喝酒。那时的布尔津、哈巴河、青河、可可托海还没有酒吧，连酒馆都没有，只有卖馕卖抓饭的小铺子。喝酒是不用去那种地方的，从怀里掏出酒瓶子或者是滑腻腻的牛皮酒囊，往地上一蹲，或者往树上一靠就开宴了。从密林和草原上下来的男人是很孤独的，到了有人烟的地方，尤其是村庄和小镇，他们会倾其所有弄一点点烧酒，随便拦住一个行人，"朋友朋友"就要跟你喝酒。

有一年冬天，在布尔津简陋的街头，有一个刚刚从林海里出来的壮汉，他被冻坏了，嘴里喷出一团团白汽，手里拎着牛皮酒囊。他看见迎面走来一个解放军，他乐坏了，那个解放军大概是个巴郎子，解放军里巴郎子有呢，你瞧瞧这个巴郎子小兵，毡筒都到膝盖上啦，扑咚扑咚往前走。太阳出来啦，雪花在阳光里静静地落下来，房子里的人就要出来走一走。这个小战士第一次在阿尔泰过冬，他没听见那个壮汉喊什么，他被冬天的美景迷住了，越走越慢，那双笨拙的毡筒也跟雪片一样，镀上太阳的金光缓缓而下。壮汉很快就追上来，壮汉那只粗手也跟雪花一样轻轻地落在小战士的脑袋上，那只手揭开皮帽子，那只手和壮汉就噢哟叫起来："母的！母解放军！"盘在女兵头顶的辫子跟惊蛰的蛇一样散开，闪出幽幽的蓝光。女兵比这个壮汉更惊讶，她的五官里都是那种天崩地裂的惊讶，她的人生经验一直是女孩子、女学生、女战士，巨大的母把她震住了。可以理解这个壮汉的粗莽，草原和群山千百年来没有女战士，成吉思汗的大军屯兵阿尔泰也没有女战士。

冬天过去了，额尔齐斯河跟女兵头顶的辫子一样一下子从冰雪世界冲出来，热气腾腾的，冰雪跟棉被一样焐了一个漫长的冬天，额尔齐斯河很滋润很富态地展示着春天的美好。河水绿绿的，群山密林和草原全都绿起来，阿尔泰的一草一木从吐芽的那一刻就带着一层金光，直到枯落，金光是不消失的。蒙古人用黄金命名这座山，用黄金命名成吉思汗高贵的家族，连他们的书也叫《黄金史纲》。在黄金群山里没有至高无上的东西，大自然的神奇首先体现在动物身上，阿尔泰没有老虎。有里海虎，有天山虎，没有阿尔泰虎。阿尔泰没有王者。最凶猛的动物就是熊和雪豹。雪豹在雪线以上，很难见到，熊常常走出森林。女兵很快就会碰到这只熊。

在熊出现之前，女兵先到了河边，她在房子里用化开的雪水洗了一个冬天的衣服，她要到河边去洗衣服。那河不是流过来的，是从大地深处直直地涌过来，女兵手里的洗衣盆差点掉在地上，她弯一下腰总算稳稳地拿住了洗衣盆。她沿着河边走半天，长着红松的缓坡上流下一条小溪，一闪一闪流进大河，她就在小溪里洗衣服。她背对着河，她感觉到这种可怕的力量，她手上就没劲了，衣服落在水里，一点声音都没有，衣服顺着溪流跟张开的帆一样往大河里奔去。她紧紧跟在后边，她都喊起来了，她的喊叫跟鸟叫一样，只能显出群山的幽静。现在她是贴着额尔齐斯河奔跑，她的白衬衣越来越远，河水几乎是不动的，白衬衣跟长了翅膀一样在宽阔的绿色大河上飞翔，河面映着一朵朵白云，白云的投影跟白衬衫一样处于飞翔状态。蓝天上的白云也是不动的。真是见鬼了，她也动不了啦。她喘着气含着泪站在额尔齐斯河边。打水的哈萨克女人以为她要跳河："河是不能跳的，可以去跳崖。"

"我为什么要跳崖？"

"额尔齐斯河穿走了你的衣服，你就是额尔齐斯河的女人了。"

"我从来就没有想过要嫁给谁。"

哈萨克女人笑起来，"你们都是给男兵当老婆的，克孜巴郎子很快就会成为洋缸子。"草原女人比男人厉害多了，当那个壮汉把他在布尔津街头发现母解放军的消息告诉大家时,老人、孩子全都噢哟噢哟叫起来。女人们就不同了,女人们互相望一下,声音不大却很清晰:"她们跟我们没什么不同,她们是给男兵当老婆的。"

女人的话是有道理的,开到阿尔泰的军队全都拿起坎土镘开荒种地,种地就得有女人。男人不但播种土地,他们还要播种更美好的东西。

"除过女人那会是谁呢?"

"绝不会是我。"

女兵脸都气红了,她愤怒地叫喊,怎么听都像是鸟叫,连她自己都感到吃惊。喊过之后,她就东张西望,哈萨克女人顶着打水的"阿不都瓦铜壶"笑眯眯地说:"做女人是很幸福的。"

"我不稀罕,老婆、老婆难听死了。"

"你的幸福是谁也毁不掉的,额尔齐斯河穿走了你的衣服。"

"它还能把我这个大活人带走?"

"它劲儿大着呢,我们哈萨克人叫它湍急的峡谷,峡谷都让它带走了。"

灰蓝色的阿尔泰大峡谷,鹰躺在天上一动不动,太阳跟一颗红草莓一样从青苍苍的天幕上长出来。女兵跟傻子一样看看天,看看地,看看静静的额尔齐斯河,那个高举着铜壶的哈萨克少妇走上了陡坡,白帐篷在草地上跟蘑菇一样。

女兵也走上了陡坡,她突然回过头往山下看,那么一条汹涌的大河竟然没有波浪没有声音,泪在眼眶里打颤,泪落到草叶上跟露珠一样滚来滚去。

2

我就是有点不甘心。好多年以后,她这样告诉女儿。

她的老乡，那个叫王震的将军，沿着丝绸古道进军中亚，大漠群山和草原把将军和他的几十万大军变成了庄稼汉。将军给这些穿军装的庄稼汉许过愿，一人一个老婆，人人都有老婆。将军要给他的子弟兵选最好的老婆，将军故乡湖南的湘妹子就成了第一批西上天山的女人。还不能称她们为女人，她们大多都是中学生，喇叭报纸街头的宣传栏里都号召女孩子投笔从戎，不去打仗，去新疆进大工厂，进俄语学校深造。新疆紧贴着苏联，新疆离社会主义太近了，太贴近女孩子的梦想了。她比别的湘妹子走得更远，她来到阿尔泰山。从乌鲁木齐开始就有不少女兵被领导找去谈话，哭闹，再谈，直到把思想工作做通为止。穿越准噶尔大地后，女兵就没几个了，剩余的几个都是条件最好的，她们长长出一口气。额尔齐斯河流出国界的地方有一个码头，那地方几十年前就有俄国人的小火轮，俄罗斯现在成苏联啦，苏联的货船鸣鸣响着汽笛。几个小女兵很激动，好像这汽笛声在呼唤她们：继续开拔，去布尔津，去哈巴河，去可可托海。群山腹地听不到汽笛声，马嘶鸟鸣只是群山的一部分。

女兵最大的恐惧就是给人当老婆。只剩下她一个女兵了。她对所有的男人都怀着戒备心理。人家不能对着她笑，不能多看她几眼。男人的目光也太那个了。

这是政治任务。

领导这样对她说的。当然喽，这是不能强迫的。领导把烟头丢在地上，踩啊踩啊踩了好半天。领导口干舌燥。这小女兵怎么就不开窍呢？再难缠的女兵也就五次吧，谈五六次话就把工作做通了，夹着被子去跟男兵住在一起。全师五百八十名女兵都是领导这么恳谈过来的。最后一个女兵守着阿尔泰山，领导一点办法都没有。领导已经说出了不该说的话，只要你答应嫁出去，我们可以考虑让你们两口子到北屯工作，北屯可是好地方。

北屯确实是个好地方。北屯在阿尔泰山脚下，额尔齐斯河在北屯绕个大弯子，绕出一个辽阔的大海子，这才很宽阔很优雅地流出国境线。军垦战士已经把北屯建成一座新城了。当然喽，只是热热闹闹的大集市，几千个地窝子加上几十栋土坯小平房，在遥远的阿尔泰就是很繁华的地方了。

从当时的情况来看，这个小女兵的机会已经相当好了，当然不是北屯这个地方，也不是未来丈夫的职务，营职正团职，这些都不重要，要命的是年龄相差太大，老兵们革命了半辈子，都三四十岁了，胡子拉碴，让女兵们害怕啊。这个女兵挑选的范围就大多了，都是连排职的青年军官。

"再年轻也没用，我就是不嫁人。"还没等领导拍桌子，小女兵就把凳子踢翻了，"我找毛主席去。"湖南辣妹子气咻咻甩门而去，老远还能看见她辣红辣红的脸盘子，脸盘子上硬是没有泪水。要的就是泪呀。女人流泪就好办了。这个辣妹子踹林带里的白杨树，鞋子都飞了，脚都拐了，就是不流一滴眼泪，眼窝红一点也成啊，眼窝跟火炭一样。

领导是一点办法都没有了。上边有命令，不能硬来，要注意方式。有一份工作通报是这样写的：各师团的已婚女战士患精神分裂症的占多少多少，拼命工作、累倒在田间地头的有多少多少。主管领导都受到了处分。政治思想工作就这么难弄，我们可以凭雄辩的口才让战士们热血沸腾，奋勇杀敌，在戈壁滩上创造奇迹，可媒婆是太难当了。

阿尔泰山腹地这个女战士跟一头梅花鹿一样，让猎手们发狂发疯，又无可奈何。

"我要是一头鹿就好了。"

她老远看见白桦林里的鹿群，心里这么想，鹿群就拥过来了，围着她，又怯生生地不敢碰她。一只公鹿用角碰她的胸脯，毛茸茸的鹿角在她的胸口撞碰出一种奇妙的声音，跟嘹亮的铜一样响彻了她的全身，满山遍野的树叶子全都发出金属般的喧响。鹿群消失在密林深处。白桦树那么亮。她看那棵白桦树。满山遍野的白桦树在她的眼睛里只是一棵白桦树，白桦树的胳膊在空中扬一下，又展一下腰，完全是女人照镜子的姿势，在大镜子跟前，女人就会做出最好看的姿势，女人就要成为女人。这个念头太可怕了，把我们坚强的女兵吓坏了。四周没人，确实没人。女兵闭了一会眼睛。林海的涛声把这个可怕的念头冲刷得干干净净。她可以睁大眼睛看这个世界。这是美丽的阿尔泰。空气的透明度达到极限，再遥远的东西都近在眼前，太阳就卧在山顶的草丛里，额尔齐斯河的几条支流、布尔津河、哈巴河、克兰河就在山脚下的峡谷里流淌，峡谷平缓开阔，谷底的草原菊、菊花上的蝴蝶都清清楚楚。抛开那个伤心的嫁人问题，革命队伍是蛮不错的，她教战士们识字，她的主要工作就是扫盲，她是连队唯一的文化教员。将来还要办小学校，她就是这个学校的第一个女教师。苏联影片《乡村女教师》风靡全国，到边远的地方去传播文明几乎是女孩子们最高的理想。她保存着从小学到初中所有的课本，进疆时她又购买了高中和中等师范的课本。她一边工作一边自学。她相信自己能成为一个好教师，中国阿尔泰山的瓦尔瓦拉·瓦西里耶夫娜。

3

好多年以后，大概是上个世纪七十年代，有个叫尉琴的北京姑娘，不远万里来到阿尔泰草原。那个年代的知识女性不再流行当小学教师，那个年代流行听诊器、听诊器、方向盘就是青春和理想的标志，北京的知识青年都是去陕北去高高的大兴安岭，尉琴姑娘跟一帮同学看中了金色的阿尔泰。在祖国所有的高山中，只有阿尔泰是金色的，他们就来到了金色的阿尔泰。尉琴姑娘如愿以偿当上了农十师一八九团十二连的赤脚医生，一年后，尉琴跟农工发生爱情故事，结束了她的少女时代。那个有妇之夫受到严厉的制裁，据说在押解途中丧了命。尉琴不顾一切去师部大闹，表明自己是情愿的，那个农工没有错。

她沿着额尔齐斯河去寻找情人的踪迹，她不相信熊能把一个大活人吃得片甲不留，她甚至怀疑情人死于谋杀，要不是边境线挡着，她会跑到北冰洋去的。她当时真是这么想的，连自杀的念头都有。在那条大河边上还有一位风尘仆仆的回族穆斯林，满脸大胡子，高大魁梧，脸上的轮廓线把他与汉人区别开了，他面朝麦加的方向做祈祷，他睁开眼睛就看见脸色苍白的美丽女子深情地望着汹涌的大河，他就走过去了。

"你跳河呀？"

"这条河流到哪里去？"

"北冰洋，远得很，你跑那么远干啥呀？寻你爸还是寻你娘？"

"不寻啥！啥都不寻！"

她开始用方言了，她会说方言，她的情人说一口陕甘方言，她的情绪稳定下来了。

"啥都不寻，跳下去就没意思。"

"你做的事情有意思，得是？"

"意思大得很，提着脑袋做呢。"

"不怕我把你卖了？"

"你不会。"

"你这么肯定？"

"舍下身子交人哩，不会卖人的。"

回回汉子从羊皮袋子里掏出一个焦黄的干馕，往河里一丢，黄灿灿的馕漂在水上很快就大起来，很快就漂到跟前了，汉子捞上来，递给她。

"咥！咥！香得很。"

油馕的香味全泡开了，油馕漂过的地方聚一大群鱼，鳇鱼、红鱼、五道黑，一大群鱼快要冲到岸上来了。

"快咥，鱼抢哩。"

大嚼大咽噎得翻白眼，她从来没有这么放肆地吃过东西。

汉子掂起行囊往背上一抡："胡达在天上看着，当着我的面跳河，不是日弄我哩嘛。你咥饱啦，估计不会跳河啦，我走呀！"汉子就走了。阿尔泰地方光线太好了，空气太透明了，汉子走了半天，背影还是清清楚楚的，咳嗽声都很清晰，汉子唱开了，唱花儿呢。

阿哥的肉呀！
阿哥来时你没有，
手里提的肥羊肉。

尉琴腾一下子站起来，油馕下肚给了她这么大力气，她爬上大峡谷。那个汉子在峡谷底部，沿着额尔齐斯河往国界走去，很显然是个做神秘生意的人，穿越国界跟串亲戚一样，国境线边防军狼犬铁丝网对他是不存在的，他还高声大气地用古老的陕甘方言唱曲子。后来，在中亚楚河流域东干人的村庄，尉琴又听到这首曲子，叫《过国（guì）家》。沿着额尔齐斯河走向国界线的汉子在太阳底下大脑袋一晃一晃，吼着《过国家》，跟吵架似的。

光绪年,逃了国,实是可怜,
众百姓,跟上受了磨难。
小英雄驭牛车一溜一串。
女人家,养娃娃,好像鸡下蛋。

套牛车往前走得看,
来到萨马尔站,这塔儿红柳滩。
套牛车,径前走,一站一站,
走到阿拉木图,城堡实在好看,
阿拉木图走的走,站的站。

套马车往前,走上几站
来到皮斯该,这塔儿巷子宽,
看去皮斯该时事翻转,
这塔儿的羊肉卖的三个钱,
牛肉卖的两个铜板钱,
娃们吃上有劲喊少年,
老汉们吃上有劲唱乱弹。
……

　　尉琴翻过一道岭又一道岭,翻过一座山又一座山,阿尔泰地方除过群山还有宽阔的谷地,还有平坦的草原。尉琴就赌这口气,她相信情人的魂魄在高处,她就沿着山脊和峰顶,走啊走,从哈巴河走到布尔津走到克兰河畔,她的脚再也没停下来,一直在走在走。

　　1873年,白彦虎在达坂城与追击而来的左宗棠的大军打了最后一仗,那也是清军在新疆的唯一一次败仗。获胜的白彦虎再也没有还手劲了,从西安西门出走时的几十万人马,转战大西北十多年,至此只剩下三四万人,只能择路逃生。白彦虎带残部翻越天山,退往阿克苏、喀什,左宗棠的大军紧追不放。

　　1877年冬天,白彦虎带残部到达天山恰克马克山口,只剩下一万人马,大多是老弱病残,前边是崇山峻岭异国他乡,后边是清朝的追剿大军，大家商量到半夜，找不下出路。白彦虎想自首，马化龙自首后一家百口被杀，自首是行不通的。伍子胥过昭关一夜白了少年头，男人们愁死了。女营首领白彦虎的夫人站起来："年轻力壮的跟上白大帅翻山去，老弱病残我领上断后，把左宗棠断在山脚脚。"大家目瞪口呆，听不明白。白夫人就往明处说："把我折了，把咱的本不能折了，咱保本呢，保根呢，保种呢。"大家全都清楚了，全都明白了，一路征战，一路逃生，把人忙糊涂了，这种时候，女人清得跟水一样，三言两语就把问题淘洗干净了。也把男人们激起了，办法也就出来了，派人用重金向俄人买路，全家每户留一个人，一家分两拨，一拨留中国，就留一个，另一拨，多少不管，跟上白大帅一块去翻山，白彦虎的亲侄儿留下了。

留下的人连夜四散逃命，逃得远远的，新疆地方大，哪搭远，哪搭偏僻，没人注意，就往哪搭逃。倒霉的，叫公家抓住了，就把头砍了；命大的，就逃脱了，就活下了，就把根扎下了，总算活在中国版图上。白彦虎的亲侄儿命大，从国界往东折回阿克苏，穿过清军防线，喊杀不断的时候，迎面过去最安全，亲侄儿就穿过阿克苏，又折向西北。腊月天，大雪封山的日子，狼和鹰都不出来，十六七岁个碎娃，怀揣把尕刀刀就从冰大坂翻过去了，就到了富饶的伊犁，就活下来了，安了家，生了根。老天保佑。

中俄边境的恰克马克山到纳林河谷，绵延一百多公里，1877 年 12 月，正逢多年不遇的暴风雪，河谷地带过冬的牲畜大量倒毙，游牧的吉尔吉斯人四处逃难，躲避雪灾。白彦虎的人马就在这个季节翻越恰克马克山。这一带冬天从来没有人翻过山，夏天也只有二十来天可以通行。翻的就是这么一座山。清军已经追上来了，连夜往山上爬。山上都是齐腰深的雪，山沟让雪填满满的，看不清，掉下去就再也上不来了。那座最高的多伦山把老人娃娃伤病员全挡住了，全部倒下不动了。最可怜的是女人，清朝的关中女人全部裹小脚，脚腿不能动，用手爬，爬一步挪一步，拉出一道雪槽子，很快就被风抹平了。爬不动的人，雪把人埋住，后边爬过来的人根本不知道下边还有一个安静的人，静得跟神一样。

好多年后，在阿尔泰山，那个叫尉琴的姑娘从一座山到另一座山，从哈巴河到布尔津，腿软成棉花就用手爬往山顶上爬。她有一个念头，情人的魂魄在高山顶上，只要她从山顶爬到另一个山顶，一直爬下去，情人的灵魂就能安息。后来，在东干人的村庄，她听到女人用手爬雪山时，她就关掉录音机，她完全可以把这些话背下来，东干人就这么一代一代传诵这些往事。

"在雪山白天好过，夜晚难熬。女人、娃娃和老人都是趴在牛肚子底下过夜的。早晨起来看不见人，只能看见一个个雪堆堆。一个女人抱的娃娃要吃奶，可奶头冻实了，吸不出奶汁来。在牛肚子下暖了半天才喂了娃娃。"

过了边境，在山沟里点一堆火，可以围着火堆睡觉了。火光引来了土匪，土匪人多势众，老远就开枪，好多人被打死了。土匪冲上来抢女人抢东西，实在没有力气还手。有个叫铁跛子的好汉，脱下棉袄，赤着上身，冰天雪地里大吼着往土匪跟前冲。骑着马拿着火枪皮衣皮帽的土匪们吓傻了，以为天神下凡了，掉转马头跑散了，救了大家。白彦虎夸铁跛子是个有血性的好汉，白彦虎就把女儿许配给铁跛子。

到了纳林小镇，离边境一百多公里，大家还是没有安全感，不踏实，又往前走了二百公里，到了托克马克，靠着大路边大家挖了窑洞。自离了西安城，漂泊转战十八年，野营露宿，才算有了落脚的地方，不再顶着星星睡觉了，睡在窑里了。托克马克是个交通中心，住的地方离镇子太近，过往的人多也杂。有个俄国军官没见过女人小脚，就伸手去摸，还一个劲地问："这是什么东西？"年轻人冲上去把俄国军官捶个半死，差点引起冲突。过境时把武器缴了，刀子、枪全缴了，几乎手无寸铁。到达托克马克的只有三千多人，不能再折一个人了。白彦虎决定另找地方安营扎寨。

在楚河左岸八公里的地方，背靠着阿拉套山的余脉，楚河的一条支流卡拉库努斯河从这里流过，这里水草丰美，土质很好，又不偏僻，离托克马克九公里，白彦虎就把三千人的营盘扎在这里。有事可以上山，没事可以安居。这块处女地就叫营盘，保留着多年征战的习惯。

一片荒草滩，一群破衣烂衫的异乡人整天在土里刨啊挖啊，男人、女人、小孩全都在地里忙乎。好奇的哈萨克人实在搞不懂这些异乡人在干什么。扒掉荒草，把土都扒开了，挖出地洞住在里边，生火做饭。把土块捣碎，捣了又捣，用铁耙子梳啊梳啊，跟女人梳头一样，他们在地里干什么？他们挖一条很长的大渠，把楚河的水引过来，放进开出的地里，水也是分成一小股一小股的，跟女人挤牛奶一样。大渠分成小渠，小渠再分成岔，波涛滚滚的楚河就让他们分成很细很均匀的线，注射到地里边。他们在泥土里爬滚的样子太叫人不可思议了，都是黑衣服，男人女人分不清，跟黑甲虫一样，游牧的哈萨克人就把这个地方叫卡拉库努斯，就是黑甲虫，屎壳郎。这地方就有了个新名字，卡拉库努斯村，卡拉库努斯河。白彦虎的人把这地方叫营盘。

又来了几批逃难的义军，都是陕甘老乡，这几批人也住在楚河两岸。

叱咤风云的万军之将白彦虎完全成了一个农民，自己开荒，经营菜园子，他要给大家做榜样。过雪山的时候，他来回奔走，直到最后一批人过境，人们就在他的鼓励下活下来的，现在要扎下根，在这块土地上活下去，还得他来做，把他的力气耗进土地，先让菜园子绿起来。白大人的菜园子最早长出绿苗苗，跟绿色旗帜一样在苦难的人们心中燃起了活下去的勇气。

据说那匹青龙马陪伴白彦虎好多年,是马化龙送给白彦虎的。那真是一匹好马,白彦虎被清军逼到一条大沟边,好几丈宽的高原大沟,白彦虎贴着马小声说:"你是我的良驹你就带我过去,你不是我的良驹咱俩一块完。"说完话,顺手抽三鞭子,那马一跃就跃过了数丈宽的大沟。在戈壁滩上,大家焦渴难忍的时候,青龙马就用蹄子刨地,往下挖就能挖出水。在荒漠上,青龙马扬起脑袋能从风向上辨出什么地方有泉水什么地方有河流。人们把它视为救命的神马。到达托马克马的第二天,神马突然死了,这个灾难几乎打垮了所有的人。白彦虎厚葬了他的坐骑,白彦虎告诉大家:"这是一匹战马,不打仗了,过安宁日子呀!战马也就没有用场了。"大家还是拧不过这口气,白彦虎只好说:"战马犁地惨得很,惨死了。"就说不下去了,就提上镢头挖地去了。大家都提上镢头提上铁锨,挖地的挖地,开渠的开渠,只有土地的声音,只有农具的声音。

直到1882年,过境后的第五个年头,几批难民总数为六千多人,定居在普尔热瓦尔斯克——托克马克——奥什——江布尔一线,也就是古老的楚河两岸。白彦虎长长松了一口气。那口气憋的时间太长了,白大人就躺下了,白大人留口唤:有机会跟公家和解了,回去拍拍西安城的门环,抓一把故乡的黄土撒在我的坟头上。

好多年后,那个叫尉琴的学者见到了五座白彦虎的坟墓,连白彦虎的后人也不知道祖先真正的墓地。他们是这样解释的,左宗棠在白大人手里吃尽了苦头,活要见人死要见尸,引渡不成就派杀手。白大人一直没有安全感,最怕死后掘墓,危及后人,当时就造了许多假墓,从阿拉套山到楚河两岸到处都有。时间久了,连亲人都分不清真假。尉琴还记得她第一次踏上楚河的土地时,那些东干老人问她:左宗棠还在不在?屠杀的阴影就这么久远。不管有多少假坟,每座坟里必有死者的衣服或生活用品。尉琴在阿尔泰见过情人的假坟，据说情人被押解师部的途中让熊吃掉了，只剩下几根骨头，棺材就装不了几件东西，基本上是死者穿过的衣服之类。尉琴带回一包楚河的黄土掊到情人的坟头，她的情人，那个军垦汉子，老家在陕西，一口陕西关中方言，东干人就说这种方言。

4

那个甘肃小伙子就是这个时候来到阿尔泰的，高中毕业应征入伍，成为军垦连队唯一的高中毕业生。连队必须有一名文书，战斗单位变成生产单位，文字工作越来越重要，还要经常外出。1955年的阿尔泰草原，零星的土匪还在出没。甘肃小伙子虽然没有打过仗，可他能骑马，挎着盒子枪骑上白马穿行在阿尔泰山的白桦林里，常常被误认为一株高大挺拔的白桦树。雄性的白桦树。更要紧的是他让人放心，他不用那种男人的目光看女人。不管是哈萨克女人、蒙古女人还是汉族女人，他在女人的注视下很不自然。在这个小女兵跟前还好一点，他们是战友，是同事，一个文化教员一个文书，文化教员要经常请教这个腼腆的小伙子。小伙子能背出《唐诗三百首》的大多数诗篇，小伙子还一口咬定大诗人李白是他们天水人。这个江南少女不敢相信黄土高原能长出这么个白白净净高高挑挑的小伙子，从湘水出发坐火车到西安就换汽车了，就开始进入苍凉的西北高原，许多女兵都吓哭了。中国的西北角，黄土黄沙光秃秃的石头山，不敢想象生活在这里的人长什么模样。天水小伙子的模样不能不让人想起面如冠玉的谪仙人李白。

大家开始有意见了，站在阿尔泰山任何一个地方，女兵和甘肃小伙子都是天造地设的一对，让人羡慕让人嫉妒。他们在一起交谈的时候会有人不经意地闯进来，地窝子里燃烧着一盏羊油灯，是用炮弹壳做的。原来的羊油灯是一个铁盒子，甘肃小伙子拣来一只空炮弹壳砸开，砸成一只雄鹰，火苗从雄鹰的一个侧面升起，同时也遮住了外边的人，人家悄悄进门，一直走到他们跟前他们都不知道。那人站在黑暗里，他们的一切全都清清楚楚，同时也清清白白，小伙子在辅导女兵学习高中课本。狭小的地窝子里弥漫着羊油的香味也弥漫着青春少女的芳香，汹涌而斑斓的阿尔泰之夜，马群在山上嚓嚓地嚼着青草，熊的叫声低沉厚重而绵长，狼在月亮升起来的时候才嗥叫，跟哭声一样凄凉悲壮。女兵会扭过头去看那个小小的手片大的窗口，窗口贴着地面，所以猛兽的叫声就显得非常清晰。她绝不会抬头看正面的，正面是地窝子的出口，革命同志出没的地方没有任何危险，女兵如果真朝那边看，就会看见那个黑暗中惊慌失措的革命同志。所幸的是甘肃小伙子太认真、太专注，整个过程都低着头，不停地讲解不停地计算不停地写字。女兵常常站起来定定地看小伙子的侧面，从侧面看一个人，脸的轮廓全都出来了，身体的轮廓也出来了。这种时间很短暂，在小伙子写完字之前，她必须结束她的欣赏，开始她的工作。她写得很认真，她的后脑勺在看这个小伙子。他站起来，扩胸，摆臂，端着缸子喝水，他不敢看她。

多少年以后，她还在为此而心痛。

令人欣慰的是他喜欢跟她待在一起，有人当面挖苦他，他会毫不客气地反驳那个人，他有语言的优势，除非用粗话骂人，他不会骂人，人家就抓住他这一点发起攻击，他毫无还手之力。可他们谁也不是湘妹子的对手，她什么话都敢说，她早两年入伍，她还会乡村各种锋利无比的骂人话，总是跟刀子一样扎中对方的要害。连她自己都感到吃惊，在家乡的小镇上，在乡下姨妈家，碰到女人骂仗，她打心眼里看不起这些泼妇疯婆子，更不用说去刻意地记这些脏话了。她背着书包去上学的时候就想起父母的恩情，让女儿早早上学，上完小学上中学，在小镇上女孩子很少能读到中学的，不是女孩子读不了，是家里不乐意供女孩子了。坐在教室里听老师讲解课文，全世界古今中外全都出现在课本上黑板上，与外边乱吵吵的世界隔绝开了。她以为她永远不会说那些伤害别人的脏话。几乎是脱口而出，火力极猛。大家都感到吃惊。

这个辣妹子动心了。

她没有意识到，甘肃小伙子也没有意识到，大家都意识到了，大家也都愤怒了。按规定，军龄最长的，战功最多的，职务最高的，才有资格建立家庭。这个新兵蛋子，入伍不到一年，别说上火线，连土匪都没打过就要娶全团最漂亮的女兵。大家眼睛里冒火。

气氛那么紧张，他们一点感觉都没有，还在一起说说笑笑，刻苦用功。晚上在地窝子里，白天就坐在山坡上，有一棵被大风刮倒的白桦树，他们坐在树干上。小伙子剥下桦树皮做本子，写在桦树皮上的字眨眼间就变粗了，跟美术字一样，连数学公式写上面都显得那么好看。她看到自己的名字在桦树皮上变大变粗，她身上就涌起一种奇妙的感觉。他们一点也没有感觉到正在逼近的巨大的危险，他们一点也没有感觉到那是他们最后的机会了。

后来她一直在回忆那个辉煌的阿尔泰的早晨。

一夜大风，天亮的时候风消失得无影无踪，一棵高大的白桦树被风刮倒了，太阳也被风刮到地上，跟白桦树倒在一起。他的精力是那么旺盛，在出操之前他总是早早地跑步做体操，额尔齐斯河宽阔平静就像蓝色的大操场，河面与草地融在一起，他的白色运动鞋在挂满露珠的草地上嚓嚓地响着，露珠闪闪发亮，他一直跑到那棵倒下的白桦树跟前，他长长地出气，他好像在哀悼这棵悲壮的树。树根还连着泥土，地上拔出一个大坑，坑里还冒着白汽。他在白桦树最壮美的地方取下一块树皮。她一直在远处静静地看这一幕，她悄悄走过去，那颗被风吹落的太阳活过来了，一点一点往山顶上移动，跟刚出母腹的小牛犊一样带着一身血水升上了山顶。那天早晨她闻到了血的气息。

她已经适应了阿尔泰的生活，她曾看见被剥了皮的小羊羔在草地上跌跌撞撞走完生命最后的路程。牧人已经念过经了，小羊羔的灵魂已经离开肉体。

"我们可以放心地吃鲜嫩的羊羔子肉了。"

哈萨克老妈妈把羊肋巴塞到她手里，她用刀子削一片肉，放进嘴里，她品尝到肉的芳香。那天早晨，在倒下的白桦树跟前，她突然闻到了这种鲜美无比的芳香。她的恋人正在白桦树皮上写字呢，她从小伙子手上的动作判断出那是写她的名字，她就像那只被献上去的剥了皮的小羊羔，一身鲜红一身清凉地走到开水锅里。哈萨克老妈妈一边添着木柴一边用勺子去掉血沫子。小羊羔呀有更多的血。老妈妈撒上青盐。青盐就是羊羔子的血。老妈妈看着她吃掉三根羊肋巴，老妈妈抓她的肩膀抓她的背腰和屁股蛋。

"再结实一点，好好地吃啊，克孜巴郎子，吃得壮壮的才能做洋缸子。"

"我不做洋缸子。"

"你会成为阿尔泰最好的洋缸子，哈萨克洋缸子一朵花，你不想成为花儿吗？"

"我已经是花儿了。"

"你不是。"老妈妈在她身上闻一闻，"你不是，男人没有发你，你不会成为花儿的。"

那个可怕的"发"给她的一种震撼。

老妈妈觉得这个读过书的汉人的丫头简直是个大傻瓜："你没有妈妈吗？"

"我有妈妈。"

老妈妈看她好半天，看样子她有个好妈妈，不像受虐待的样子。汉人的妈妈跟草原上的妈妈是不一样的。草原上的老妈妈就有必要教一教这个汉人的丫头,其实那只是女人们的家务活,一是烤馕,一是做酸奶,麦粉和奶子都是发酵过的,发酵后的麦子和奶子完全成为一种崭新的东西。

"除过男人谁能发我们女人呢?"

"不让男人发不行吗?"

"远古的时候,苍狼和熊发过我们的女人。那是草原最古老的父亲,那是草原的黄金岁月,我们只是歌唱和回忆那个美好的时代,现实里是没有的。"汉人的丫头都吓呆了,老妈妈搂住她,"不要怕,会有好男人来发你的。"汉人的丫头索索发抖,老妈妈的怀抱就像大皮袄,她还在抖,老妈妈必须说出女人的第一步,"那一天,女人就像被剥了皮的小羊羔身上凉飕飕的,跟冰一样,你就知道你遇上了能发你的男人了。"

为什么有一夜大风?为什么要吹倒阿尔泰最壮美的白桦树?只有山上的神知道这一切,神还知道她会在这个罕见的早晨变成一块晶莹闪亮的冰,神还知道她今天要流出感激的泪水。

"你不高兴?"

"不,不是。"

"那我给你重新做一个。"

"就要这个。"

她从小伙子手里夺过那叠桦树皮,转身就跑掉了。她在她的地窝子里待了整整一天,用一天的时间发呆,用一天的时间装订桦皮本子。十二页薄薄的桦树皮,当然是她裁开的,裁成手片那么大,用细细的牛筋和骨针缝在一起。

那是她最胆怯的一天,她一个人待在山坡上,看着辉煌的落日,她呜呜咽咽哭起来。太阳已经落山了,天空青苍苍的,山谷还是那么亮,一丛一丛的树跟火烬一样,阿尔泰的树在太阳熄灭后还要燃烧一阵子,直到星星或月亮出来。

今天出来的是星星，夜黑沉沉的，黑暗里有连绵的群山密林和大河，星星就像泥土里正在发芽的麦种。蓝星星变成了金星，金黄金黄的星，金黄中有了红色，就像她家乡满山遍野的柑橘，满枝头沉甸甸的金橘。她闻到了星星的芳香。她也闻到了她自己的芳香。从领子下边散出一股一股清爽的橘香。橘子在动，在身体最隐秘的地方动起来，她有那么一个美好的地方，她咬紧嘴唇，捂住脸，她从手指缝里看天上的橘子，满天的橘子，她都流下泪了，她都哭出声了。星星跟着她一起落泪，星星的泪落在她身上，她缩成一团，她竭力地护着芳香的金橘。

一只西伯利亚狼过来了。秋天的苍狼随便可以吃饱肚子，草原上到处都是野兔，苍狼吃了两条野兔，苍狼就有心情驰骋一番，苍狼就沿着黑暗里的大河奔跑。它有一双锐利的夜眼，它在河的上游就看见那个年轻的女兵，这种装束的女人太新鲜了，狼就奔过来。狼闻到了那诱人的橘子的芳香，狼轻轻地拨女兵的双臂，她的双臂紧紧地搂着膝盖，她好像受了巨大的委屈哭得歪歪的。星光下芳香四溢的少女搂着她的金橘子不知该怎么办。苍狼就很豪迈很果断地往后退，然后疾风般冲过去一下子把女兵扑倒在地，苍狼的舌头跟笔直的火焰一样从女兵的双腿间一直延伸到胸脯，那正是金橘的所在，苍狼兴奋得嗷嗷直叫。叫声把女兵唤醒了，她一把攥住狼舌头，她一下子跨到狼身上，他们滚打在一起。女人愈战愈勇，抓掉一大把一大把的狼毛，苍狼也从来没有遇到这么厉害的对手，而且是个母的，跟强悍的母性对手滚打是一种罕见的享受。尽兴后的苍狼抛下女兵，一路狂歌朝山顶奔去。它穿过密密的白桦林，它穿过黑黢黢的长满红松的大森林，它穿过宽阔的草滩，它穿过雪线和冰川。　太阳正好攀到冰山顶上，就被苍狼吓瘫了，跟狗皮褥子一样平展展铺开，狼卧在黄金洞里呼呼大睡。

女兵都看傻了。

她穿过草地，奔到小文书的地窝子，她的黄金洞就在这里，她拍着地窝子的门，大声叫着恋人的名字。她撞开了门，这一手是她跟苍狼学的，可她的运气没有苍狼那么好，地窝子里空荡荡的。

前一天，小文书接到命令到牧业班放羊去了。没有什么理由，命令就是理由，如果你想知道更仔细一点，入伍不到一年的新兵需要到最艰苦的地方去锻炼。布尔津太辽阔了，几千人开进去跟撒一把沙子一样。牧业班在布尔津最遥远的地方。

5

那是草原最后的秋天。她是那么绝望，她又是那么自尊，她不声不响做完自己的工作。无数双眼睛在欣赏她的痛苦。她已经不是小丫头了。她就跟那条河一样无声无息地流着。开心的日子还是有的。河的那边，长满密林和草滩的山坡上有哈萨克人的阿吾勒。额尔齐斯河是过不去的，还没有桥，桥架设在克兰河，布尔津河和哈巴河上，是一根圆木，跟杂技演员一样提心吊胆走过去。她在山坡上锻炼了整整一年才能走到对岸。

哈萨克人把老人和孩子安置在村庄里，他们带上帐篷随着季节不停地转场，最远可以转到天山深处，又从天山里转到戈壁沙漠，穿过茫茫的准噶尔盆地，又回到阿尔泰，从阿尔泰脚下的黄绿色原野，慢慢地靠近克兰河布尔津河和哈巴河，最后横渡这些温暖清澈的河，回到他们的阿吾勒。女人是跟男人一起行动的。

女兵太羡慕那些骑在马背上的哈萨克女人了。女兵甚至幻想着跟那白桦树一样壮美的甘肃小伙子一起赶着羊群，骑着骏马走遍阿尔泰，他们哪儿都不去，他们就待在阿尔泰。确实有这样的牧人，他们终生待在阿尔泰。阿尔泰是由群山高原和辽阔平坦的原野构成的宝木巴圣地，一年四季的牧场这里一应俱全，只是山间的牧道太艰险了。牧人几千年就在艰险中度过的。女兵参加过一次牧民的转场，体验冒险后的喜悦，从悬崖断壁乱石堆穿过去，在绝望与惊恐中突然来到鲜花盛开的草原，就会闭上眼睛在冥冥中祈祷上苍，天国就是这个样子吧！然后气喘吁吁地奔过去，奔过去的速度是稳稳的晃来晃去的，晃动的绝不是肩膀和脑袋，只是腿和手臂在晃动，跟溜蹄马一样：溜蹄马总是同时伸出右边的双蹄，又同时伸出左边的双蹄，长鬃飘展，马背稳得跟床一样。

那个绝望的秋天的早晨，女兵跟溜蹄马一样稳稳地跨过克兰河上的圆木，缓缓地走进哈萨克人的阿吾勒。女兵碰到的第一个人就是那个告诉她额尔齐斯河秘密的女人，湍急的峡谷就是河的秘密。也是女人的秘密。

"我的天啦，你快要做女人了。"

女兵身上散发着浓浓的橘子的芳香。

"你不是我们的女人你却这么香，草原上从来没有这种芳香。"

她就像大地的珍宝一样在草原女人的怀里传来传去一直传到年纪最高的老妈妈的怀里，老妈妈在她身上嗅啊闻啊，跟一头老绵羊一样，那些走遍草原的老绵羊无论到什么地方，先要闻一闻，品尝了大地的芳香后才动嘴。这只阿尔泰老绵羊不用闻其他地方，鼻尖就贴在女兵的头发上，所有的香气，全都聚在头上。在一阵阵幸福的战栗中，女兵的头发跟青草一样发出清晰的生长的声音，青草穿越土层时就发出这种奇妙的声音。

"爱上你的男人是大地上最幸福的男人。"

老妈妈把金黄的奶油抹在她嘴里。

"尝到了吧，孩子，这就是我们女人的味道。"

一下子静下来了，所有的人都静下来，走动的人停在原地，捻羊毛绳的人羊毛停在手指上，吃东西的人食物噙在嘴里，喝奶茶的人碗悬在嘴唇上，此时此刻只有老妈妈抹在女兵嘴里的奶油在嚅动。女兵一直记着那奇妙的一刻，她整个人就像一张宣纸，金黄的奶油渗透了全身。女兵的鼻腔里一阵酸痛，从胸腔到鼻腔火辣辣的酸痛；只有灼人的酸痛，没有泪水，绝对没有；那么大一条河从身边悄悄地流过去了，宽阔的峡谷也跟着过去了，泪水始终没有流出来，泪水在胸腔里全被蒸发掉了，全都成了脸盘上的辣红，比辣椒更红的一团火。老妈妈的嘴唇轻轻地碰一下她的眼睛，眼睛就湿了，她就呜呜哭起来，她都把自己哭软了，软在老妈妈的怀抱里。阿尔泰老绵羊的怀抱里，剥了皮的小羊羔是不会发抖的。

你的情人是阿尔泰壮美的白桦树。

老妈妈小声地说出了这棵白桦树。草原上的女人都知道这棵白桦树。军垦战士跟牧民们联欢时，甘肃小伙子被拉上马背，马刚刚跑起来，姑娘们就追上来了，鞭子跟雨点一样落下来，鞭梢在空中发出尖利的啸音，落到小伙子身上就成了羊羔的咩咩声。不是哪个姑娘都能这样甩鞭子，追上自己喜欢的小伙子，在空中轻轻晃动鞭子可是太一般化了，只有那些身手不凡的姑娘，才能让鞭子在空中变成凶猛的鹰，落到情人身上就成一团目光一只小羊羔了。如果力量控制不好情人可就惨了，哈萨克女人的手腕子能拧断狼脖子。甘肃小伙子骑马归来时已经有一大群洁白的羊羔了。草原的男人们挨个去抱这个甘肃小伙子，抱起来一扔，然后开怀大笑，他们把他叫做穿着鹿皮的白桦树。

"你就要成为女人了，那棵壮美的白桦树可以天天品尝鲜美的奶油，做他的奶油吧！"

老妈妈先唱起来，所有的女人全都唱起草原古老的森斯玛：新娘出嫁，临行前告别父母，倾诉对父母和故土深深的留恋。

我的新房将安置在什么地方？

那里像不像这里水草丰旺?
我就要离开生我养我的阿吾勒,
去那人生地疏的地方。

我就要离开生我养我的阿吾勒,
去那人生地疏的他乡。
我的新房将安置在什么地方?
那里像不像这里水草丰旺?

歌声断断续续颠来倒去,女兵一直在回忆离开家乡的那一幕。那正是烟雨迷蒙的春天,她跟几个伙伴背着家人偷偷跑出来,镇子还沉睡着,几个湘妹子就匆匆离开了家乡。到西安,家里才收到她们的信。叔叔和哥哥赶到西安,部队给他们合影。照片是家乡亲人与她唯一的联系了。

古老的"森斯玛"是很能体谅女人心理的,草原女人唱了千百年的哭嫁歌,在悲凉中歌声一下子雄壮起来。

离开生我养我的阿吾勒,
去那人生地疏的地方。
愿未来的生活称心如意,
愿公婆也像亲生的父母一样。
啊,亲爱的父母,
何时才能再见你们慈祥的面庞。

"你为男人献身,男人也会为你献出一切,草原的男人都是好样的。"

女人们全都笑了,悲壮的气氛一下子变欢乐了。

放牧的人回来了,他们带回一只狼,不是猎手打死的,是放羊人在冰山顶上捡回来的。羊群里的公羊,也就是头羊,不顾一切朝山顶走去,放羊人拦都拦不住。放羊人紧紧跟在公羊后边,穿过冰川和乱石滩,在山顶牧羊人看到了草原百年不遇的一幕,奄奄一息的苍狼跟羊躺在一起,具体地说是狼跪在羊跟前,羊的呼吸喷在狼脸上,狼的眼瞳里蓝光闪烁,如同梦幻,羊咩咩叫起来。在羊的歌声里,狼相信它的一生都是一个可怕的梦,那个噩梦折磨了它一辈子,噩梦结束了,压根就没有噩梦,羊咩咩叫着这样告诉狼,狼相信这是真的。

这只幸运的狼被埋葬在阿尔泰最好的土地上,很快就融化掉了。

苍狼是男人的偶像,女兵就用草原古老的方式默默地祈誓,让他成为一只苍狼吧。她就这样把死亡说出来了。

老妈妈沉默了很久,告诉她,男人对女人最强烈的爱是在他们拼死抗争的时候,他们的脑子里会出现女人的影子,女人会带来力量。"他要是死了呢?"女兵带着哭腔连连追问。老妈妈就告诉她,初恋的情人跟草原蓝色的闪电一样,会在他脑子里闪一下,这样就不痛苦了。

"他给你带来了幸福,你一辈子也用不完的。"

"他真的会死吗?"

"你活着他就不会死。"

正像她预感的那样,甘肃小伙子在布尔津遥远的牧场放羊时遇到了熊,就是那只白熊。

6

白熊离开北冰洋不久,就中了埋伏。

大河的两岸有许多支流，泰加森林地带，沼泽纵横，河流的交融处几乎是一片汪洋。白熊折腾好半天才能找到主河道。白熊也喜欢折腾。沿途的森林草原，鹰以及红狐猞猁让它兴奋。有时会碰到灰熊和棕熊，它们在岸上打招呼，几乎是一片欢叫，森林里马上搅起汹涌的林涛。它们邀请白熊到岸上去玩玩。从它们的叫声中知道，陆地上已经见不到白熊了。白熊默默地靠近陆地，伸出爪子拍拍棕熊和灰熊的腮帮子，谢谢它们的好意。漫长的河道太寂寞了。白熊就躺在河面，全身放松。这是很危险的，付出的代价就是前功尽弃，被河水带到下游。森林、飞鸟一一闪过，它的记忆力太惊人了。它认出了其中的一只百灵鸟，百灵鸟不会离开家乡的。白熊再也不敢松懈了。它是逆流而上的。它可以仰泳，躺在水面要舒服一些，划水的动作不能停。森林上空日月星辰交替出现。白熊感觉到有一支庞大的友军与它一起前进。

北冰洋的鲟鱼，也是阿尔泰最鲜美的鱼种，在阿尔泰母亲温暖的子宫里获得生命，就顺河而下，到大洋里去成长。阿尔泰母亲的形象时时出现在它们眼前。一条矫健壮美的大鱼游遍整个北极，战胜无数个敌人，所有的鱼视它为王者。它一马当先，冲向绿色而温暖的大河，众多的鱼群紧随其后。鱼群的阵势是很可观的，所到之处河水泛滥，河岸都被冲垮了，一直垮到森林边上，那些密集的树根拦住了汹涌的河水。许多冷杉和桦树倒在河里，被卷走了。白熊差点被冲到岸上。白熊费很大劲才游回河心，正好跟鱼群游到一个位置，鱼群如果浮上水面的话就会碰到白熊的脊背。

白熊的背厚墩墩的，那是全身最结实也最不敏感的地方，几乎是它的盾牌也是它的秘密武器。獠牙和爪子只能算常规武器。短兵相接，拼死一战的时候，白熊就把后背暴露给敌人，敌人毫不客气地从背后发起进攻，那黑乎乎的背冲过来，跟天上的陨石一样把敌人砸趴下了，地上砸出一个大坑，算是敌人的坟墓吧。它跟真正的勇士一样，它不屑于在这种时候使用秘密武器。白熊轻轻地翻过它的背，它轻轻一转就把最柔软的腹贴上去了。

鱼群里马上冲出一只大鱼，白熊和白鱼几乎拥抱在一起，它们友好地碰碰鼻子，尾巴交在一起。白鱼还让它观看自己漂亮的斑纹，五道黑线分布在身体最美妙的部位，最让它惊叹的是鲟鱼脊梁上的那道黑线，跟山脉的起伏线是一样的，黑沉沉伸向远方。只有情侣欣赏过这道粗犷的黑线。鲟鱼马上唤来它的情侣，它们给白熊表演各种舞蹈，离开的时候也是舞蹈，在清澈的水中越来越远。

白熊扬起脑袋长长喷一口气。好长时间它都沉醉在鲟鱼给它带来的快乐里。

可怕的事情出现了。陆地上有人下了网，鱼群被网捕住了，是用机器捕捞，那么大一个网从河底哗啦啦升上来，鱼群挣扎着，鱼群跟这条大河一样没有声音。白熊很快看到了鱼的壮举，那条给它表演过舞蹈的大白鱼肯定是鱼群之王，鱼王一下子把网绳冲断了，鱼王扑到人跟前，捕鱼人全都愣在机器跟前，愤怒的鱼凌空而起，把两个捕鱼人扇趴下了。鱼王一头扎进河里。只逃出很少一部分鱼。河依然没有声音没有波涛。

白熊连安慰的话都不说出来。在北极它们没有很深的交往，彼此接触也仅仅限于动物世界的弱肉强食，从来都是熊吃鱼，鱼是不会伤害熊的。白熊跟许多异类生命建立了友情。比如白鸥、白鹤，鸟类都很喜欢白熊，还有企鹅，它们离不开白熊的足迹，否则它们会在暴风雪中迷失方向。在生存中建立的友情是非常牢固的。陆地上的植物也是如此。白熊水淋淋地走上陆地，躺在冰冷的地上睡一大觉，原来很矮的青苔很快就长高了。一片金光灿烂，召唤着白熊去那里休息。白熊很容易把辽阔的苔原地带看成一张大皮子，白熊躺在一张最好的皮子上，打滚，翻跟头。这就是植物的爱情。白熊想念色彩斑斓的苔原带。

白熊无法帮助鲟鱼，白熊就做出笨拙的样子，让那些小鱼钻到它的耳朵和掌下，那里的毛细软厚密。小鱼在发抖。白熊无法安慰小鱼。

鱼王开始呼唤情侣，以鱼王为榜样，鱼群成双成对，那些丧偶的独身鱼很快找到伴侣，它们在灾难后拼命繁殖后代，怀孕的母鱼全身放光，鱼鳞银光闪闪，时光飞速地变幻，鱼群越来越庞大。不断有捕鱼者来袭击，最危险的时候，鱼王被砍了一刀，鲜艳的鱼血喷在捕鱼人的脸上，趁那人擦脸的工夫，鱼王逃到河里。傲慢的鱼王不需要任何同类的安慰。白熊追了一会儿，发现鱼王什么都不需要，鱼王钻进茂密的水草丛中。白熊就离开了。鱼王是二天后追上来的，鱼王养好伤了。鱼王带领它的子民，在灾难中繁殖，交欢的场面一点也不悲伤，完全是鱼的美丽无比的欢乐世界。

白熊躲在远处，备感凄凉。

白熊平静下来了。危险也开始了。有人在岸上放枪，没打中。有船开过来，白熊胆子很大，没意识到危险，船头几条枪对准它，它也没躲，它还扬起脑袋傻乎乎地看人家。人们手里的枪乒乒乓乓响起来，鲜血从额头上漫下来把眼睛都糊住了。它用巨大的掌抹一下，它还是不明白人们在干什么。北极发生的事情为什么会出现在河的两岸？动物转不过这个弯。人们去北极捕杀白熊用尽了手段，用铁夹子，用麻药枪。白熊的食物海豹更惨，白熊亲眼看见人们用棒子猛击海豹的脑袋，海豹的惨叫把冰山都震崩溃了。白熊奔过去保护那些不幸的海豹。海豹宁愿让白熊吃掉也不愿受人的屠戮。动物之间弱肉强食的关系是彼此认可的，它们共同构成美妙神奇的北极世界，维持着生命的平衡。人类打破了这种平衡。白熊满脸的血。白熊还是想不通这些复杂的问题。动物们都想不通这个奇怪的问题。

白熊钻到水底，它远远躲开鱼群，它不想让鱼看见自己狼狈不堪的样子。它在岸边的水草丛里喘息，舔伤口。射进身体里的子弹弄得它很难受。它的体魄是很好的，几天以后伤口就愈合了。那些子弹头也被血液化掉了。它浮出水面，浑身一抖，精神得不得了。惨痛的教训丝毫不影响它的情绪，它还跟以前一样胆子特别大。它是相信这条大河的。当危险再次来临的时候，它还是那么迟钝，明朗的眼睛看着手持凶器的人类，人类在它的眼睛里全都一个模样，不同的种族不同的民族都拿出他们的武器来对付白熊，他们把老虎豹子甚至巨大的蓝鲸都征服了，他们在白熊跟前有点惊慌失措。白熊光吃堑不长智，什么都不长，还是那么笨手笨脚，还是那么沉静的目光，跟孩童的目光一样，人类在这种目光注视下就有点慌乱。白熊虽笨，人类的慌乱它还是看得出来的。人们全戴上了墨镜，再也不靠近白熊了，在远处向它射击。白熊总是虎口逃生。温暖的河水总是舔掉它的伤口，伤口一次比一次厉害，几乎都是致命伤，河水还是医治了这些惨不忍睹的伤口。生命始终在它身上。生命紧紧地抱着它。它全身缩在一起，进入休眠状态。它跟所有的动物都不一样，它随时都能进入休眠状态。在梦中它也遭到人类的袭击。它相信这条河，这是一条大河，它怕什么呢？它什么都不怕。在梦中它知道那些敌人有多么沮丧。一个个圈套，一个个阴谋，一个个武器，全都破产了。关键是白熊放弃了攻击，白熊只剩下对这条河的信任了。它甚至原谅了那些袭击它的人。它再次睁开眼睛的时候，不单纯是宁静明亮的目光了，目光里有了一种怜悯和哀怨。因为阿尔泰圣地越来越近了。

在白熊的想象中，阿尔泰母亲是金色的，远方的群山果然金光闪闪，密林牧草和庄稼都是这种永恒的金黄色彩。在白熊的想象中，额尔齐斯河越到源头越开阔，那个巨大的卵巢斋桑淖尔向白熊展示了母亲辽阔的生命。接着是乌伦古湖，一大一小两个湖组成福海，幸福之海，从远古时代就被万物所崇敬的宝木巴圣地。还有哈纳斯，那个神秘而美丽的湖，额尔齐斯河真正的源头。所有的灾难和不幸都是值得的。圣地阿尔泰。

白熊踏上了阿尔泰的土地。

白熊从岸边走上山坡，穿过密林和草地，一直走到山脊，那里都是长满青苔的大石头。白熊很自然想起北极美丽的苔原地段。这就是阿尔泰与北极的一种默契。石头穿着色彩斑斓的地衣，跟厚厚的绒毛一样。白熊一个个摸那些石头，山脊一道连着一道，山脊被它摸热了，越来越热，石头导热很快的，很快就赶到白熊的前边，那块最大的石头释放出最大的热量，跟飞机一样飞到了天上。白熊是认识太阳的，太阳从它手中升起还是第一次。石头全都升起来了，阿尔泰所有的石头都在上升。白熊心甘情愿蹲在地上，看着群山往上升。

白熊就在这种美好的感觉中下到山谷。山谷里洁白的羊群在它眼里全是企鹅，摇摇晃晃，在草浪里出没。兔子有灰蓝色的，有白色的，有褐色的，见了它转身就跑。白熊不追它们，它们就蹲在远处很吃惊地看着这个陌生的家伙。

不幸的事情很快发生了。白熊想到羊群里看看，牧羊人，那个身穿军装的甘肃小伙子发现了熊。熊也是一惊，它所经历的种种灾难难道要在圣地阿尔泰重演？不可能，这怎么可能呢？白熊在心里暗暗祈祷，但愿那个人不是可怕的人，但愿他手里拿的不是武器。小伙子一点经验都没有，慌里慌张开了一枪，熊扑上来了。熊愤怒了，熊可以忍受漫长的西伯利亚和哈萨克草原的种种灾难，熊无法容忍天堂般的阿尔泰发生这种事情，熊就扑上来了。

小伙子往山上跑，小伙子穿过草地，钻进白桦林，人们说他是阿尔泰壮美的白桦树，他就抱住那棵最高最大的白桦树爬上去。熊不会爬树，熊能啃树，熊跟啃苞谷棒子一样抱住树根咔嚓咔嚓就把树啃倒了。小伙子比树快，提前落到地上，青苔长得跟地毯一样，他不能动了，他还有一口气，他的双手扳住熊爪。熊的嘴巴落下来的一瞬间，群山上空没有太阳，蓝色闪电平空而来，一下子出现在地老天荒的世界上。小伙子热泪盈眶，彻底地放弃了反抗。

7

屯垦团的正式编制是十二个连队，分散在布尔律辽阔的土地上，最年轻的士兵成为第一个死者。军垦战士的观念跟草原人是不一样的，他们不会把墓地选在水草丰美的地方，这种地方不属于军垦范围，军垦的原则就是不与民争水争地，他们的地盘在荒漠，在没有人烟的处女地。他们跟内地的农民也不一样，内地农民讲究风水，墓地要在风水好的地方，埋人跟种庄稼一样，回归大地的死者会在冥冥中保估后代兴旺发达。军垦刚开始的时候就没有这种规划，领导们手忙脚乱，连夜开会，提着马灯在规划图上找啊找啊，总算找到了一片荒滩。我们都要躺在那里的。好多年以后团长政委参谋长们全都躺进去了。甘肃小伙子是第一个走进墓地的人，编号为十三连的地方，棺材里只有几件遗物，几块骨头。

男人们手忙脚乱的时候，女兵坐在旷野里发呆。河边打水的哈萨克女人发现了女兵，女兵那样子她们太熟悉了，女人失恋或者婚姻不幸就会发呆，就会疯疯癫癫。大家都知道女兵的不幸，大家围住女兵嗨嗨喊她，她痴呆呆的一声不吭，也不看大家，那样子太吓人了。来不及搭白帐篷，也来不及叫萨满，这种时候只能用歌声和舞蹈来消除女人的不幸。哈萨克女人蒙古女人全都过来了，她们是草原的鲜花，她们是草原的母亲，她们也是歌手，千百个歌手会撼动天地撼动鬼神的，她们架起女兵跳起来。

一个节拍四顿足，

跳它四百二十下；
一个节拍八顿足，
跳它八百四十下。

我跳的脚步不合拍，
也不会进场跳安代；
我唱的歌声不合拍，
甘愿唱歌在野外。

我跳的脚步合节拍，
走上场来跳安代；
你溜边不愿靠前，
高声歌唱也不许离开。

钢铁纵然坚硬，
投进炉里就熔化；
你的烦恼虽然深重，
进场歌舞宽心怀。

你患的"安代"这种病，
心里忧伤，坐着哪能行？
远远近近的姐妹们聚齐了。
顿足跳舞唱歌声。

空中无云天气晴，
哪里能够降甘霖？
亘古以来无爱情，

我们怎能唱歌声?

真挚爱情落了空,
悲观失望哪能行?
要以坚强的意志,
打起精神稳定心情。

山路漫长高又陡,
哪能止步不前不攀登?
因为没有遂心愿,
发愁忧伤哪能行?

如果云雾能消散,
天空就会变爽晴;
如果情真意又切,
迟早总会得相逢。

女兵的脸蛋红起来了,手脚软和起来了,眼睛亮起来了,汗珠子渗出来了。湖南辣妹子长长地呼吸,一呼一吸,可以跟她说话了,人家就指那些草原和群山给她看:看啊,那是我们女人的白帐篷,我们女人的梦就在白帐篷里。女兵是相信这些祝愿的,女兵可以自己走回去,她就一个人回去了。

女兵没有大家想象的那么悲痛,女兵在坟上培了一圈新土,女兵就离开了墓地。领导派人悄悄地跟着她,怕她自杀。悬崖峭壁河边都是严密监视的地方。连茇茇草丛都不放过。茇茇草太高了,跟灌木一样,女兵钻进去半天没动静。两个男兵就摸过去了,正好跟女兵打个照面，女兵系裤子呢。男兵尴尬万状，手忙脚乱。女兵很生气，她去找领导，领导支支吾吾："安全啊，怕你出事。"

"为什么不怕别人出事？不都是战友吗？"

"你和他，一个男的一个女的。"

"他死了，该放心了吧。"

沉默。

"说吧，要我嫁给谁？"

领导念文件。文件都能背下来，领导还是拉开抽屉，很庄重地念一遍。

"符合规定的男同志你都可以考虑。"

"好，我考虑考虑。"

还是有点不放心啊，谁能相信一个女人的话呢。监视更隐秘一些，是两个老侦察员。女兵很少到危险地方去。她坐在山坡上望着天空，阿尔泰的天空，一年四季都是那么晴朗，冰天雪地也是晴朗的，仅仅在暴风雪到来的时候眯那么一会儿眼睛，马上就泛滥出无比辽阔的蓝。女兵的眼瞳蓝幽幽的。她从天上看到地上，她看到的都是宽阔平缓的阿尔泰山谷，大地在山谷里显得空旷辽远。两个侦察兵看着看着忍不住解开领扣，让山风灌满胸膛。他们如实报告领导：她不会出事。

"你们这么肯定？"他们指指天空，指指那些谷地，领导看一会儿也放心了。

大家都放心了。更让大家兴奋的是女兵开始考虑个人问题啦。当然这个个人问题是极有限的，符合文件规定的同志刮脸理发收拾得干干净净。

女兵是在一个下午消失的。从她的宿舍看不出什么破绽，被子叠成方块，床铺平展展的，没带任何东西。河对岸阿吾勒的哈萨克人看见女兵从他们村庄走过去了，到深山里去了。马上派人到牧业班去找。牧业班的人什么都不知道。可他们知道甘肃小伙子爱去的地方。那些地方都是遍地的酥油草，小伙子是很敬业的，牧人对羊好不好，看着草场就知道了。他们到了小伙子出事的地方，确实是一个凶险的地方，林子很暗跟地洞一样，林中空地有泉水闪烁，很大的一片草地，小伙子就把羊赶到这里来了。杨树桦树一棵比一棵高大，那棵被熊啃倒的桦树还活着，它的一半根还连着大地，它的枝叶还在哗哗喧响，深山里这种躺着生长的树很多。

大家心里沉甸甸的。女兵八成是让熊吃了。这只好色的熊吃得干干净净连一根头发都没留下。墓坑都挖好了，棺材里放几件衣服。大家总觉得不大对劲。再找找吧，找到一丁点遗物也行啊。只好求助于当地老百姓了。阿吾勒里的哈萨克人一口咬定熊不会吃女人，尤其是漂亮女人。除了熊还有狼啊，狼吃人是毫不含糊的。哈萨克人不管这些，他们只有一个很单纯的想法，女兵的恋人让熊吃了，她找熊去了。更让人担心的是阿尔泰的匪患还没有清除，都是些惯匪，流窜中蒙苏几个国家辽阔的草原与森林地带。一个赤手空拳的女兵绝无生还的可能。

女兵那种从容不迫的劲头让人吃惊。好多年以后，她的女儿也感到不可思议，一个女人怎么有那么大的勇气和胆量？女儿的婚姻屡次受挫，女儿对母亲的遭遇充满了强烈的兴趣，她知道的大家都知道，母亲不可能告诉她更多的东西，母亲甚至不愿提自己的名字，女儿也受到了影响，不到万不得已绝不公开自己的名字。女儿把这一切归结为母亲的遭遇，过于坎坷的生命是默默无声的。女儿真想对母亲大吼大叫，实际上常常是自己对自己大吼大叫，在远离故乡的城市里，在孤零零的房间里，她总是对自己歇斯底里一番，然后到书房，进入遐想，随便想什么都行。下边的故事是有根有据的，不是胡编乱造。

8

刚开始是一匹马,草原上的故事离不开马,马甚至比人还有味道。从那匹高傲的母马开始吧。那是一匹白马,跟雪一样白,奔驰在金色的阿尔泰草原上,饮的是甘露,吃的是仙草。阿尔泰人的说法可能有点夸张,阿尔泰草原的绵羊喝的都是圣水,吃的都是中草药,拉的都是六味地黄丸。高贵的马当然很挑剔了。母马对同类也挑剔,挑得厉害,公马很难靠近它,伊犁马、焉耆马、巴里坤马,全都沮丧地垂下头颅,嘴巴扎进草丛里闭着眼睛库嚓库嚓吃啊吃啊,草根都扒出来了,沙土都咽下去了。

母马越来越漂亮了,纯白的鬃毛长长飘起来,一尘不染,用白雪赞美它一点也不过分。草原上的人喜欢早晨和黄昏远眺谷地里的白马,阿尔泰的谷地宽敞得能装下全世界,可世界是没有边缘的,阿尔泰谷地的边缘耸起灰蓝色的岩石,跟驴背一样低矮的石棱,人们站在石棱上看那匹漂亮的白马,太阳在早晨和黄昏都是红的,跟血一样鲜红。草原古老的传说里,卫拉特的汗王曾对着白雪发感慨,为什么世上没有白雪一样的女人?汗王找到雪白雪白的女人,可那女人不够红。汗王打猎的时候射到一只兔子,兔子的血洒在雪地上,汗王射杀过多少猛兽,它们都没有兔子的血这么鲜艳,跟玫瑰一样盛开在雪地上,汗王就感慨这世界上为什么没有白雪那么白净,兔血那么殷红的女人?汗王手下一个奸邪的家伙告诉汗王,您的弟媳妇就有白雪一样的皮肤兔血一样的脸蛋。汗王就把弟弟派到前线去打仗,弟弟战死,汗王就纳了弟媳妇。弟媳妇果然有雪一样的白皮肤有兔血一样的红脸颊。这个美丽的妇人在取得汗王的信任以后设计骗那奸邪的大臣到大帐里,灌醉他并把他置放在自己床上,然后去找汗王。奸邪的大臣酒醒狂奔,被汗王追杀,汗王的手指受伤流血，怒气难消，叫人剥下奸臣的脊皮，传示妇人。妇人以汗王的血掺和奸臣的油祭奠亡夫，汗王中计也无可奈何。妇人另嫁一勇士，夫妻合力杀了汗王。这个惨烈的故事就传下来了，竟然应验到一匹马身上。有钱有势的人都想得到白马高贵的血液，牵着他们的公马来找主人，贪婪的主人难以招架滚滚的财源，就把母马拴在桩上，把发情用的玛霞克草和包乌沙克草捣碎塞进母马的阴户。母马眼睛也被蒙上了。母马有一双好鼻子，它能从气味里判断出公马的优劣，它如此傲慢就是为了找到草原最好的公马，那绝对是千年不遇的良种公马。母马难以忍受主人的虐待，挣脱缰绳，谁也拦不住它，多少套马杆被它拉断了，多少骑手被它活活拖死。阴户塞满了玛霞克草和包乌沙克草的母马比以往更凶狠，它朝岩石奔去，拖在后边的人就被撞得支离破碎，人们全惊呆了，再也不敢追它了。它离开草原，遁入戈壁，卡拉麦里山到蒙古大戈壁，从来都是马群望而止步的地方，母马不顾一切地冲进去了，烟尘高高扬起。半年后母马回来了，它带着身孕，后来生下一匹火焰一样的小公马，它看一眼漂亮英武的儿马就死了。它怀的是蒙古野马的种，只怀一胎。小马继承了野马和母马的优点，生下几个时辰就能跑，两三天后就活活踢死了两只老狼。主人高兴坏了。千年的良驹很快长起来。谁也上不了它的背。它在挑选骑手。它的母亲就很挑剔，主人都骑不了它。人们想起母马拖死人的情景就不寒而栗，跟传说里的火焰驹一样。火焰驹是中原的传说，从中原传到遥远的阿尔泰，形容这匹野马再恰当不过了。

  骑手也该露面了。那是可可托海的一个农户，祖先可能是从内地迁来的，有人说他们家来可可托海有六百年，他们家里人说一千多年。人们总习惯于把自己的根说得古老一些，西域许多民族都是用神话和史诗把数百年的历史演义成几千年。那是一个充满激情与想象的年代。从内地迁徙到遥远的中亚腹地，来的大都是男人，就和当地游牧民族通婚，什么民族都有，唯一对内地的印象就是《三国》《水浒》还有戏曲。那时，从张家口来的商队可以走蒙古青草地，从阿尔泰到迪化，到伊犁，到俄罗斯，商队也带来内地新的戏曲，都是漫漫商道上寂寞难忍时吼叫出来的，断断续续的唱曲散落在包头、蒙古戈壁、青河、可可托海、锡伯渡、布尔津、奇台……可可托海地方的这家农户听到的是《火焰驹》。在榆林听下的，越往大漠里走，《火焰驹》越有味道。可可托海地方的农户就为听这曲子，把商队留在村子里，吃好喝好，肥羊宰上，好酒敬上。说是农户，也是亦农亦牧，边地都是这种庄稼人，养许多牲畜，骑上马就是骑手了，他们太喜欢《火焰驹》了。

他们家那个十六岁的少年，骑上大马哼哼着曲子就不想种地了，他的心变野了。有一天他骑马到布尔津就听到牧民们讲布尔津草原上神奇的火焰驹，蒙古野马与家马的混血神驹。这太合少年的口味了，好像一直在等待着他的到来，他跳下马背，并朝那马甩了一鞭子。那一鞭子甩得狠啊，马被打得直直立起来，马蹄子在空中刨了半天，马屁股上渗出一道血印子。马叫不出声，马吸着冷气，一溜小路跑上斜坡，它会穿过草原到戈壁上寻找最后的机会，或者沦为野马，或者倒毙在戈壁滩变成一堆白骨。

少年找他的火焰驹去了，少年连名字都想好了，胡汉混血的身世具有很大的选择范围，富蕴另一个名字叫可可托海，蒙古语绿色丛林的意思。少年喜欢这个名字，绿色丛林从来都是英雄好汉出没的地方，他就取了托海这个名字。在家里，人家叫他老七、七小子，他讨厌当老小，他要当老大，他就把可可托海辽阔的地方拿过来了。他告诉牧主我叫托海，我可以制服这匹烈马。牧主看不出来这个傻小子是蒙古人还是汉人，牧主说："马，你可以骑，摔死人我不管。"

托海连续被摔下来七次，骨头都快摔断了，火焰般的神马动都不动，凭你施展本领，它只撅一下屁股，再好的骑手也无可奈何，跟石头一样被撂在地上，半天都爬不来。马冷冷地扫一眼地上的倒霉蛋，鬃毛跟火焰一样冉冉飘起，它昂首云天根本不看大地。托海从地上爬起来，他被彻底地摔醒了，他一瘸一拐走到马跟前，看样子他不骑马了，好像要给马下跪苦苦哀求马了。他整个身体对着马脑袋微微弯下去，围观的人都眯起眼睛屏住呼吸，草原上千百年来没有人给马下过跪。奇迹确实发生了，但不是人们所期待的奇迹，托海蹲成马步，从靴子里拔出刀子，嗖嗖两下，剜掉大腿内侧的两块肉，左腿一块右腿一块，带血的手扳开马嘴。高傲的马顿时被这突如其来的举动吓住了，人家给它塞一块肉，它就吃下一块，再塞一块再吃一块。伤口非但没有摧毁托海反而刺激了他的身体，他跃上马背，受伤的双腿，有了无限神力，跟铁棍一样把马腹夹下去了。马背上的托海双眼充血脸上血光闪闪。马跑成了一团火焰。托海的伤口被烤干结痂，新长的肉跟皮革一样，隔着鞍子马都能感觉到那两块结实光滑的肉。

神马不可能再吃托海的腿肉了，托海没那么多肉，牧主也没那么大方，肯用肥羊喂马，开天辟地以来马都是吃草的，马又不是老虎。牧主不但不买托海的账，还责备托海弄坏他的马，把吃草的马弄成了吃肉的马。

托海太喜欢火焰驹了，什么条件他都答应，他不要一文工钱，成了牧主的奴隶，放羊放马，还要打猎。火焰驹三天两头要吃肉的，不吃肉就没精神，就不能翻山越岭。阿尔泰草原有多少马啊，谁也比不上火焰神驹，骑上火焰驹就跟骑上太阳一样，又平又稳，悬崖深壑都拦不住它。托海那双带疤的腿被传得更神奇了。托海有时也骑别的马，托海骑过的马别人就很难上去了。

女人们似乎对托海的腿更感兴趣，用男人们的话说托海这小子开始学坏啦。托海十八岁了，不坏是不行的。托海的胆子就大起来了，他挑逗牧主的女儿。丫头长得又黑又俊，跟雪豹一样，看不透男人的坏心眼，托海要跟她比试手劲，她挽起袖子骂咧咧的："黑骨头也想试力气，不就制服一匹马吗？"丫头野着呢，啪一下差点扳断托海的大拇指。疯丫头经不住众人喝彩，脚下一扫，托海跟木头一样倒地上，疯丫头一只脚就踩到托海胸口，狠狠踩三下，越踩越有弹性。大地升高了许多，天翻地覆，托海一下子把丫头压在地上，丫头跟雪豹一样拼命挣扎，托海的双臂跟铁棍一样是挣不脱的。"放开我，放开我。"丫头挣出一只手，抽托海耳光，托海松开手，大家笑："他用了胳膊，他要用腿丫头你就惨啦。""我非锯掉你的腿不可。"丫头恶狠狠盯着托海的腿。

后半夜，托海把马牵到额尔齐斯河边，等了半个时辰，丫头就跟上来了。丫头骑在前边，托海骑到后边，这是伊犁塔兰其人骑马的方式。塔兰其人的老婆都是抢来的，塔兰其人无论走到哪里，女人总是在前边，在马脑袋跟男人中间。

"我是白骨头，我是你抢来的，你记住。"

在额尔齐斯河边，在波浪一样颠晃的马背上，托海已经把她变成了女人。

女人对抢劫充满无限的向往，他们就抢劫商队。开始用刀，后来有了枪，沿着漫长的边境线，神出鬼没。女人也成了神枪手，使双枪，天生的女魔王，托海亲切地称她为黑夫人。官军咬得紧就往俄国溜，俄国咬得紧就往中国跑。

1916年俄国中亚各民族反俄大起义之前，托海已经成为令中俄两国头痛的悍匪。七河省政府最担心托海加入反俄大起义。这是普加乔夫以后最大的一次草原暴动，政府军吃尽败仗后就使出阴谋手段，挑拨离间各个击破，同时招募各地匪帮，协助围剿。托海匪帮就有了大用场，他没有受雇于七河省政府，他不爱跟官府打交道，他交往的都是草原古老的汗王，给王府护驾。暴动渐渐接近尾声，骁勇的卡尔梅克首领米尔罕带残部向斋桑淖尔撤退，渡过额尔齐斯河就是古老的图瓦汗国，草原最后一个汗国，义军要回到他们自由的故乡。沙皇占了草原的土地，又大量征兵，草原只剩下老弱病残，千里之外也很难见到一个壮丁，壮丁们不愿去欧洲送死，一夜间就暴动了，剽悍的卡尔梅克人成为起义的主力。

据说米尔罕有一位能干的夫人白鹰。起义前丈夫被叛徒出卖，关押在死牢里，白鹰准备劫牢救夫，为了不留后患，她掐死不足一岁的幼子，手持利刃，带人冲进县衙，救出丈夫。据说白鹰能使双枪，而且百发百中。草原从古就不缺这些叱咤风云的巾帼英雄。只要回到古老的图瓦，他们还能东山再起。俄罗斯帝国已经摇摇欲坠，散发出恶心的臭味。

那正是春天冰雪消融的季节，寒风呼呼地吹着，冰块跟野马一样冲上河岸。官军逼过来了。河对岸托海的部队也赶过来了。双方在河滩展开激战，打了两天两夜，托海的大部分弟兄倒下了，狡猾的托海牢牢地控制着河岸的高地。托海把卫队全拉上来了。他只带一个卫兵扼守高地，他把短枪交给夫人，他跟前放两枝俄国水连珠步枪，卫兵装子弹，他跪在岩石后边射击，弹无虚发。数百人被击沉在额尔齐斯河里，被冰块冲走了，到斋桑淖尔去了，残余的十几个人围在河滩上，他们的首领米尔罕被托海射杀了，他们分散突围，向辽阔的草原狂奔。

托海可以收拾战场了。大片尸体中间躺着威震中亚大地的英雄米尔罕，他的照片印在追缉令上，草原的鹰都认识米尔罕，托海从水连珠步枪的准星里看到这张豪气万丈的面孔时心里紧了一下。都是草原的好汉。兄弟对不起了。子弹呼啸着穿过米尔罕的右胸，把米尔罕从马上掀下来。米尔罕骑的一匹黑骏马，钢炭一样铮亮，冰块全被马胸击碎，马跟蛟龙一样破浪而来，有十几个忠诚的卫兵下水打捞他们的首领。托海停止射击，让他们喘口气，托海完全可以把他们收拾掉的，托海欣赏他们对首领的忠诚。打捞上来的首领已经奄奄一息，说了几句话，抬手指指北方的大草原就咽气了。那十几个人分成三队，分头突围。托海的人紧追不放。

托海到河滩查看了米尔罕的尸体，尸体还热着，托海让手下用毯子把尸体裹住。草原古老的传统，坐白毡的王者不能把血流到土地上，托海以汗王的礼仪处理了死者。托海让夫人护送尸体过河，去见官军。这些官军真没用。托海带人去清扫残敌。

女儿金海莉第一次接触托海匪帮和起义的卡尔梅克人的资料，所有对中亚草原感兴趣的人都能接触到这些资料，金海莉已经很满足了。许多人猜想这个天生丽质的单身女学者对野史发生兴趣，可能是所研究的专业太枯燥了，寻求一种高雅的刺激。另一种解释是她的故乡阿尔泰本来就是北方草原民族的摇篮，原始岩画的丰饶之地，萨满巫术的中心地带，她的任何奇思异想都不足为奇。这种研究是很难出成果的，不是信史，没有学术价值。她也不对人家解释，种种猜想全都牛头不对马嘴，学术界就是这样，缺少想象力，知音难觅。

关心她的人还是有的。有次开学术会议，主持人介绍她去认识一个人：尉琴，东干文化的专家，出了好几本书，国际学术界都有影响。金海莉还在死胡同里乱撞，该找高人指点指点。主持人就这意思，敲开门，介绍完毕，主持人就离开了。两个女学者，一个中年，一个青年，谈得很投机。她们研究的地域是相同的，话题越谈越近，阿尔泰同时出现在她们面前。尉琴教授当过知青，插队的地方就是新疆建设兵团，农十师，北屯往北，小城布尔津。金海莉脑子嗡地一下，她的父亲老金同志当年跟女知青发生过故事，受到组织严厉的处治，被押送师部的途中遭到猛兽的袭击而丧命。尉琴教授也恍然大悟，真是冤家路窄，可，可我们不是冤家。气氛尴尬至极。

金海莉愤然而起，扬长而去，在车站给会务组打个电话就算完了。尉琴教授不知道怎么熬到会议结束。

别人是不知道这些秘密的。学术会议每年都有，躲不开的，两人见面点点头，也都是尉琴点头，面含微笑，完全把她当孩子。她比人家尉琴的女儿大不了几岁，人家不跟她计较。不过有心人还是能揣摸出一些迹象，尉琴教授好像有什么亏心事。私生活不能打听的，到此为止，到那张宽厚的长者的脸上为止。那种修养那种气度，不要说别人，就是愤怒的金海莉也慢慢平和下来，不再冷若冰霜，尉琴点头的时候，金海莉的脸上也晴朗起来了。

退一步不但海阔天空，而且柳暗花明，金海莉意外地获得了米尔罕的夫人白鹰的资料。米尔罕死后白鹰一直活着，一直活到1984年。令人难以置信的是白鹰就是悍匪托海的二房夫人，大名鼎鼎的白夫人。

托海有两个夫人，原配黑夫人，白夫人是后娶的。人们只知道黑白二氏，她们的名字无人知晓。托海竟然留下一份资料，他口授，手下一个文书笔录，时间是1947年，黑夫人阵亡的日子。托海陷入重围，黑夫人为掩护丈夫中弹身亡，面临灭顶之灾，托海很悲壮地回顾他的一生，标题是"我亲手击毙英雄米尔罕"，重点记叙他如何得到米尔罕的夫人白鹰。资料用了三种文字。

记录这份资料的人提前突围，单人单骑很容易出去的，他的任务就是传播这份资料。他果然不辱使命，一直活到1965年，在很偏远的地方隐姓埋名当小学教员，临死前，请人刻印数百本，也是三种文字，分散到中苏蒙边境沿线，也是托海匪帮活动过的地方，他相信这些文字能留下来。他也知道要大范围传播是不可能的。他活着的年代，有关米尔罕的事迹早已被人们编成史诗和传奇，《额尔齐斯河波浪》《清澈的额尔齐斯河》传遍整个中亚，在那些史诗里，米尔罕为了草原人民的事业揭竿而起，血染沙场，他那圣洁的夫人白鹰追随英雄丈夫的左右，献出宝贵的生命。这符合人们的愿望。

　　人们对托海不感兴趣，对托海的资料更不感兴趣，少数知道白夫人身世的人也认为不应该传播这种消息。数百本资料慢慢地蒙上灰尘，等待这个叫金海莉的女人来寻找。金海莉最适合读这份资料，一目十行，每一行文字都要在她脑海里扩散成数十行，甚至数百行，这种裂变的效果太美妙了，金海莉也相信这是极真实的。

　　……

　　米尔罕兵败额尔齐斯河畔的那年春天，也就是他的残部掩护夫人白鹰冲出重围的那天晚上，遇到罕见的暴风雪。春季的暴风雪是很可怕的，正是产羔季节，牲畜被冻死在旷野里，帐篷被刮走。米尔罕残余的十几个人全都迷了路。追兵也一样，暴风雪把托海的人刮得晕头转向，谁也找不到谁，十多人都冻死在雪地里。

　　托海骑的是火焰驹，可以在暴风雪里走来走去。托海到背风的地方，可以睁开眼睛了，也可以呼吸了，大风呼啸的时候会把人活活憋死。这是一片小树林，大风减速，火焰驹缓缓而行，林子中有房子，有火光。房子里有两个老人，他们在救一个女人，那个女人就是米尔罕的夫人白鹰，白鹰全身乌青，被冻昏过去了，是老两口从雪地里拖回来的。她的马守着主人，马被冻僵了，成了冰块，马用身子挡着大风，主人被拖走的时候，马才倒下去。

　　两个老人用雪擦啊擦啊，两个时辰内要缓不过气就死定了。托海换下老人，托海忙了一阵子停下了，托海望着老人们，老婆婆知道托海要干什么。那是草原很古老的办法，用男人的身体把热量送进去，如果冻僵的是男人，就用女人的身体输送热量。必须年轻力壮，而且有生命危险，常常是把人救活了，救人的人落下终生残疾，即使没有疾病，也活不到正常人的寿命，五十岁就是最高寿了。可眼前这个女人不是一般的女人,她是米尔罕的女人,比英雄的丈夫更有英雄气概,至于她的美丽人们传说得更厉害,亲眼所见就知道那些传说一点夸张都没有,全身冻得发青,脸色青紫而苍白,也掩不住罕见的俏丽。托海不是个好色之徒,托海满脸通红,出着粗气,让他血气贲张的是女人身上另外一种东西,让男人赴汤蹈火的东西。老婆婆叫起来:"你是草原的巴图鲁,佛爷会保佑你的。"老婆婆和老头子躲开了。他们知道这个杀人魔王也是个豪杰,会为女人赴汤蹈火的。火焰神驹在外边发出昂扬的叫声,配合着主人,主人好像回到了火焰神驹的背上,主人好像驾着一团火,大火彻底地压住了暴风雪,彻底地压住了。

暴风雪延续了整整一个月,人畜大多毙命,那个土房子里的人活下来了。

白鹰死心塌地成了托海的女人,她有言在先:"我的鹰随米尔罕去了,让我的命跟着你托海吧。"她就成了白夫人,跟黑夫人亲如姐妹,既是夫人也是保镖,使双枪都是神射手。早年黑夫人跟着托海泅渡额尔齐斯河,水太凉,坏了身子,不能生养,每当过河的时候,黑夫人就把托海从火焰驹上揪下来,让白夫人骑上去,黑夫人亲自牵马,泅渡额尔齐斯河。

"这是一团大火,骑上去吧,妹妹。"

白夫人成为第三个骑火焰驹的人,除过托海和黑夫人谁也不能靠近火焰神驹。野马和家马的混血儿,白夫人很快也染上了罕见的野性,手中的枪常常打红管子,洗劫村庄,洗劫部落,有时冲进县衙,留下大片尸体。两年后,白夫人生下一个儿子,过两年又生下一个儿子。托海都发疯了,这回他吼叫的不是《火焰驹》的唱段,是草原上的壮士歌,他只用那豪迈的曲调,词是他自己的。

额尔齐斯河啊,嗬依。

汹涌的大河啊,嗬侬。

湍急的大河啊,嗬侬。

托海的生命胜过米尔罕啊,嗬侬。

美丽的夫人啊,嗬侬。

生下一只苍狼啊,嗬侬。

又生下一只苍狼啊,嗬侬。

金色的秋天里怀胎啊,嗬侬。

生养在天堂般的牧场啊,嗬侬。

从夏天到秋末,牧草熟透的季节,托海一直待在山上,草原和群山静悄悄的,从来没有这么安宁过。

9

冬天逼近了,密林越来越空旷,灰蓝色的石头慢慢腾腾踏着厚厚的落叶从林子里走出来,停在窗前屋后。石头都穿着淡黄色的地衣,云杉林后边的石头是走不出来的,都是巨石,一个完整的陡坡,或者壁立千丈的石崖,云杉红松长满针叶,跟钢针一样刺穿烈日和暴风雪,再大的石头遇到云杉和红松只能蹲在老地方。鹰把巢筑在那里,雄视整个山谷。鹰叫起来,鹰从高空直落石崖,鹰爪奏响了岩石,长长的呼哨声击落最后的树叶,针叶以外的树叶全都簌簌而下,麻雀雪鸡在这种嘶哑的长鸣中从空中或树上栽下来。鹰的呼哨越来越猛,树叶落光了,更多的小鸟从高空下坠,蹿进地窝子,正好成了人们的一餐美食。慢慢成了习惯,人们看见疾如流星的黑影在眼前一闪,很快就传来一声划破长空的呼哨声,被吓破胆的小鸟就跟雨点一样落下来,人们就可以吃到麻雀、沙鸡和雪鸡,多了,数不清的小鸟,被鹰从天空击落。鹰在收获庄稼。这是庄稼汉的说法，牧人们的说法更有道理，牧人们告诉军垦战士，鹰是吃腐肉的，鹰一眼就能看出老弱病残，鹰要是不吃它们，动物会得病，整个草原都会病的。鹰把那些强者留下了。一个胡子拉碴的老兵跟牧人争起来，老兵怀里揣着一只瑟瑟发抖的青灰色的小鸟。

"它没有病，它很健康嘛。"

"它发抖呢，发抖就是病。"

"这是什么话？"

"就是这话。"牧人飞身上马，疾风般蹿上陡坡，勒住马缰，朝老兵大喊，"看见莫有，就是这个样子！"骏马就飞起来了，马鬃跟鹰翅一样高高飘起。军垦牧业班的战士纷纷上马，冲上陡坡，凌空而下，他们都成了草原雄鹰。大地在马蹄下轰响。

老兵怀揣着小鸟，回地窝子去。地窝子里有小鸡，小鸟跟小鸡待在一起就不发抖了。

老兵又去找那些孤零零的小鸟。

秋天撤走了，牧草全趴下了，大地硬邦邦的，从空中坠落的鸟儿也是硬邦邦的，跟石块一样咚咚落地，又慢慢苏醒过来，就像从石头缝里渗出来的一样，鸟儿的眼睛先露出来，身体也出来了。老兵弯着腰，越弯越低，老兵几乎是匍匐前进，刚刚苏醒的鸟儿很快就到了老兵的手上。那手可是太粗糙了，就像扒下的松树皮，鸟儿在松树皮上抖得更厉害，怎么办呢？松树皮对着太阳，太阳是娇嫩的，太阳每天剥一层皮，太阳是不会老的。老兵跪在地上，挡住风，太阳一下子就近多了，太阳就蹲在老兵结实的胸口，跟火一样慢慢地烤着小鸟。小鸟总算安静下来了，细细的脖子也挺直了，老兵捧着鸟儿回到地窝子。他必须穿过宽阔的草地，翻过陡坡，就是地窝子了。他走路的样子很可笑，膝盖以上一动不动，小腿和脚又轻又快，双臂直直伸出去，就像滚动在草原上的高车，车辙长长伸出去，悄悄地向前滚动。放马的人们被这种景象迷住了，他们在陡坡上静静地看着。失去了秋天的阿尔泰大地，苍穹黑沉沉的，四周都是黑沉沉的，脚下的草地有一点微弱的亮光，跟灰烬一样，虚虚的，脚步轻而又轻，从灰烬上踩过去。骑马的人纷纷下马，牵着马，马连吐噜都不打，连响鼻都不喷一下。

"这家伙是个兵吗？"

"老油条呢。"

老兵是"九·二五"起义过来的，是陶峙岳手下的兵，陶峙岳跟王震合在一起就是军垦战士了。他在军队里混了一辈子，奇迹般活下来，不是老油条是什么？如果记得不错的话他应该叫老金。战争夺走了老金所有的亲人，老金被国军抓了壮丁，老金不会打枪，只会做饭，不管国民党的兵还是共产党的兵，都爱吃老金的馒头饼子油条米饭大片烩面猪肉炖粉条。老金送饭上火线的时候耳朵用棉花塞着，老金极端厌恶战争，老金喂养的士兵跟大海的波涛一样消失在战火中。那年月，全世界都在打仗，老金当兵的目的只有一个就是吃饭，他吃，也让大家吃，他的手艺在战火中日趋成熟。当了解放军，老金嘴上不再嚷嚷当兵吃粮的"反动"言论，心里还认这个理。王震一声令下，几十万大军扛起坎土镘扛起铁犁开进万里荒原，老金的"当兵吃粮"就成了刻在脑子里的真理。

老金是带着几只小鸡到阿尔泰的，部队过呼图壁，那里全是古老的土著汉族，院子里有一群一群的小鸡，老金就买了几只，揣在怀里，带到遥远的阿尔泰。小鸡已经长起来了，已经能分出公母了。公鸡母鸡都很听话，它们帮助老金照看这些小鸟。小鸟饮了水，吃了米，小鸟有了元气。有些鸟飞走了，它们有自己的家，它们飞走的时候在地窝子上盘旋几圈，长鸣几声，就飞走了。老金放它们走的时候一定要选好天气。

最后一只鸟一直陪着老金。老金就感到有点奇怪。这是一只最壮实的鸟，跟大理石雕出来的一样，它身上有伤，肯定是挨了鹰的翅膀，鹰在高空猛击一掌把石头鸟打落下来，暂且叫它石头鸟吧。这种灰蓝色的鸟卧在阿尔泰任何一个地方，都会被误认为石头，阿尔泰的岩石全是灰蓝色。灰蓝色的石头鸟打算在老金的地窝子里过冬。老金忙了一天很累，老金躺被子上歇一会儿，老金很久没有这么长展胳膊长伸腿脚地眯瞪了，老金刚眯瞪起来，就听见石头鸟的叫声，老金坐起来，石头鸟又叫了一声。老金几乎天天听石头鸟叫啊，今天听起来就感到很特别。老金下到地上，老金再也不敢动了，他静静地听鸟儿一声接一声地叫。那个甘肃小伙子的亡魂附在鸟儿身上了，鸟叫得这么欢，是让人给它当替身，给死去的人当替身，借鸟儿的声音在嘱托一件很大的事情。老金全听明白了。老金不停地点头，老金举起手对天发了誓，鸟儿也点点头，鸟儿放心地走了，鸟儿相信这个人的承诺，没有任何犹豫，箭一般从地窝子里蹿上天空，在高空里长叫三声，一个伟大的使命就完成了。鸟儿轻松多了，几乎收不住翅膀了。一个人的亡魂附在鸟儿身上，是一件很沉重的事情。飞吧飞吧，你不是石头鸟，老金在心里喊，老金嘴上不说的。鸟儿很快就消失了。

老金把通往森林的小路全修补了一遍，铺上石头，架上圆木，陡峭的石壁上有脚踩的坑，老金用钢钎凿啊凿啊凿出一个个深洞。老金把松子收起来，撒在路边，松鼠、野兔和猞猁会光顾这里的。老金还做了标记。老金简直成了老猎手，只有经验丰富的猎手才有这种本领。老金只是在山里打过柴，老金在口里可不是这样，见了树就砍，能烧火就行。老金穿过准噶尔盆地见识过真正的戈壁沙漠，老金就知道树在这里意味着什么。阿尔泰满山遍野都是树，老金也不敢随便砍树。都是树，长在口里跟长在这里就是不一样。阿尔泰的树让老金一愣。

他从来没见过这么金黄的树，丘陵河谷地带全是西伯利亚大叶杨，全是白桦树，叶片跟金属一样闪闪发亮，这些树都是有灵魂的。他手里提着士兵挖战壕用的圆头铁锹，他在地上挖一条坑道，不像战壕也不像地窝子，直到他整个人沉下去，他才停下来。他站在自己挖好的地洞里。他太喜欢这个地方了。刚到阿尔泰他就看中这个平坦的洼地，洼地里长着一片稀疏的白桦和大叶杨。

在他们老家，那个叫箭括岭的地方，人们总是在年轻的时候挑选一块好地，挖一个坑，在里边呆一宿，太阳出来时就填上了。关中西部只有箭括岭地方才有这种习俗。他是孩子的时候，偷看过大人们这种神秘的举动。长大一点，他从庙会的戏台上从老人们的故事里知道村庄北边那起伏的群山，最高的山峰状如箭括，最早的周人秦人翻过这道山岭，定居在平坦的川地，也完成了马背到农耕的转化，唯一化不掉的是剽悍与勇武，一代又一代沿着渭河谷地向东征伐。老金他们这一族从遥远的长白山一路杀过来，火掉北宋，饮马渭水，沿秦岭与南宋抗衡，直到蒙古人从大漠崛起。最后一支金兵潜伏在箭括岭一带，怀着复国的梦想，从元末到民国，他们踊跃参加每次战争，男丁很少活到天寿。他们的血气太旺了。老人们很早就意识到这种危险。男子成人的时候就悄悄出去，到野地里挖坑，寄魂魄于故土，出来再埋掉，就可以安居乐业了。娶妻生子，五六十岁了，看着看着已经老了，有一天他会突然离家出走。有人一去不返，有人死在旷野被抬回来，腰里别着刀子，一副投军征战的样子。坟地里有许多衣冠。民国二十年，老金的亲人都死完了，男人们当兵去了，老人、妇女和孩子叫土匪杀光了，土匪抢劫是要血洗村子的。老金十六岁这年，还没来得及选好地方挖坑呢，就被国军抓了壮丁。老金厌恶战争。老金彻底地实现了他们家族几百年的梦想。

在遥远的阿尔泰盆地，老金置身于一片沃土中，优质的黑钙土，关中的黄土是比不上的，这足以安慰祖先的在天之灵了。老金挖的坑也太深了，吭哧半天才爬上来，又吭哧半天填平。老金太喜欢这个地方了，老金就在那虚土上踏啊踏啊。老金身上要发生一些故事了。

老金开始显山露水的第一件事是瓦解即将叛乱的骑七师，马步芳的嫡系，在河西走廊屠杀过红军，在河南抗击过日寇，在玛纳斯河畔挡住了三区革命军，在北塔山与入侵者激战过，他们又要战斗了，他们举着马刀，牵着战马，走出营房。可他们曾经是黄土高原的农民，是种庄稼的好手，老金太了解他们了。他们对老金是信任的，老金不就是伙食班长嘛，"九·二五"起义前不也是堂堂国军吗？老金赶着爬犁过来了，他们也不会怀疑老金拉炸弹来炸他们，他们就让老金过来了。老金的爬犁一直到亮晃晃的马刀丛中停下，老金站在爬犁上。弟兄们！弟兄们！老金揭开爬犁上的草帘子，大家看清楚了，是几十把坎土镘，老金一件一件往地上扔。那正是阿尔泰高原的春天，冰雪马上要化开了，大地冒出一团团热气，扔到第十把时，一个士兵哐一声把马刀折断了，手让刀刃拉一道口子，鲜血滴答滴答往地上掉。那个兵抡起坎土镘，高高地抡起来，冻土一下子被挖开了，露出坚硬的黑土。士兵们纷纷扔下马刀和枪，开始抢那些坎土镘。一个军官过来吐老金一脸："我日你先人，你瓦解军心。"老金连擦都不擦："他们原来就是庄稼汉，当兵吃粮吃泼烦了，不想吃了，他们自个儿种粮食呀。"老金回来的时候爬犁上全是马刀和枪。

该落的叶子全落了，连雪线附近的松树也落了针叶，不用风来吹，跟一根根箭一样，射到土地上。云杉是垮不了的，它们都有上千年的寿命，它们活到天寿它们就自己倒下去了，站着站着慢慢地倒下去了，一点死亡的征兆都没有，树皮裂成鱼鳞状，枝杈平展展地张开，一晃一晃朝地面飞去……倒下去的树是一堆好柴禾。

有些树是人们永远也找不到的。它们睡在山坡上，发出低沉的呼噜声。松鼠、狐狸、猞猁、雷鸟、松鸡、黑琴鸡轻手轻脚走过去，这些森林的孩子，鼻子特别灵，它们在几百公里外就闻到浓浓的带酒味的松香。它们从西伯利亚泰加森林带，从阿拉套山的怪石洞里奔过来。附近的人也闻到浓烈的带着酒味的松香。人们赶到这里时，松鼠、狐狸、猞猁已经把沉睡的红松镂空了，森林上空弥漫着褐色的烟雾，雷鸟、松鸡和黑琴鸡飞来飞去，跟哑巴似的唱不出歌了。树桩是无法消失的，白荞子树桩周围长满艾蒿。艾蒿的叶子很软和。片叶蒿草和线叶蒿草都是很软和的牧草，牲畜是很爱吃的。肉乎乎的大嘴巴在蒿草丛里拱啊拱啊跟吃奶的孩子一样。大地胀鼓鼓的，马群羊群牛群都过来了，大地很畅快地出一口气。

马群只能咂干我一个奶头，羊群和牛群可以吸尽我的两只奶头，让我身心畅快！

山坡涌起一茬子一茬子好草，牲畜的嘴巴都麻木了，牲畜开始怀孕，养育更多的崽来吃。一茬子又一茬子的蒿草让牲畜们害怕，让牲畜们敬畏。那些骑在马背上的汉人、蒙古人、哈萨克人全让蒿草给镇住了，他们翻身下马，跪在地上，对天起誓。他们是攥着青草起誓的，他们发誓永做草的子民。他们发出誓言后，他们就放心地躺在草丛里，他们那样子就像一丛一丛苦艾。飘着一股股药香的灰白的苦艾常常被他们带回房子和帐篷，说是避邪，实际是在暗示自己，别忘了誓言。誓言是忘不了的，一代又一代人，一茬子草又一茬子草，谁都知道，红松的生命还没有结束。更凶猛的春天来到阿尔泰。顺着树根的方向，长出一簇簇阿尔泰凤毛菊，墨绿色的叶片，厚墩墩的跟一块一块乌铁一样。

老金在雪线附近看到一簇簇金黄灿烂的凤毛菊。老金给那个失踪的女兵做了祈祷。老金不相信死亡。

下雪的时候，老金坐在地窝子里静静地看着外边，雪花从雪线那边涌过来，跟奔腾的马群一样积攒了好几个季节的力量，终于突破了海拔三千米的防线,红松、冷杉和云杉的原始森林,白桦、榆树灰杨树的密林带以及针茅蒿草的辽阔草原全都崩溃了,大地深处的白色气浪在寂静中不断地爆炸。老金眯着眼睛,老金的眼睛又长又细,阿尔泰男人都是这种细长眼睛,很聚光的眼睛看着雪花爆炸的一幕幕场景:从山顶到谷地到平坦的丘陵地带,连河谷也消失了。森林在积雪下嘎嘎响,有些树枝折断了,雪原出现一块块洼地。嘎嘎声延续了一个礼拜,该断的树枝全断了,该趴下的牧草和灌木全部都趴下了,跟擀出的厚毡一样,雪原的底层压得很瓷实。

野兔可以出来了,野兔轻轻跑几下,雪是安稳的,赤褐色的野兔就开始狂奔。可以看到雪原平缓而微弱的起伏线。随着野兔的远去,那些优美的波浪很快就消失了。野兔跟一团火一样出现在远方。哈萨克人把野兔叫做火焰是很有道理的。

狗从地窝子里蹿出去,狗叼住野兔,狗把野兔送到主人手里时野兔还是活的,还是一团抖动的火焰,主人用手掌在野兔耳根上一劈野兔就死了。主人剥了皮,血淋淋冒着热气的野兔是不用洗的,直接架到火堆上烤就行了。油脂和血淋到火上发出吱喽喽的叫声,野兔很快有了崭新的一层皮,上了釉一样闪闪发亮,火焰被凝固了,沉甸甸的,主人举起来看看,火候全到了。主人满意地啃啊,肉全到肚子里了,热乎乎的一团大火在肚子里蹿动,骨头架子丢给狗。狗等好半天了。狗啃得多仔细啊。狗啃的绝不是一堆骨头。再精细的人也啃不完骨头上的肉。狗是知道这一点的。狗几乎不用牙齿,狗舌头跟锉刀一样从骨头上打磨出很地道很纯粹的兔子肉,连着骨头连着筋的一丁点肉就让狗吃饱了。狗再也不去抓兔子了,狗蹲在雪地上看着奔跑的野兔,狗冻得发抖,兔子跑得太远了,整个雪原静悄悄的,跟梦幻似的。

老金在雪地里铲出一条路,其实是一条坑道,只露出人的肩膀和脑袋。这么深的坑道修到狗跟前,狗眼睛湿漉漉的,老金拧住狗耳朵硬把狗拉下来，狗呜儿叫一声，跑掉了，狗脑袋垂得很低，呜儿呜儿地叫着好像有人用鞭子抽它。老金是不打狗的。老金铲出的白雪坑道一直通到山坡上，雪塌下来把老金埋得很深，老金手里有圆头铁锹，老金在雪底下折腾好半天才钻出来。老金再也看不到他的白雪通道了，老金找不到回家的路，雪光刺得他眼睛发黑，身体发凉，胡子上全是冰，呼吸越来越困难。老金什么都不知道了。

那条狗把老金拖回来的。狗咬住老金的裤角，把老金拖到地窝子跟前，狗就不能动了。狗只能呜儿呜儿叫，狗贴着老金的耳朵，狗越叫越凄凉，狗都发出狼的声音了，呜哇呜哇。据说狼叫就像婴儿哭闹。老金听见婴儿叫老金就醒来了。狗全身都是冰冷的，狗舌头是热的，狗舌头舔老金的脸，老金彻底地醒了。老金爬进地窝子。那些小鸡叫得很欢。老金往嘴塞一把鸡食，老金有了力气。老金和狗都有了力气。

老金在地窝子里躺了一天一夜，力气全回到他的身上。老金还记着他在雪地睡觉的情景，蓝色的波涛一浪连着一浪，在巨大的冰凉中老金很灿烂地笑着，这种笑容还保持着，老金用手摸都摸到了。

这种接近死亡的笑容是很吓人的。大家都知道他的怪脾气，没人在意他。他在大雪里失踪好几天，狗把他拖回来，又躺了一天一夜，这些大家都不知道。确实有人问他，老金老金好几天不见你我们都吃不上饭了。问这话的人头都不抬，一叶一叶甩扑克牌，根本没有让老金回答的意思。老金就不回答人家的问话。老金把饭做好，挑到大家跟前，老金就没事了。老金不在别人也能做饭，炊事班六个人呢。老金的故事没人知道。

老金走到半道突然停下来，老金又听到千里雪原底下奔腾着的蓝色波涛。老金就这样想到了那个失踪的女兵。狗咬住他的裤角使劲拽啊拽，差点把老金拽趴下，老金踢狗一脚，狗呜儿叫着把嘴插进雪里，狗嘴巴被踢疼了，狗的疼痛很快被冰雪化掉了。狗又死皮赖脸地去拽老金，狗一边拽一边叫，老金就是这样被狗拖出死亡线的。老金蹲下拍拍狗脖子，狗松开嘴，老金跟着狗回到地窝子。

老金看着外边，地窝子的窗户早就让雪给埋住了，老金蹲在门口往外看，老金太专注了。另一个老金按时睡觉，按时上班给大家做饭。饭做得花样翻新，也新不到哪里去。1957年的阿尔泰垦区，大家只能吃到盐水煮玉米，老金煮出的玉米有滋有味。那是一个虚幻的老金。大家跟他打招呼他没有反应，他蹲在自己的地窝子里，他一动不动地看外边的雪，雪是冻不死人的。他的愿望越来越强烈。

从地窝子的门口开始，积雪渗出水来，土地露出来了，露出一道窄缝，整个原野露出来了，森林和森林周围的山峰，坡上的大石头全都出来了。积雪往阴坡和山谷里撤退。鹰出来了，那么大的一只鹰，翅膀遮住了整个地平线，大地好像被揭了一层皮，卷起的草屑和残雪在空中盘旋了很久很久。

牧人的马群在圈里闹起来，马圈突然打开，马群奔出去了。马绝不乱跑，山坡上有古老的牧道，马顺着牧道可以跑到群山的腹地，跑到密林里。马越过残雪和枯草奔到灰杨树和白桦跟前，嚓一下咬开树皮，歪着脖子，树液把马嘴巴浸得湿漉漉的，树液在树皮上在马鬃上闪闪发亮，痛饮后的骏马把树的芳香带到四面八方，它们跟醉汉一样摇摇晃晃往坡上跑。枯草丛里残雪和冰碴子咯吱响，它们一直跑到山脊上。阿尔泰的山脊平缓浑圆饱满。一个冬天马掉膘很厉害，马身上松垮垮的，马屁股是扁的。只有牧人明白马站在山脊是怎么回事。

牧人背对着马坐在半山腰晒太阳呢。

大风呜呜地吹过来，从北亚草原，从西伯利亚泰加森林和遥远的北冰洋吹来的料峭的大风吹开山岭上的岩石，也吹响了瘦马的骨头。阿尔泰的马群在山脊上发出嘹亮的青铜的声音。掠过马群的大风进入森林，扳掉那些干枯的枝杈。老树和小树一晃一晃跟起飞的鹰一样。雏鹰刚换上丰满的羽毛时，老鹰要勇敢地保护巢里的幼鹰。原始森林里的红松冷杉和云杉个个都有擎天的神力，它们一声不响地跟大风搏斗着，跟老鹰一样轻轻展一下翅膀，跟摔跤手一样晃一晃结实的肩膀，大风就被制服了。大风很柔和地来到灰杨白桦和榆树的林子里。

半山腰放马的牧人把皮袄铺在大石头上，很舒服地躺下去，跷起二郎腿。初春的太阳冷飕飕的。牧人睡不着。牧人很惬意地瞅着山坡上的马群，帽子遮在脸上，他看见鹰在空中旋来旋去。鹰把天空擦干净了，鹰把空旷的山谷以及险峻的峡谷也擦干净了，牧人一直看到峡谷的深处，那地方还有积雪，雪下边埋着好草，但那地方很危险，峡谷两边是深不可测的黑洞洞的原始森林，熊在那里边转来转去。猫了一个冬天的熊很可怕的，它摇撼着上千年的古树，把山顶的巨石推下来，碰到猎物先不急着吃，推来推去，故意让猎物逃命，你是逃不掉的，那是熊的一个运动项目，奔逃的猎物差不多逃出好几百米了，熊才开始追击，时快时慢，猎物全身酥软，力气全耗光了，热气腾腾，汗水淋淋，刚从锅里煮出来的一样，熊开始饱餐。熊吃下去的几乎是熟食，肉很烫，又软又烫。森林的故事太多了，太精彩了。

牧人躺在岩石上，遥望着峡谷两边的森林，他显然被森林里的故事打动了。他突然感到恐怖起来，他翻身跪在岩石上，他原打算跳下去的，他觉得石头跟碉堡一样可以保护自己，他就趴在石头上，双手死死地抓着石头的边，伸长脖子看着峡谷两边古老的森林。

森林里走出来的不是熊是一个女人。

女人在森林边上卸下皮帽子露出乌黑的头发，女人走走停停，碰到大石头就靠上去歇一会儿。

岩石上的牧人一动不动保持瞭望的姿势。

女人身上的军装也能看见了，军装底下鼓起来的肚子也很明显。这是一个怀孕的女人。

牧人一直目送着孕妇走过去，走向河的左岸，那边是垦区的地窝子。从九月底到第二年五月，漫长的冬季里，牲畜全都怀了崽，女人也一样啊，跟牲畜一起怀孕的女人都是好女人。牧人站在岩石上给走远的女人鞠躬。

女人是不知道的。

女人听见马群在后边昂扬地叫起来，马群的合唱很像天鹅的叫声，很像轧过草原的高车的辚辚声。草原的高车是不上油的，车轴与车轮磨出自己的光泽，咿咿呀呀唱起来。马是自己唱起来的，走到山脚的女人跟船一样很困难地调过头，倾听马群的歌唱。她把帽子戴上了，乌黑的头发全被捂住了，可她的母性特征跟山丘一样挺在肚子上，她的双手抚摸着肚子。马群的歌声呼应着肚子里的胎儿。胎儿太娇嫩了，胎儿几乎是一泡水。女人紧紧捂住肚子，脸色憔悴，眼睛发亮，她一晃一晃，可她的步子很稳。她总能熬到石头跟前，被雪水洗得干干净净的石头跟狗一样忠诚地蹲在路边。

大石头扶着她来到克兰河边。横在河上的两根圆木让她发怵，她犹豫好半天，还是走过去了。她在岸边左右为难的时候老等不到人，她走到圆木上时，牧人和战友全都出现了，左岸右岸的男人们吃惊地看到孕妇一晃一晃跨越克兰河。战友们的眼眶都要裂开了，他们看到的是怀孕的女兵。连队唯一的女兵失踪半年后挺着大肚子豪气十足地走过来了，就是这么回事。

10

大家都平静下来了,不平静是不行的。孕妇从容不迫的气度,沉静的目光,让交头接耳手足无措的男人们慢慢地安静下来。孕妇甚至不让领导照顾她。她照常上班,教大家识字,办黑板报,写各种材料,文书负责的工作她全揽过去了,那意思很明显,恋人的一切都属于她,包括恋人的工作。她做这些事情的时候果断而专横,领导还在迟疑,她就把钥匙抓过去,请领导让开,她要工作了。领导一侧身,这个身体丰硕的女人就坐在椅子里开始工作。连她写的字也是甘肃小伙子的笔迹,真让人怀疑那个小伙子没死,藏起来了,就藏在森林里,美滋滋地跟女人过了一个冬天。瞧她写的字,跟原来的她判若两人。

女人常常站在河边遥望峡谷两边古老的森林。克兰河完全摆脱了冰雪的封锁,很宽敞地从森林深处伸向丘陵和群山。女人的眼睛幽幽闪亮,憔悴的脸上开始有了红晕。

她在森林中过的日子不像大家想的那么糟。大家也习惯了她奇怪的目光。她跟人家说话,目光总是那么遥远,说话的人好像身处洪荒的远古时代,迷迷惚惚恍若隔世。人家就垂着眼皮跟她说话,任凭她的目光向无限的苍穹和苍茫的岁月延伸。能跟她正常打交道的要算狗和鸡了。狗蹲在地上扬起脑袋迎着她幽远的目光,她去抓狗耳朵,狗就伸出舌头舔她的手,狗还可以放肆地把爪子搭在她的肩膀上,她一点也不害怕。大家就觉得她在森林跟动物打过交道。以前她见了狗吓得直叫。

老金的鸡长起来了,公鸡刚打了一次鸣,就被悠扬的马嘶给压住了,阿尔泰的黎明是在马的叫声中开始的,绿洲农耕地区的公鸡在这里只能埋头长肉,长出一身好力气,跳到母鸡背上踏出一颗颗营养丰富的蛋。那绝对是好鸡蛋。老金的鸡跟牲畜一样放任于野外，虫子草籽碰到什么吃什么，旷野的杂食全吃到鸡肚子里。军垦战士吃到了高质量的鸡蛋。盐水煮玉米的日子结束了，面条上有黄澄澄的蛋花。

鸡蛋是有限的，老金从准噶尔盆地的边缘小城怀揣着几只小鸡，有公有母，下的蛋就相当有限了。老金还要攒积一些个儿大的蛋孵小鸡。一大锅汤面星星一样撒一把蛋花。

孕妇就不一样了，孕妇的碗里是整整一个大荷包蛋，还撒着几片绿油油的菜叶子。菠菜也是老金种的。老金管吃管喝老金不种菜谁种菜？孕妇曾拒绝过领导的照顾，老金的一片热心孕妇毫不客气地接受了。母亲为肚子里的孩子可以不顾一切。孕妇吃鸡蛋的样子很吓人。孕妇吃完之后还意犹未尽望着老金。孕妇太馋了。老金都不好意思了。老金是对自己不好意思。老金不可能杀他的鸡，老金积攒的鸡蛋少了一大半。孕妇还是那么馋。

老金背着枪出去了。老金的样子让大家吃惊，大家纷纷站起来，好像来了首长，大家向老金行注目礼，一直看着背枪的老金消失在荒原深处。天黑的时候，老金拖着一只野兔慢腾腾回来了。老金吃了很大的苦，那野兔不是击毙的，是活活累死的，老金追着野兔在空旷的野地里奔跑。老金剥掉兔子皮，洗得干干净净，血水被额尔齐斯河冲走了。老金煮了一锅肉汤。

肉全让孕妇吃了，一整条野兔，她一次就吃掉了。她总算吃饱了，她很舒服地展展腰。她几乎没有腰了，腰腹全让胎儿占满了；她憔悴而丰满，她打出一串饱嗝，带着笑容到河边散步去了。

大家吃到了肉汤，大家觉得老金不错，伙食改善了嘛，炊事班长改善伙食是应该的。给孕妇开小灶也是应该的。到目前为止，大家把孕妇与老金的关系就定在这个框框里。老金还能干什么？老金抓抓野兔罢了。想抓你就抓呀。有人用芨芨草棒挖着耳朵，眯着眼睛瞧着老金啃吧啃吧的样子。

老金啃吧啃吧从马棚里牵出一匹大马。老金爬上去没跑几步就摔下来了。让马摔下来了嘛,老金龇牙咧嘴又扑上去,老金爬了三次老金总算骑稳当了。"窝!窝!"跟赶大车一样,老金不停地"窝!窝!"大马踢哼踢哼跑起来。

头三天,老金空马而归。第四天,老金带回一只黄羊,是枪打的。中午时分,丘陵那边响了一枪,谁也没在意这一声枪响,任何枪弹在阿尔泰就跟鸟叫一样,威风不起来。马鞍上驮了黄羊能是什么样子呢?老金和大马来的时候大家想到的绝对不是白桦树白杨树,而是一棵老榆树。也不像大家想的那么苍老,任何一棵树从草原黑土里长出来都是郁郁葱葱,闪烁深邃的绿光。榆树是很雄壮的。骑在马背上的榆树,挎着七九步枪缓缓走下长坡,过了克兰河,过了石板甬道,拐到大家跟前。黄羊丢到地上,很快被剥光了,羊皮铺开冒着热气,老金哗一下打开黄羊的胸腔腹腔,扒出下水,血的腥味很快变成一股浓烈的芳香。

孕妇理所当然吃了第一碗。老金把半扇黄羊挂到地窝子里,那是属于孕妇的。孕妇当然明白这一点。孕妇吃着碗里看着木架上晃悠悠的半扇子黄羊,血水滴滴答答淌了一大摊。孕妇胆子很大,她盛了一大碗肉汤,噗儿吹着,肉汤里有剁碎的皮芽子,喝起来很畅快。孕妇很畅快地喝着跟一条船一样到了半扇黄羊跟前,她都要踩上羊血了,她一点也不怕,她只盯着鲜美的肉。她大口大口地喝着汤,胎儿动了一下,她也就跟着动一下。她的动作简单而朴实,她抓住鲜美的肉。她的胎儿有了保障。她喝掉最后一口汤,她的眼睛跟火一样亮起来,她的眼睛从遥远的地方收回来了。她要给孩子找爸爸了。

直到现在女人也没有流露出她的秘密。她压根就没有把她的大肚子当做秘密,她压根就没有意识到人家怪异的目光。大家强烈的好奇心全被忽略了。她的心思全在胎儿身上,她在梦中悄声细语地说话。天地间全是母子间的说话声。胎儿是上天所赐,上天就开始说话了,大地是呼应苍天的。母亲成为旁观者。母亲的双手松弛下来,跟骑手手里的鞭子一样,骏马疾驰如飞的时候,鞭子是多余的东西,鞭子就松垮垮垂在手腕上,被骏马的神速挟裹到远方。母亲的手轻轻扣在肚子上,母亲在感受这种罕见的冲力。

有一天她看见老金在干一件奇怪的事情,谁也不会在意这件事,大家连老金这个人都不在意,老金做任何事情也不会引人注意的。事实上老金已经把这件事做了很久了,一直到女人的眼皮底下。女人缓缓地走上山坡,山坡上另一个人就是老金。老金把阴处的积雪铲到阳光底下,老金是从地窝子那里铲过来的,积雪消融的湿地,青草高出其他地方,跟一条甬道一样。连老金自己也搞不懂为什么要这样做。积雪迟早会化掉的,但青草不会长那么快。石头背面的雪也被铲出来了,迅速收缩扭动,化成水又流到原来的地方。那地方都是石头的阴处,阳光被老金牵到那地方变成茂密的青草,石头很快就被青草遮住了。石头不断地消失。只有那些大石头留在山坡上。

女人离大石头越来越远。女人能看到那些石头。女人甚至能听到石头的声音。尤其是在清晨和黄昏,总是能听到石头缓慢而饱满的走动声。石头走了很久才传来马群的声音,马群牛群羊群顺着石头的足迹消失在远方。白桦和灰杨树的密林里有更大的石头,红松、冷杉和云杉的古老森林里也有更大的石头,那都是昂首天外的石崖。从大地深处直挺挺地立起来,石头腾空而起,差不多是一种愤怒的样子。女人知道那不是怒气,那是石头从大地深处带来的冲力。女人在感受这种冲力。

那是垦区历史上最紧张的一天。大家都不说话。老金的举动太有挑战性了。人们实在找不出反击的方案。有一点是明确的,这是一个让人心疼的女人，怀孕后的女人更让人受不了。竟然让她平静地度过了阿尔泰的春天。整整一个春天，男人们全都成了木头。究竟是什么原因让她成了漏网之鱼？从后来发生的故事来看，好多人都想出了对付老金的方案。老金不就是个老金嘛，老金可是太好对付了。黄昏就这样降临了，大家长长出一口气，大家胸有成竹，再过几个小时，老金就会从女人的视野里撤出去。当然，老金不会重蹈甘肃小伙子的覆辙，老金退下来就行了。这个要求实在不过分。从老金当时的神态来看，他没有处心积虑，没有小恩小惠，老金所做的一切全都出自于天性，老金就是这么个人。好多年后有人甚至这样回想老金，老金确实让大家复杂化了，真有人过去直截了当告诉老金：我要娶这个女人做老婆，老金就会自动走开。老金是个不惹事的人。关键是老金没有任何动机。可在那一天，人们还是义愤填膺，把老金想象成大阴谋家。

阿尔泰的黄昏永远是壮丽的，大地长出青草，青草变黄变成一片纯金，黄昏就成太阳最美妙的时刻。太阳没有落到额尔齐斯河，太阳向森林里移动。那么古老的森林在地球上已经很少见了，几乎跟太阳一样古老，太阳就有必要到古老的森林里去住一宿。太阳完全是一副上床睡觉的样子，懒洋洋松塌塌彻底地放松了。太阳淹没在林海深处。森林几乎大了一圈。

人们几乎不相信自己的眼睛，揉一揉，再揉一揉。白熊就从森林里出来了。白熊是带着一团金光出来的。刚开始人们以为是老虎，金光闪闪完全是王者的形象。阿尔泰是没有王者的，阿尔泰本身就是天地的王者，本身就是黄金之王。散射着金光的白熊就像太阳的一个梦。白熊踏着青草的绿毯走过来。大家再也不用发呆了，轰一下全跑光了，跑到很远的地方，全成了一个个小黑点，那些小黑点好奇地看着这边。

白熊跟前只剩下女人了。女人领着白熊从山坡走到河边，完全是她平时散步的路线。白熊高大威猛，呵护着怀孕的女人，好像女人肚子里怀的是熊种。

这就是1958年春天发生在布尔津的故事。

女人的肚子有了答案，大家难以接受这种答案。大家都愣着不出声，任何声音都是多余的。阿尔泰就是这么一个地方，任何惊天动地的事情都会平息下去，变成现实出现在大地上。从女人的神态上可以看出来，从白熊迈动的步伐也可以看出来。熊掌跟石头一样拍在大地上，坚实有力，毫不动摇。

老金是在白熊离开以后到女人身边去的。老金真叫人刮目相看了，老金连想都没想，老金正从地窖里搬土豆呢，一大筐土豆哗啦啦滚到地上，长了腿似的四处乱窜。老金双手扶在地窖口上，看到白熊消失在森林里，老金就快步走过去了。人到中年的老金跟一阵风似的，跟小伙子似的走过去。女人孤零零地站在额尔齐斯河边。据她后来对孩子说，那一刻她才想到该找个男人了，白熊是代替不了丈夫的。就是他了。女人放心了。老金也放心了。

大家眼睁睁看着老金走进女人的生活。大家一点办法都没有。这门亲事是白熊订下的。白熊走路的声音跟打夯一样，一下一下就把这桩婚事敲定了。想到那咚咚的脚步声大家就头皮发麻。

中游

11

  1958年春天出生的那个孩子是个儿子。接生的人吓坏了,那么大一个婴儿。医生是从东海舰队转到阿尔泰的,医生的第一个感受就是气势汹汹的潜艇,很孤傲地从大海深处蹿出来,蓝光闪闪,一个巨大的钢铁家伙。据医生讲,产妇比谁都紧张,产妇看了一眼又一眼,产妇显然是在确定孩子的身份。医生告诉她是你的孩子,不会错的。团医院跟所有的医院一样发生过抱错孩子的事情。母亲们苏醒后的第一个反应就是验证一下孩子。产妇显然不是这个目的。她的手把医生的胳膊都抓疼了,她想扑过去,好像要从护士手里夺那个孩子。医生很快明白了产妇的意思,医生听说过女人和白熊的故事,垦区的人都知道这个神奇的故事。生活毕竟不是故事。生活是需要验证的。医生让护士把孩子抱过来,放在产妇身边。产妇安静下来,产妇确实抬不起胳膊,产妇眼巴巴看着婴儿哭号,简直像个小野猪,像个小熊小豹子,哭声嘹亮高亢。

  产妇太累了,产妇的身体差不多让床淹没了,两只眼睛像长在枕头上,像在很遥远的地方看自己的孩子。护士把孩子往她跟前挪一挪，母子皮肤相触，孩子停止哭号。母亲太累了，母亲已经睡着了，眼睛里还残留着微弱的光芒。医生说："是你的孩子，一点没错，是你的孩子。"母亲终于睡着了。母子两个很安静地睡着。

这是个真正的孩子，一点没错，五官越来越清晰，五官好像从毛茸茸的草丛里钻出来的一样，孩子有浓密的头发眉毛和睫毛，完全是森林之子。

母亲的目光越过孩子，母亲看见峡谷里的森林，母亲的眼睛闪出一道亮光，母亲的脸红起来。孩子跟小动物一样爬来爬去，孩子爬到母亲跟前，抱住母亲的脚啃起来。夏天的阿尔泰是很凉爽的，壮健的女人希望更凉爽一些，坐在院子里就不穿袜子，光光的脚丫子就让孩子叼住了。母亲对古老的森林太神往了，母亲的感觉全转移到眼瞳里，孩子非把母亲的感觉拉回来不可，孩子劲很大，他还没长牙呢，他凭着肉乎乎的牙龈啃啊啃啊，跟啃苞谷棒子似的，终于让母亲叫起来。那时阿尔泰垦区还没有苞谷呢，苞谷都是从乌鲁木齐车排子那边拉过来的，都是收获后的苞谷豆。孩子都是些小精灵，孩子提前吃到新鲜的苞谷。母亲好像不认识她的脚了，母亲抱起她的脚仔细看，孩子跟小狗熊一样蹲在母亲跟前，扬着毛蓬蓬的脑袋望着母亲啊啊地笑，好像母亲的脚是他找回来的。

母亲找回自己的脚，母亲就告诉孩子："这是臭脚丫子，以后可不许啃啊。"母亲就把奶头塞进孩子嘴里，白晃晃的胸脯把孩子的脑袋全埋住了，母亲站起来，母亲的小腿肚亮着，裤子皱巴巴卷到小腿上边，从脚趾到小腿到整个躯体全都涌动着奶汁和蜜。母亲边走边喂奶。母亲换一只奶。

母亲跟一只大奶牛一样转出院子转到草地上，母亲整个就是一只耸立在大地上的乳头。孩子很顽强地哑大地的乳头。孩子把大地哑干了，孩子才抬起头，跟钻出海面的潜水员一样，长长出一口气。

丈夫老金正在山坡上放牛，其中一只是大奶牛，黑白交错的颜色，图案很好看。

老金在妻子生下孩子后就把家迁到森林边上。这里只有十几户人家，安静偏远，女人和孩子需要这种环境。最让女人放心的是丈夫老金，老金整天忙着种地忙着放牧，有时几天不回家，一进家门先把孩子搂在怀里，跟草原上的人一样从头到脚闻啊闻啊，孩子安安静静让父亲的大脑袋拱他，让父亲的大胡子扎他。

孩子力气大，爱干活。老金简直不敢相信这么小的孩子能拿起斧头。老金劈柴禾，孩子摇摇晃晃走过来，母亲拦不住他，他走路不稳当，那是他力气太大了，他一摆手就挣脱了。他从发愣的父亲手里夺过斧头，一下就把树墩劈开了。树墩当然要劈的。树墩跟螺纹钢一样凝结了一棵树所有的力量，孩子和一把斧子就很轻松地把它打开，哗啦一下，木柴散开的声音很好听。大漠里的干梭梭常常自己爆裂，嘭一下跟地雷一样。木桩子就用不上斧头了，孩子用手咔一下掰开。他才不理大人呢，大人跟傻瓜一样，理大人干什么？孩子愣头愣脑，一会儿用手掰，一会儿用斧子劈，一大堆柴禾就出来了，乱七八糟堆一大堆。

女人比丈夫更惊讶。她不敢相信这是真的。她在腰布上擦着手，看着老金和孩子，虎头虎脑的孩子和壮实的老金。亮闪闪的斧子回到老金手里。孩子摇摇晃晃走过来，老金就知道孩子小小的心愿，老金从红松的树墩里取出一块完整的肋骨递给孩子。孩子举着红松的肋骨，啊啊叫着就叫出了爸爸。一个礼拜前孩子在女人的胸脯上已经叫出妈妈了，孩子叫爸爸的日子就在这几天，老金是知道的。女人也是知道的。女人眼前就出现幻觉。

12

　　那不是幻觉，那是白熊与女人的故事。

　　在那个古老的传说里，熊和女人的孩子会走路的时候就能帮大人干活，别人拿斧头劈不开的柴，他用手一掰就掰开了。不能让他出门，一出门就惹祸，因为他看不惯人的行为，人有时欺软怕硬，打女人，打孩子，这些事都不能让他看见，一看见就要管，一管非依着他不可。动不动就把人打得头破血流。看着人们在吃力地干活，喘着气，流着汗，当活儿干不完的时候，他就凑过去，好心好意地帮人家的忙。可是他手脚太重，常常是越帮越忙惹出乱子。他会把锨柄弄断，把锯弄折。他到城里去玩，遇到受惊的牛车，货摊子被撞得东倒西歪，孩子哭，大人叫，一片混乱。他冲上去抓住牛角，牛拼命挣扎，又踢又撞，他生气了，照着牛头就是一拳，牛连气都没吭一声，就口鼻流血倒地身亡。

　　故事最后还得回到柴禾上来。生活在大漠上的人们一直缺柴禾。最好的木柴肯定在森林里。阿尔泰有地球上最古老最原始的森林，熊和女人的孩子冒险去森林里打柴禾，孩子连斧头都不用，耸入云天的红松被连根拔起，被拖过大河，被折成碎块。一棵树就一大堆柴禾，一年都烧不完。据说阿尔泰是有老虎的，老虎被孩子扯成两半，剩下的老虎没脸再待下去，只好远走他乡。

　　女人们都想生这么一个孩子。

　　她宁愿相信这是她的故事。她确实跟白熊有一段故事，后来她才知道，阿尔泰山、天山、阿拉套山以及伊塞克湖、塔拉斯河、楚河那边都有这样的故事。那是千百年来女人们的一个梦。那年冬天她在森林里遭遇白熊，生孩子的时候白熊又出现在她眼前，她宁愿把这一段历险当成传说和故事。

13

她猛一下清醒了,她慌里慌张跑出去跟拖一只小狗一样把孩子拖回来。孩子又哭又闹,两只脚跟兽爪一样钉在地上,两只小手使劲地抽啊拽啊,她拖到大门口就没劲了,她希望老金来帮她。老金过来了,老金不但不帮她反而劝她放开孩子。孩子得到父亲的鼓励一下子挣脱了,跑了,一边跑一边跳,哭号变成开心的笑。

女人冲天的大火一下子对准男人,女人第一次显示她的泼悍,又抓又咬,老金的手和脸很快就布满血痕。老金沉着脸让小妻子撒野,老金动都不动,女人愤怒的火焰突然就熄灭了。她抓不动了,也咬不动了,她在丈夫的宽肩膀和黑胡子中间显得像个淘气的孩子。她的火又冒上来了,当然是对自己发火,她在一瞬间从小孩子变成大人,又高又壮的阿尔泰女人。她对自己那个气呀,她全身都是胀鼓鼓的,她一声不吭收拾院子收拾屋子。

阿尔泰的院落,围墙很矮的。平缓的丘陵,辽阔的山谷,遥远的山峰,一动不动的古老的森林,在这种背景下,谁也没有必要把围墙垒那么高,女人的眼睛跟灰鸽子一样扑腾腾飞出去了。

山那边的草地上,丈夫和孩子做游戏呢,阿尔泰的游戏太简单了,把森林里的松鼠带到草地上,让孩子追。孩子发疯似的,孩子马上变成猎狗,凶猛快捷,把整个草地兜翻天。大人笑眯眯地看看自己的孩子,松鼠也成了他的孩子。

老金抓的松鼠可不一般,差不多有狐狸那么大。在幽暗的森林里,松鼠跟狐狸的气息差不多。这是一只松鼠王,活了无限的寿命,它的足迹遍布阿尔泰山和整个北亚草原,它绝对去过西伯利亚泰加森林带,去过哈萨克大草原,它就很容易摸透整个阿尔泰山,从它快捷腾跃的动作上很容易让人想到狐狸。老金已经是森林的主人了，老金认识每一棵树。那些活了几百年的大树有一种特殊的语言，它们的枝杈会告诉老金许多大地的秘密，树杈几乎是主动伸出去的，跟捞一件扔过来的东西一样捞住庞大的松鼠。成精的松鼠才有这种本领，它的影子一闪，树就会做出反应，不是树阴里的小枝杈，是那些占据空间很大，直接承受阳光风雪的大枝杈，跟迎接主人一样迎接松鼠。松鼠可以把阳光带到大树最隐秘的地方，松鼠蹿上蹿下。把太阳驮到树阴里，树的阴部太需要太阳的气息了。松鼠的每根毛都充满电光。老金抓的就是这么一只松鼠。

孩子是骑在父亲肩膀上走出森林的。孩子紧紧抱着巨大的松鼠。

松鼠从来没有这么畅快地奔跑过，它一直在森林里上蹿下跳，老金把它带到大草原，它就变成一匹快马，它就使着性子跑啊跑啊。松鼠终究还是一种鼠，它很快就发现了自己的同类，土拨鼠和老鼠，它的速度慢下来。孩子就跟上来了。孩子冲散了鼠类的聚会。土拨鼠和老鼠见人就逃，它们才不管大人小孩子呢，它们也不理会松鼠这位新朋友，它们纷纷逃回自己的窝里。松鼠大跳大叫也没用，松鼠想钻进鼠洞抓它们出来，松鼠忘了自己的身体。它太大了钻不进去，最好是打洞。松鼠就朝地球的心脏里打。松鼠都疯了。孩子冲过来了。

"狗东西，哪里跑。"

松鼠的工作被迫中断，松鼠气急败坏，那样子就像在交配的兴头上又遇到挑战者。再弱小的动物，在发情的时候会做出极端超常的反应。松鼠怒气冲冲扑向孩子，孩子被吓坏了，爸爸、爸爸叫起来，孩子边叫边退。老金是不能过去的，老金咳嗽了一下。孩子控制住自己的情绪，孩子往前逼了一步，松鼠就到了他身上，孩子没叫，孩子拼命厮打，孩子的脸上留下道道血痕，孩子一声不吭总算把松鼠摔到地上。两个小家伙互相对视着，孩子蹲下抓石头，这是一个让所有动物害怕的动作，松鼠慌了，孩子举着石块往前迈一步，又迈一步，松鼠开始奔逃，孩子紧追不放。

铺展在平缓山坡上的阿尔泰草原开始起伏。孩子一直保持七八十米的距离，松鼠笼罩在巨大的恐惧中。松鼠绕圈子，杀回马枪，从孩子的头顶跃过去，从孩子的裤裆下钻过去，孩子被逗得哈哈大笑。松鼠的计谋全成了笑料，孩子的劲头越来越大，小脸通红，出着粗气。这些都不重要，重要的是孩子的哈哈大笑：松鼠在森林里习惯了幽静的气氛，熊和狼的叫声让小动物们害怕，可没有这种叫声森林就没有意思了。小动物们是明白这一点的。森林外边的草原它们是不知道的，它们能听见悠扬的马嘶，能听到牛低沉的哞哞声，能听到羊的咩咩声，到森林里来的人都很孤独，会独自唱那种很忧伤的歌子，或者坐在林中空地上默默地吃东西，哈哈大笑的时候很少。孩子的大笑让松鼠又惊又怕又好奇，它甚至回头看了一下，孩子马上露出凶相。后来它发现孩子的凶相是装出来的，孩子没有恶意，可孩子要抓它是确定无疑的，被紧紧搂住，动弹不得，这太可怕了，没有恶意的可怕是不好受的。松鼠跑得从容了一些。好家伙，它看见了另一道景观，在缓坡的台地上，竖立着几只短耳旱獭，长得像小狗，更像巨型松鼠，比任何一只松鼠都要大。

旱獭看见孩子就逃进洞里，松鼠也跟着进去了。大地鼓着喉咙，大地在咽一块美味佳肴。孩子蹲在洞口，眼巴巴看着地面上渐渐远去的波痕，孩子扒那洞口，大地是撕不开的。孩子还是咬着牙使劲地扒啊。

父亲老金过来了。老金有打踪的本领，老金凭着蹄印可以把跑失的牲畜找回来。老金同样可以顺着洞口的方向找到旱獭的另一个洞口。旱獭跟兔子一样有三个洞口。老金跟孩子一起堵住这个洞口。孩子守在一个洞口。老金到第三个洞口，也就是地势较高的那个洞口去灌水。老金也不怕人家笑话，老金回家取出水桶，到额尔齐斯河去挑水。

女人的气全消了，女人还转不过脸，女人瞪着老金，那意思是你回来干什么？老金沉浸在儿子的游戏里，老金根本就没细看家里的变化。女人把家里收拾得干干净净，男人这时候闯进去，她的自尊心就受不了，她可不是轻易服软的女人，她等着老金向她认错呢，老金挑上水桶就走。

老金往洞里灌了三次水，旱獭和松鼠就出来了。孩子跟第一只旱獭滚在一起，旱獭还是逃脱了。全都跑掉了。松鼠也跑掉了。孩子盯住松鼠不放。松鼠有了经验，它可以找到旱獭。山地草原到处都是旱獭窝。松鼠穿洞而过，它再也不担惊受怕了，它知道孩子是抓不到它的。它还知道那个高大壮实的男人不会伤害它，至于那个村庄里的女人，只是伸长脖子往这边看，松鼠把女人不放在眼里哩。松鼠进入真正的游戏状态，它跑出各种好看的姿势，脚跟上了弹簧一样一蹦老高。最漂亮的动作是往洞里钻，它的身体一下子拉长膨胀，跟一条大蟒蛇一样，在阳光下有那么细长纯正光滑的皮毛，亮闪闪吸进去了，被地洞吸进去了，身子脑袋和尾巴全吸进去了。它怎么就让大地动起来呢？大地使出那么大的力气，全都是暗中的力量。

老金抽着莫合烟，老金是懂这些秘密的。孩子守在洞口，孩子知道松鼠一定会出来。松鼠出来的时候，孩子突然放弃了抓它的念头。松鼠只露出一双小眼睛，就像从大地深处滚出来的黑珠子，孩子伸手摸一下，滑润润的跟水一样，孩子就把手收回去。松鼠流出来顺着地势跟银光闪闪的溪流一样，在草地上滚动着。松鼠在草地上直挺挺立起来。孩子明白这是什么意思。孩子把松鼠扛到肩上到森林里去了。

女人马上想起森林里的生活。她有点醉态，她在凳子上摇了一下。她屁股底下坐的是丈夫从森林里搞来的树墩,是红松的根,跟红铜一样,院子里有五六个。女人让红松摇了一下,她站起来去迎接丈夫。

丈夫说:"饿坏了。"孩子也嚷嚷着饿,跟小狗似的跟着大狗叫。老金吃得山呼海啸,孩子也吃出很大的声音。他们根本不知道吃的是什么饭。女人收拾残局。女人也忘了是什么饭。她什么时候做好了饭她都想不起来了。她拍一下脑壳子。脑壳子好着呢。头发又黑又亮,跟一堆茇茇草一样可以藏一匹骆驼。这么一个血气旺盛的脑壳子也有失魂落魄的时候。

大男人小男人浑身湿透了,他们在女人的威迫下洗了脚,脱下汗气熏天的衬衣衬裤,两个赤条条的男人倒床就睡,跟遭了火灾的森林一样,梦中发出笑声和吵闹声。旱獭、松鼠、草原和森林在梦中肯定是另外一种样子。孩子一下坐起来,老金的一只大手很快从梦中伸出来把孩子拉回去了。孩子回到被窝。女人给他们掖好被子。阿尔泰的晚上是很凉的,空气里好像浮着巨大的冰块。

14

女人后来也睡着了。女人理所当然回到了森林。她没有想到白熊,她被树上的松鼠迷住了。就是老金抓到的那只松鼠王。女人眼睁睁看着松鼠钻进树洞。松鼠再怎么厉害也扒不开树的,树长到一定程度就长出了很深的洞,从树脖子上一直延伸到根部,松鼠钻进去,填得满满的,从洞口溢出来跟缸里的米一样,松鼠轻轻跳下高高的树,松鼠回到女人手里。

女人就醒来了。女人是贴着孩子睡着的。女人不知什么时候移到丈夫身边,手攥着丈夫的生命,那生命比松鼠强大一百倍。女人搞不清自己在梦中还是在现实中。阿尔泰的月色很亮的,像巨大的烛光摇曳在峡谷和川地上，云影和森林的影子在窗户上跳动，女人不断地融化着。女人肯定把丈夫唤醒了，丈夫的一双眼睛是迷瞪瞪的，在迷雾中丈夫的眼睛突然大亮，女人身上的洞全开了。从森林到草地，到泉眼睁开的地方，该开的全开了。孩子在梦中叫出松鼠的名字，女人赶紧缩到丈夫怀里。女人静了一会儿。

丈夫说："卖狗子做梦呢。"

孩子的梦太浓烈了，孩子在太阳升起之前是不会醒的。大人还是怕惊醒孩子的梦。丈夫皱着眉想不出好办法，女人捅他一下，又指指外边。男人就用大衣把女人裹起来，扛到肩上。

夜气跟冰一样在他们身上滑了一下，他们到柴房里。煤块在暗中一片乌亮。干草还很新鲜还带着阳光的芳香。干草很快就被压平了，在底下吱吱响。女人跟马一样叫起来，男人发出熊的声音。"你怎么是这种声音？"女人不需要回答，女人在喜悦中用这句话来激励男人。女人泪水都下来了，女人把老金和那个死去的甘肃小伙子混在一起，在马一样的叫声里反复地呼叫着小伙子与老金的名字。他们的姓氏被女人交换了，他们的生命被女人捏泥团一样揉在一起。老金很喜欢这个新的姓氏和名字。老金很喜欢女人马一样的叫声。老金已经是阿尔泰的男人了。

夜的凉气一浪接一浪，夜被打开一个又一个洞，山谷的凉气，森林的凉气和额尔齐斯河的凉气聚在一起，冲向这个小房子。

女人的手在丈夫背上，女人把大衣抽出来给丈夫披上，女人的光身子就压在干草里。

"你不嫌扎？"

"扎破，把我扎破。"

女人跟鱼一样在干草里动。女人的手在男人背上，手指跟鹰爪一样，男人听女人的，男人披上大衣。男人扎女人，干草也扎女人，女人从一匹马变成一只鹿，鹿在草地上就这么跳。女人声音压得低低的。

"扎破啦！扎破啦！"

女人的声音越来越低，已经不是鹿了，女人的声音到了大地深处，大地深处应该是有动物的。女人被扎破以后就成了大地深处的小动物。男人在干草里摸半天才摸到他的光身子女人。干草热烘烘的。干草有一股呛人的香味。

他们的秘密是几天以后被孩子发现的。孩子半夜去撒尿，女人在房子里放了尿盆。女人还是太粗心了，孩子从春天开始就到院子里撒尿，榆树和白杨树喜欢孩子的尿。老金给牲口喂药的时候，接过孩子的尿，老金常常站在屋后的草滩上捧着他的人家伙跟湍急的大河一样在地上冲出一个坑，孩子也在地上冲出一个坑。孩子就不满足于小小的尿盆了，孩子半夜起来到树底下哗哗撒尿，小鸡鸡很昂扬地叫起来，草原上吃夜草的马驹也昂昂昂地叫，小马驹叫着叫着就叉开后腿，从腹下喷出一道明晃晃的水流，像一面银镜在大腿间晃。马尿骚乎乎凉飕飕，孩子打个喷嚏，孩子的尿一点也不刺激。孩子在凉风里清醒了一大半。以前他可是在迷迷糊糊中撒尿的，跟夜游症似的从房子里飘出来，又飘回去。现在孩子被凉风吹醒了，孩子就发现了大人的私密。大人睡在干草堆里。

孩子坐到床上坐到天亮。

吃饭的时候孩子告诉妈妈："咱们的床太小了，你们睡不下。"老金笑着摸孩子的脑壳。"爸爸给咱们做一个大床。"孩子兴奋起来，老金比比划划，在孩子的想象里那张床几乎跟房子一样大，老金还郑重其事地给孩子指一下峡谷里的森林，用森林里的树打一张很大很大的床。孩子很满足了，吃了饭，出去玩了。

女人担心孩子说出大人的私密。孩子可经不起盘问，人家三绕两绕就能把孩子心里的秘密掏出来。干草堆和大木床的私密就这样暴露了。

有人看他们那张奇大无比的床，意味深长地拍着床头。

当初女人建议做两个床，让孩子住另一间屋子。老金答应孩子的，老金就必须满足孩子的愿望。旧床支在侧房里，给人家说是客人住的，实际上成了他们夫妻的床。不管怎么说，比干草堆强多了。他们的秘密还是暴露给孩子。孩子经常发现大人偷偷转移到另一张床上。孩子又来问母亲，母亲这回从容多了。

"孩子在梦中要长个，爸爸妈妈不能挡着你呀。"

"我做梦的时候你们就离开，你们不长个子吗？"

"大人不长个子。"

"大人长什么呀？"

"大人什么都不长，只让孩子长。"

孩子把秘密带出去了。村子里有好多孩子，他们秘密交流。长个子是一样的，可没有谁家的父母睡到另一张床上，乡村没有这个习惯，孩子们都跟父母挤在一起，谁也没有他长得好。

"我有个好爸爸有个好妈妈。"

"熊才是你的爸爸。"

孩子们说出这个秘密，孩子们全跑了。他回去问妈妈："我是你的孩子吗？"

"你是我的孩子，也是爸爸的孩子。"

"我是熊的孩子。"

孩子站起来，说得很慢，孩子盯着母亲。

母亲的声音也很慢，母亲说话的时候母亲的手伸到孩子后颈上摸啊揣啊："熊救过妈妈。"

"也救过爸爸？"

母亲猛一下把孩子搂怀里搂紧紧的，孩子快被憋死了，母亲越搂越紧。

"熊,救过妈妈也救过爸爸,你的爸爸!"

母亲拉起孩子,孩子拼命地呼吸,母亲也不管。

"我们去找爸爸。"

爸爸回来了。爸爸跟牛一起回来的。牛快走不动了,牛停在林带里大声喘气。

爸爸吃过饭,坐院子里大口大口地吸烟。孩子长大以后才知那都是自制的劣质烟,葵花叶子杨树叶子揉在一起,差不多就是一大把柴禾,老金每天都用柴禾熏烤自己。老金的牙齿又黑又亮,跟沥青一样。

妈妈带孩子去挤牛奶。妈妈拨一下沉甸甸的牛奶头,妈妈说:"你爸爸太了不起了,他给牛找到最好吃的草,你瞧这牛奶头,里边全是阿尔泰的仙草。"妈妈开始揉牛奶头,牛奶头越揉越大,跟气球一样,孩子手上还没有挤牛奶的力气,孩子抓一下牛奶头就知道需要多大的力气。妈妈有这么大的力气,妈妈开始用劲了,从妈妈的手指间吱喽射出一道白线,铁桶瓮声瓮气响起来,奶满到一半时铁桶轰一下,好像被铁锤砸开了。铁桶确实被撑开了。妈妈有多大的力气呀。妈妈把牛奶头挤得瘪瘪的。

"你的力气都是爸爸给的。"

"妈妈自己有力气。"

"骗谁呀,我看见的,爸爸骑在你身上给你打气。"

"那是你做的梦。"

"梦是真的吗?"

"那是人的一个愿望。"

"你喜欢我的愿望吗?"

"爸爸妈妈让你睡大床就是让你有一个美好的愿望。"

孩子的眼睛亮起来,阿尔泰的孩子都有鹰一样的眼睛,鹰有了愿望,那光就不一样了。

有一天，孩子睡在草滩上。母亲找到他的时候，他嘴角带着笑，他的梦美妙极了。母亲给孩子盖上衣服，守着孩子。山谷里闪耀着金光。阿尔泰的植物从发芽那天起就带着金光。在无边无际的金光的深处，是一动不动的灰蓝色的石头。孩子梦见了石头。母亲摸孩子的手就知道了，孩子的手攥成拳头，孩子有无限的神力。孩子会越过石头，越过峡谷，到森林里去的。

母亲担心孩子的安全。老金说：他是有父亲的孩子，谁也伤不了他。女人就放心了。

15

他们太想念陕西老家了，他们就告诉吉尔吉斯人哈萨克人俄罗斯人加尔梅克人："我们是陕西人。"不管是谁，他们都这么说："陕西人，我们是陕西人。"连远方来的乌克兰人都知道楚河流域有"陕西人"。"陕西人"这个词人家老叫不准，舌头老摆不顺。摆不顺不要紧，"陕西人"好认，大老远就能认出来。

陕西人来的时候一无所有，只带着一条命。据说有个叫王老五的人，祖祖辈辈是种菜的，离开陕西时带了一包菜籽。他是个细心人，他把故乡土地上生长的各种各样的菜籽都带上了，很大的一包，满满的一条长腰带，好几十斤呢，就缠腰上，跟怀娃的婆娘一样，挡个大肚子，跟上起义的队伍。转战十八年，金子银子都丢呢，腰里的菜籽不能丢。最上等的菜籽，熟透透的，比小米都小，一粒是一粒，饱满圆实，跟沙金一样，是他的枕头，是他的铺盖，是他的婆娘。过了大雪山，到了异国他乡，我的爷爷，王老五从腰上解下布带子，给三千人一人一勺子，大家捧在手上，泪花花湿了眼睛，看了又看，对着太阳，左看右看，我的爷爷，这就是金子。

陕西菜就这样在楚河的土地上长出来了。当然是按季节长的，最早长出来的是菠菜和韭菜。绿油油的长在菜畦里。土塄外边就是春天的嫩草，刚长出来的牧草有片叶的，有线叶的，太像菠菜和韭菜了。放牧的草原人就问陕西人："草，到处都有还要自己种吗？"陕西人把嫩菠菜拔下来，放渠水里洗干净，放在缸子里，用开水冲，撒上盐巴，用红柳条子搅一搅，让马背上的兄弟尝尝："你尝一哈（下），尝一哈（下）。"马背上的兄弟半信半疑："牲口吃的草，开水烫一下，人就能吃？"陕西人就往自己嘴里夹一棵菠菜，春天刚长出来的菠菜，只有手片那么大，肥嫩肥嫩的，陕西人往嘴里送的时候吆喝了一声西安乱弹。

"羊肉羊肉肥羊肉，你老哥我吃了一口肥羊肉！"

马背上的兄弟听懂了肥羊肉，不由得两眼放光，尝了一口，接着又是一口，满满一缸子嫩菠菜全吃光了。"陕西的草，肥羊肉，哈哈哈哈。"

陕西人就送一筐子菠菜给马背上的兄弟，菜筐子搁在马脑袋上，被带到阿吾勒，人们围上来观看陕西人的草，不断地发出噢哟噢哟的惊叹声："多么珍贵的礼物！"

陕西人刚来的时候得到过吉尔吉斯人、哈萨克人忠诚的帮助，吉尔吉斯人的领袖萨布旦·江达耶夫号召当地人为难民提供生活用品。他们的意志和精神赢得了中亚人民的钦佩。

草原历来都充满征战迁徙和逃难，即使和平年代，为躲避瘟疫干旱和暴风雪，举族迁徙，往往要死去大半人口和牲畜。陕西回回的经历又让草原人重温了一次《玛纳斯》《江格尔》和《阿勒帕米斯》。草原人把最初到达纳伦河谷的陕西回回称为纳伦英雄。后来他们又到达楚河流域，到达伊塞克湖畔。中亚的河谷平原上神奇地长出了菠菜和韭菜。

俄国刚刚征服中亚，设七河省，从俄国本土迁来种地的俄罗斯农民乌克兰农民，同时也带来了欧洲的蔬菜，土豆、洋葱和西红柿，红的、灰的、白的，很典型的蔬菜，无论个头还是颜色绝对不同于草，草是长不出这种样子的。陕西人用菠菜韭菜换回土豆、洋葱和西红柿，种在自己的地里，长出来个儿就更大了，颜色更鲜艳了，味道更纯粹了，俄罗斯农民乌克兰农民咋都种不好菠菜和韭菜。土豆、洋葱、西红柿在自己人手里竟然开始退化。城镇居民喜欢吃陕西人种的土豆、洋葱、西红柿。俄罗斯主妇们到市场上就直奔陕西人的菜摊子。韭菜就更厉害了，四月五月九月，人们跟中魔似的吃这种细长细长的跟草一样的东西，跟羊肉剁在一起，跟鸡蛋炒在一起，菜汤里也放一大把。洋葱土豆差不多退回到冬天。冬天韭菜是长不出来的。韭菜随牧草同枯同荣。

草原人对青草有一种至诚至敬的心理，不能随意毁草，不能拔草，女人发毒咒时就拔着青草念咒语，对方非倒大霉不可。人们对青草的热爱，必须经过牲畜，是牲畜把青草变成生命的。现在，草原人亲口尝到了"青草"，宽叶的菠菜和线叶的韭菜，草原人更喜欢韭菜，韭菜太像芨芨草了，也是一丛一丛的，也是很长很密的根须，生命力极强，割了长，长了又割，冻不死也旱不死。芨芨草要高得多，比人还高。韭菜就没必要长那么高。韭菜要开花，花卉也是一道菜，做成酱可以在冬天吃。

最早那批生意人就挑着担子，韭菜菠菜什么菜都有，但他只喊："卖——韭菜哩。"居民们不懂汉语，可他们懂得这种唱歌似的音调。大清早，太阳还没升起，中亚腹地的小城小镇上就出现陕西回回的菜担子，街巷里就响起悠悠扬扬的叫卖声："卖——韭菜哩。"俄罗斯和乌克兰的家庭主妇们就走出院子，去买新鲜的韭菜。

据说最早离开群山，到河谷平原和城镇里居住的牧人们是受了韭菜的诱惑。这些大难不死的纳伦英雄们只用两种菜——韭菜和菠菜就让俄罗斯和乌克兰的农民甘拜下风，欧洲的土豆、洋葱、西红柿也成了纳伦英雄们的专利。俄罗斯和乌克兰的农民兄弟们都到城里去了，他们更适合去城里生活。他们很忠诚地跟陕西人交朋友，到陕西人的菜园子去参观，他们看到陕西人种菜的全过程。首先是那一畦一畦的小方格就让人头疼，泥土捣得那么细，还有更细心的人，竟然用筛子筛土，土跟面粉一样铺在小畦里，地上的土都要筛一遍，石子沙子，包括干硬土块。他们问陕西人："这个不是土吗，为什么让它离开土地？""这是生土，生土影响蔬菜的根，根要呼吸，不能噎住。"

面粉一样的细土用板子刮平，水不是灌进去的，水装在喷壶里，小心翼翼地洒，不能太高，也不能太低。楚河那么大一条河，放进水渠里，拉开闸门，铲开渠口了，就会哗啦啦冲到地里，跟一群马一样，现在汹涌的河水装在铁皮壶里，跟针管子里的药水一样点点滴滴洒出来，慢慢地渗进土里。阳光水和泥土，很快就绽放出丝线一样细密的幼芽，脚不能再伸进地里了，必须蹲在畦塄上减苗，拔掉弱的，留下壮的，两臂宽，可以一直长下去，绕一圈正好覆盖整个小畦。简直跟绣花一样。他们在绣花呢，他们种出来的是细长细长的丝线。俄罗斯人摇头叹息，把看到的一切告诉整个七河地区的人们。人们从丝线一样精致的菜肴想到丝绸，陕西人就来自那个古老的国度，他们知道丝绸的秘密，他们跟蚕一样把大地织成美丽的茧，拿到市场上，送到家门口，太叫人不可思议了。

更不可思议的是他们跟魔术师一样，他们的菜园子里不仅仅生长菠菜韭菜土豆洋葱和西红柿，他们还跟变戏法似的种出了豆角，圆的扁的都有，他们种出了茄子，跟皮球那么大，他们种出香菜，种出了大蒜，种出了大葱、小葱，种出了白菜、南瓜、西瓜、胡瓜、黄瓜，种出了红薯白薯，种出了红萝卜、白萝卜、胡萝卜，种出了线辣子、茴香菜，五颜六色的各种蔬菜大片大片地出现在楚河西岸。天山和阿拉套山的牧人们以为天堂般的仙境出现在平原上，平原一般是春牧场，夏天和秋天，鲜花就随着牲畜转移到山上去了。种菜的陕西人让辽阔的楚河河谷开满了鲜花，春夏秋三季都有鲜花盛开，各式各样的花都有，跟草原不同的是这些花都是下崽的，一下一大串，比羊羔子还多，牧人们是领教过这些奇迹的。俄罗斯农民亲眼见过他们如何给大地绣花，还给大地吹气呢，他们爬在菜畦里松土施肥减苗的样子，就像给菜秧子吹气。他们有充分的理由来解释他们神秘的举动，他们说那条楚河原来叫吹河，中国古书上这么叫的，尽管他们都是一些中国农民、中国手艺人，没有文化，可他们说起中国的文化中国的历史头头是道，记忆力特别好。他们就说到了有名的唐僧，唐三藏，唐三藏西天取经到过吹河到过碎叶城到过伊塞克湖到过塔拉斯。

他们的说法很快得到证实。菜园子不再满足他们了，楚河辽阔的土地等待着他们开发，菜园子也给他们一定的积蓄，他们的土地从河边向更远的平原延伸。 他们就挖出了古老的碾盘、石磙子，上边刻着字，是汉朝唐朝的中原人用过的。他们散居的地方都是当年丝绸古道的重镇。他们的祖先已经在这里生活过了。他们百感交集。他们需要更多的大碾盘石磙子，他们就把天山阿拉套山上的石头搬下来了，跟古埃及人修金字塔一样，巨大的石头用杠子撬，用圆木垫，排山倒海进入他们的村庄，他们用钢钎用凿刀一下一下把巨大的石头打磨成农具，安置在村庄的东头，也是太阳进村的地方。

他们的土地一起开到天山脚下开到阿拉套山下，就像歌儿里唱的：

浪了一转转了回还。
皮斯该的上山里荒草滩。
黄长虫连（像）黄蟒一般。
女人看见头绳打战。

娃娃看见连哭带喊。

上山里插犁铧草湖绿滩。
苇子窝里野鸡转,鸭子飞起遮了天。
上山里种麦子打过百担。
秋里河(楚河)傍里刮稻子打过百担。
这么价我们住站。

人们对白彦虎的诸多坟墓就有了新说法,麦浪滚滚绿树成荫的大地上,土坯砌成的伊斯兰风格的坟墓远远看去就像一堆麦子,不管是麦垛还是扬去衣子的麦粒,在中亚腹地辽阔的天空下都是这种古朴的样子。也想过用青砖琉璃瓦重修一下,砖瓦运来了,还是不行,老先人最初使用的土坯可以用新土坯更换,用青砖琉璃瓦就不像土地上的东西了。那些墓就一直保持着土坯的原样。在天山那边,左宗棠的大军也开始种地,种江南的水稻和桑树。东干人是不知道的。尉琴把这些往事讲给东干人,东干人就说:"1882年我们就种水稻了。"

1882年他们在中亚地区第一次试种五亩水稻成功,那里很快成为产粮区。1884年他们修了中亚第一条运河,把七河省的哨葫芦河、卡拉苏河、楚河连在一起,楚河河谷大半土地成为水稻田。群山和草原生长了千年万年的红花无人采摘,熊胆鹿草羚羊角,麝香自生自灭,这些东西在他们手里全成了宝贝,医治百病。

他们浴血奋战的传奇经历渐渐成为历史,人们看重的是他们身上的绝技,人们不明白大清王朝为什么要把这些能工巧匠赶出国门。他们的绝技传到俄国内地,传到沙皇的耳朵里,沙皇要亲眼看一看。他们就带上自己种的蔬菜,到彼得堡去显示他们的手艺,沙皇全家吃到了四喜丸子,红烧茄子,蒜泥黄瓜,羊肉炖冬瓜,韭菜羊肉饺子等，沙皇品尝后赞不绝口，当即下令四十年不征税不征兵。他们的村庄几乎是粮仓的代名词。他们太能干了。七河省总督趁中俄交接伊犁的机会，花大力气鼓动伊犁居民迁居七河省，七河辽阔的土地太缺劳动力了，尤其是能工巧匠。白彦虎的侄儿有机会到楚河去，可他一直生活在伊犁。1953年，中苏关系最融洽的时候，白彦虎的一个孙子来到伊犁跟老人住在一起。1993年尉琴在伊犁见到白彦虎的孙子，他已经是个七十多岁的老人了。老人这样解释祖先的举动：老先人在清军营里当过下级军官，举兵造反成为大帅，一起当大帅的死的死，降的降，左宗棠紧追不放，白大帅为了活命投靠过阿古柏，阿古柏也信不过他，派人监视着。到了俄国，俄国人的侦控天天跟着。留在伊犁的这一支，白大帅活着就没消息，他老人家要是知道伊犁这一支活得很旺，也就安心了。"半个多世纪没有音信呀？""我们就不停地种庄稼，种花种树，地上能长的都养出来了，伊犁这一支也是这样，大家都有一样的想法，草木活着人就活着。""就这么自信？""不信这个信啥呀？"尉琴就是在这一瞬间想到她的情人，那个军垦汉子还活在世上。草木活着人就活着。

他们的村庄都是同治光绪年间陕西关中的样式，凭着记忆盖起关中样式的房子，高高的门楼，照壁，不同于其他地方的清真村，高大的白杨树，水渠、果园、菜园和肥沃的农田。楚河谷地太像八百里秦川了，夹在天山与阿拉套山之间。关中平原东西八百里，南北三十至八十里，楚河平原东西六百里，南北三十至五十里。离开家乡时，他们一步一步从黄河岸边、从雄伟的潼关走到关中平原的西端宝鸡，从宝鸡往北上了董志塬固原，他们就永远离开那富饶美丽的关中了。他们有了村庄，他们就一步一步量了楚河的土地，大小跟关中差不多。不同的是楚河的水要比渭河大好几倍，楚河河谷空荡荡的，农田只占很小一部分，更辽阔的是郁郁葱葱的灌木和高高的牧草，大群大群的野鸭子，还有蓝天上的天鹅。他们喜欢上这个地方，他们就说自己是中原人，是黄河东岸来的，是东岸子人。他们更愿意把故乡往东延伸，在他们兴奋而悲壮的言谈中，关中平原延伸到潼关以外，过了黄河，一直到大海，一直不断地往前伸展，伸展……他们就这样成了东干人。

16

　　白熊在阿尔泰已经生活好几年了。白熊喜欢石头，白熊睡着的时候就是一个大石头，常常有鸟儿落在它身上，喳喳叫，唧唧唱歌。

　　有一次，野兔把睡醒的白熊当自己的窝了。白熊是很粗的，伸腰打哈欠，兔子就卧在它的脚边，它的爪子举起来，落下去就把兔子踩死了，软绵绵一团，扒起一看白熊就很后悔，蹲在那里一声不吭。百灵鸟在它耳朵上叫啊叫把它叫烦了，它挥一下爪子，百灵鸟蹿到云头上叫，百灵鸟是喜欢它的。百灵鸟从来不跟猛兽打交道，尤其是熊瞎子，黑乎乎的又粗又笨。白熊的到来让鸟儿们吃惊，白熊就像移动的冰山一样，洁白高贵，不要说鸟兽，草原上的牧人千百年来也把白色视为最神圣的颜色。力大无穷，配上高贵的白，鸟儿们的歌声差不多压住了森林的涛声。百灵鸟干脆把白熊的耳朵当树杈，可以卧，可以在上边跳啊唱啊。百灵鸟要让白熊开心一点。白熊的躁脾气在百灵鸟跟前就不灵验了，这个小精灵，白熊一点办法都没有。白熊阴沉的脸变柔和了。

　　白熊拎着死去的兔子到河边去，到水深的地方白熊把兔子放进去。动物世界就是这样，白熊喜欢鱼，就让兔子回到鱼的世界，鱼会把兔子带到北极的，等过了斋桑淖尔，兔子就会活过来，吃了兔子的鱼全都有了兔子的生活，它们是一大群兔子，它们会一口气游到北冰洋。白熊知道兔子跑起来有多快。白熊放心了。白熊抓住一条红鱼塞进嘴里，阿尔泰的红鱼跟人参果一样吃下去神清气爽。红鱼在肚子里乱撞，撕它的肠子，九弯十八盘全都揉开了，红鱼开始进入血液，那是红鱼消失的地方，血液凉飕飕的，全身都凉透了，白熊的脑子清澈得跟水一样。白熊跃到大石头上，白熊差不多就是一座山了。白熊唱起雄壮的情歌。它的嗓子低沉沙哑带着北极的冰凉，阿尔泰的情歌唯独没有这种冰凉。阿尔泰的青河和富蕴达到零下五十多度，可以跟贝加尔湖青草地的气温相抗衡。蒙古人和哈萨克人就用这种冰凉的喉音传递他们滚烫的心。动物们也一样，阿尔泰的金色中有一种坚硬和锐利。白熊加强了这种坚硬和锐利。白熊高歌的时候，空气中闪烁的不再是日月星辰的光，而是锋刃的光，直插心脏，生命在窒息惊愕中苏醒。

最先醒来的是一只漂亮的母棕熊。它有修长的身躯和优美的脑袋，它的背又窄又圆跟山脊一样，它听见低沉的歌声就缩成一团，跟皮球一样从坡上滚下来。它有旺盛的血气，它可以放心地让屁股和背去撞石头，它从石头上弹起来，又撞到树上，红松、云杉和冷杉一动不动，树冠在高空刷——摆一下，树好像要飞起来了。一排一排的树在高空喧响着告诉白熊它的情侣过来了。母棕熊在草地上打个滚，它快步穿过桦树榆树和杨树的密林，它跟鹿一样从密林里跳出来。

白熊看着它的母棕熊。母棕熊身上有好闻的气味，母棕熊一路狂奔，身体就分泌出浓烈的带着苦艾味道的气味。母棕熊还记得它听到情歌的那天早晨，晨光跟蛛网一样一丝一丝的，很容易让生命产生梦幻的感觉。它意识到这是一个非同寻常的时刻，它一路狂奔。那是它头一回往山下滚，差点没摔死。可能是摔打的缘故吧，它来到大峡谷时，阿尔泰的母熊几乎全到齐了，在宽阔的河滩上一跃一跃展示自己的身段呢。那个王者，蹲在山丘一样的巨石上眯着眼睛满脸的傲慢。已经淘汰了一大半。母棕熊汗淋淋走上去,连它自己都没想到它身上有那么好闻的气味,它的同类,那些母熊全都用羡慕和嫉妒的目光打量它。

高傲的白熊咚一声从石头上跳下来。王者是不拒绝美的。白熊的鼻孔跟鸟儿的翅膀一样扇动着。白熊抓住母棕熊的下巴,拧一下,又去抓母棕熊的屁股,没抓住,屁股太圆实了,鹰都抓不住的,刀子也会弯曲的,一个美妙的圆圆的屁股是不可抗拒的。白熊用前爪卡住母棕熊的后腰,腰很圆实,但可以使上劲,白熊往下一蹲就把母棕熊举起来了。母熊欢快地叫着,她不能让白熊太累,她就坐在白熊强壮的胸脯上。白熊的心脏在母熊圆实的屁股下咚咚响起来,白熊的肺腑之气喷到母棕熊的背上,毛被吹开了,母棕熊发现她的皮肤这么敏感,熊怎么能有这么细腻的感觉?

我是熊吗?

母棕熊泪眼婆娑。

我就是一只熊。

白熊像捧着鲜花一样,把它的情侣捧到山坡上,嘴里哼着情歌,从那辽阔的低沉的声音里可以感受到圣地阿尔泰、西伯利亚大森林和北极的冰雪世界。白熊把它的鲜花摁到地上,打个滚,又站起来,高高举着芳香的母熊。巨大的情欲被激起来了,林海里发出迅猛的呼啸。谁都不忍心喷射这种强烈的情绪。母棕熊跳下去了,搂得太紧谁也受不了。它们穿过白桦榆树和杨树的密林,它们穿过红松、云杉和冷杉的大森林,它们冲上一面陡坡。母熊栖身的山洞就在悬崖顶上,从那里可以看见哈巴河、青河和可可托海壮美的景色。哈纳斯湖跟宝石一样在峡谷深处闪烁出神秘的蓝光。白熊开心极了,白熊的窝也在高山之巅。

母棕熊面向太阳,在做一个神秘的祈祷,它的爪子举起来,它把太阳摘下来了,它的动作缓慢而有力,它把太阳摁在地上,用爪子撕开，它就把太阳吃下去了。它有了太阳的力气，它吃得饱饱的，脑袋贴在地上，它的生命要升起来了。白熊从后面抱住母棕熊，它们合在一起，从悬崖上滚下去，发出惊天动地的轰响。那巨大的声音再也不是白熊的心脏了。它们的身体撞响了红松、云杉和冷杉，树冠在高空抓住白云，吱溜一下把白云撕成两半，露出蓝天的肉体。雄鹰在空中截住雌鹰，把它的生命射进雌鹰的身体。石头被撞翻了，黑色的铁矿石冲向长满苔藓的灰蓝色岩石。白熊的腹股吞没了母棕熊圆实的臀。铁矿石带着啸音飞出去，阿尔泰那些母性的石头里有金子，有猫眼宝石，有云母，有水晶，这些石头的精液全被挤出来了。白熊就把母熊摁在金子、宝石、云母和水晶的大地上，白熊给情侣献上生命的蜜汁。很大的一块地方被弄湿了。宝石、金子、云母和水晶就像到了海底世界。它们晶光闪闪承受着白熊的压力。白熊几乎把母熊裹起来了，跟皮球一样在铺满宝石、金子、云母和水晶的婚床上滚啊滚啊。

太阳圆到了极限，太阳开始西斜。树荫跟蛇一样爬过来。白熊的交欢也接近余声了。母棕熊晕乎乎倒在婚床上，它太累了，跟所有欢爱后的母性一样，它看不到天上的太阳，情侣就是它的太阳。它的爪子不停地摸着白熊的背。

母棕熊很快就恢复了体力。它从白熊的身上爬过去，它走到哪白熊的身体就延伸到哪。它已经离白熊很远了，它来到鲜花盛开的夏牧场。雌花张开它们鲜美的阴户迎接雄性花粉，空气中漂着一条彩带，从另一个山谷漂来的雄性花粉跟雪片一样落下来，雌花吐出浓烈的香雾跟花粉交欢，花朵发出密集的欢叫。母棕熊躲在树荫里，它必须看完花朵壮观的景象。雌性动物从花卉的交欢中可以得到许多启示。同样的道理，动物们交欢的时候，花卉就飘上天空，以壮其威。它们互相感应。母棕熊已经得到了保证，它的下一次将会更加美满，它都快忍不住了。

它又回到亲爱的白熊身边。白熊还在酣睡。细细的雌花粉撒在白熊身上。大地的精液，那些宝石、金子、云母和水晶开始往土里钻。它们的比重超过土壤，也超过石头。最先钻进去的是宝石和金子，它们跟鱼一样在土壤和石头里游来游去，只有最坚硬的矿石才能收住它们。水晶和云母差一些，钻进土壤的全都走了，碰到石头的就镶在石头上。

白熊还在酣睡。母棕熊在白熊身边待一会儿就受不住了。它需要的不是新一轮的交欢，另一种快乐在等待它，它再也不敢从白熊身上爬过去了，它轻手轻脚跑到几十步以外。白熊献给它的生命的汁液开始发作了。在它的交欢历史上从来没有这种奇特的经历。它不知道自己要干什么。它心里充满柔情蜜意。白熊进入它身体时它想到了蜜汁。所有的熊都有从蜂巢里取蜜的本领。熊一生要吃多少蜂蜜啊。

蜜流出来了，该怎么办？母棕熊抱住一棵树，啃起来，它尝到了冰凉的树液，带着腥味的桦树树液，沾满它的腮帮子。毛棱棱的腮帮子跟毛刷子一样蹭啊蹭啊，咬在树皮上的牙印也被刷平了，磨光了看不见了，谁也不知道这是一棵哭泣过的白桦树。下一棵树不能太柔弱。母棕熊的蜜汁越来越稠，跟胶一样。阿尔泰那么多树，母棕熊要把它们挨着亲一遍。它们当中最雄壮的红松来到母棕熊身边。红松的皮裂开了，红松的汁液出来了，红松的牙印却是刷不掉的。母棕熊搂住红松摇啊摇啊，母棕熊放声哭起来。据说远古的人类在交欢中能达到这种状态，女人扭动腰肢摆动手臂和腿，她们延续男人给她们的快感。男人就把女人在狂迷中的姿势刻在岩石上，涂上兽血。这些符号就是最初的舞蹈。动物们是懂这些符号的。它们不需要刻在岩石上，它们有很好的记忆力，可以代代相传。棕熊的记忆里不知隔了多少代了，横跨那么遥远的年代，它遇上了神奇的白熊。

舞蹈一直延续到第四天，一直到白熊苏醒。母熊一身轻松坐在白熊身边，好像从来没有离开过白熊，好像白熊身上的花粉是它带来的。白熊的眼睛闪出一道蓝光。这是最吸引母棕熊的一种光。熊一直被视为瞎子，熊瞎子。熊的视力不好在动物世界是有名的，眼神呆滞，目光浑浊，眼角挤满一疙瘩一疙瘩的眼屎。来自于北冰洋的白熊有海洋一样的蓝眼睛，有干净的面孔和潇洒的身躯。白熊苏醒后是一动不动的，它平静地看着远方，群山、森林、大河以及辽阔的草原。阿尔泰的景色很适合白熊灰蓝色的眼睛。母棕熊在白熊跟前直立起来，白熊漂亮的蓝眼睛总算落到母棕熊的身上，母棕熊变得温顺而宁静，跟湖水一样。母棕熊趴在地上，它真想化成一片湖水。

放马的人过来了。白熊让母熊先上山。白熊是不怕人的，白熊要看看那些壮美的马。自从甘肃小伙子向它放枪以后，它再也没有伤过人。这要归功于女人。那个女人是来送死的。她的情人让熊吃了，她就想跟情人死在一起。熊不会伤害没带武器的人。女兵穿的军装太招眼了，动物都怕穿军装的人。第二个穿军装的人又叫它碰上了。白熊是很有挑战性的，它绝不退让。它先叫了一声。女人哆嗦一下又往前走，白熊扑来了，她也不退，白熊把她摁倒了，爪子高高举起来，女人也不躲，女人好像在盼望凶狠的熊爪子，熊爪子就停住了，熊的另一只爪子摁在女人胸上，这只爪子跟棉花一样软下来，另一只爪子很快就失去了战斗力。它摁住的是一个女人，女人的白衬衣露出一角，白熊的眼睛就成了浩瀚的海水，它在北冰洋看到的那个美丽的阿尔泰母熊就是这个样子。白熊的爪子跟棉花一样把女人裹起来，白熊把女人带回山洞，住了半年。具体的生活细节现在还猜不出来。女人怀孕后又离开白熊也让它百思不得其解。白熊看重的是阿尔泰这个梦寐以求的地方。女人带给它的美好印象扩大到整个阿尔泰。

母棕熊正好赶上了白熊的发情期。母棕熊也打破了阿尔泰山几千年的规矩，发情期结束后，母熊会离开公熊。另一个发情期能不能再见面就很难说。熊的生育率不高与它们的习性有关系。公熊的精液得不到保护。母熊找到新伴侣时会到河里冲干净以前的精液。这容易引起公熊的愤怒。公熊会报复这些水性杨花的母熊，熊打起来很可怕。母棕熊惹过不少麻烦。它再也不惹这种麻烦了。几千年的老规矩被打破了。它无法离开它的白熊。白熊的一个暗示它就心领神会。

白熊在后边掩护，它在前边走。熊的走动是很笨的，总是发出很大的声音。没有树枝没有灌木，走到林中空地上，也是哗哗地响。地上有树叶子呀，有碎石块，有青草，也有平坦坦的什么都不长的地方，熊爪子也会把大地弄得跟鼓似的咕咚咕咚响。

母棕熊变得越来越精细，她发现了白熊的脚印。白熊跟所有的熊一样有一个很厚实的掌，毛茸茸的，锋利的爪子中间有一块肉，跟棉垫子一样，让熊掌充满弹性。白熊把北极世界的习惯带到阿尔泰山。白熊在北极苔原地带走动的地方，留下一个又一个潮湿的脚印，它的体温也留在那里，苔藓和冰草就很快长起来了。那些星星点点的苔藓和冰草布满荒凉的北极雪原。阿尔泰有草原黑钙土，有草籽有水，白熊走过的地方长出鲜花和青草，有时候长出火红的树苗。母棕熊全都认出来了。

母棕熊伏在地上，腮帮子蹭啊蹭啊，巨大的柔情开始翻腾，它展开腿脚，它的腹贴在地上，大地的胎儿在动，母棕熊匍匐前进。大地的胎儿从草丛里跳出来，是一只野兔，好奇地看着母棕熊。兔子可是太小了，两只大耳朵遮住了整个身体，两只大耳朵就像地上长出来的牛蒡草，牛蒡草有两片大叶子，在风中晃悠。兔子跑起来了，兔子跑得再快也是两片大叶子草，透着淡淡的红光。母棕熊已经分不清兔子和牛蒡草了。后来它的肚皮蹭到了石头，它就把石头抓到掌上仔细地看，圆圆的灰蓝色石头热乎乎的，跟天鹅蛋一样，飞往西伯利亚的天鹅正在群山上空咿咿呀呀地叫呢，天鹅的蛋落到地上是摔不碎的。后来它又蹭了白石头和青石头，阿尔泰的飞禽太多了，到处都是它们的蛋，随便落到草丛里，草丛跟羽毛一样就能把它们孵出来。红松的胎儿也出来了，松鼠正往下溜呢，松鼠被太阳照着，松鼠一点一点被树挤出来。母棕熊认识多少松鼠呢，奇怪的是直到今天母棕熊才把松鼠当做红松的孩子，刚刚生下来的孩子，吱吱地叫着。每棵树都有自己的孩子。它们不在天上飞就在地上蹿。

母棕熊把白熊的精液带到了最美好的地方，母棕熊靠在高大的红松上，让太阳尽情地暖它的腹，它的前爪高高举起来，它的个子挺高的，前爪几乎能抓住树杈了，太阳跟草原上的高车一样从它的腹胸间轧过去，草原的高车总是发出天鹅一样圆润的咿呀声。太阳也发出这种好听的声音，太阳在母熊的腹中咿咿呀呀叫起来，很快就变成母棕熊的歌声。

阿尔泰山第一次响起母熊呼唤情侣的歌声。雄壮中透着温润。

一块巨大的玉石在群山上空浮动。玉在打磨整个阿尔泰。

白熊慢慢地走过来，它扭头瞅瞅太阳。太阳像个勤快的仆人，太阳手捧铜炉，在暖母熊的腹。白熊朝太阳拜一拜，白熊完全隔开了太阳，白熊从正面抱住母熊，好像连高大的红松也抱起来了。熊爪子在树上抓几下，扒掉一块树皮，白熊终于抓住了母棕熊的后腰。白熊不能再让母棕熊去撞松树了，白熊不能再让母棕熊去撞那些又高又大的石头了，白熊搂着它的情侣在柔软的草地上滚动，无论古老的森林还是密林的深处，总会出现空地，白熊的后背像长了眼睛，它总能绕开树和石头。

那个幼小的生命已经开始在母熊身上生长了，母熊把那生命想象成胎儿，它肯定会长成胎儿，现在还不是，现在还只是豆粒那么大的液体，跟珍珠似的。生命的喜悦与感动跟汹涌的大河一样，它们喜欢大河的势头，它们来到额尔齐斯河边时，它们就平静了，这条温暖的绿色的大河流进了母熊的子宫。

17

母亲终于把儿子带到了森林。她一直拿不定主意。儿子快上学了，儿子属于学校。丈夫老金嘲笑她是娘儿们见识，阿尔泰的儿子娃娃，上学就不能去森林里玩了？你不带他去，他会跟伙伴们去的。其实他们都明白，他们担心孩子会永远待在森林不出来。

"他不会离开我们对不对？"

"你相信他是我们的儿子对不对？"

她自己拿了主意，带儿子到森林里去。

克兰河的那边就是古老的森林，河上修了一座木桥，马群和车子可以通过。孩子不敢在桥上停。桥没有栏杆，河水在桥下发出哗哗的喧响，常常有牧畜掉到河里，被卷走了。马是可以逃脱的，马在岸上也要哆嗦好半天。孩子跑到河那边才敢往桥上看。

阿尔泰早晨的空气蓝汪汪的，太阳就像刚出巢的雏鸟，羽毛嘴巴和爪子都是嫩黄色的，很笨拙地在群山上空旋来旋去。落到妈妈身上吧。太阳鸟怯生生地落在妈妈的身上。女人成了一头金发，她走到桥中间扬起手臂撩她的头发，孩子就把母亲的形象记住了。

按阿尔泰人的规矩，走到森林深处才算真正到过森林。孩子跟父亲老金玩过松鼠，那是森林伸到草原的一只胳膊。母亲从克兰河峡谷最宽阔的地方走进去，正对着森林的腰部，无数的山峰淹没在林海里。女人总能找到森林最隐秘的地方。

泉水从悬崖渗出来，几乎没有声音，轻轻落到地上，一直渗透到青草地，活了无限寿命的松树倒下去，沉到大地深处。土地厚了一层，都是优质的黑钙土。女人喜欢黑钙土的气息。白熊和男人身上都有黑钙土的气味。女人就是凭着这种气味找到老金的。连队那么多男人，只有老金身上有浓烈的黑钙土的气味。别人在河边开荒的时候，老金就到森林里打柴禾去了。老金打了柴禾，还拣了蘑菇。地太肥了，蘑菇来不及长那么好看的形状，蘑菇全是圆疙瘩，跟土豆一样，一窝子又一窝子，扒开虚土，从大地的肚子里直接掏出来。老金掏了一大筐。老金跟土拨鼠一样。老金背着干柴，提着蘑菇。那年春天女人吃到了黄羊炖蘑菇。又白又嫩的蘑菇蛋，那股子清香在女人肚子里萦绕不散。

　　她和孩子来到长蘑菇的地方，她不让孩子动那些蘑菇。一大簇一大簇的蘑菇，有白的，有黑的，有棕色的，还有红蘑菇。孩子的手被大人抓着，孩子就用脚踩，许多蘑菇被踩碎了。它们会干掉，被松鼠拉走，被蚂蚁搬回去做窝，蚂蚁连窝啃下去。剩下的根蒂归泥土所有。化成土又长出新蘑菇。母亲干脆放开孩子。孩子在蘑菇群里乱抓一气。那些伞状的蘑菇太一般了。大地开始袒露蘑菇蛋，从泥土的缝隙里露出一点点，有些蘑菇蛋卧在草丛里，孩子大呼小叫，小家伙再也不毁坏蘑菇了，他把蘑菇蛋全拣到篮子里。

　　母亲采一种珍贵的蘑菇，跟火柴棒那么细，长在泉眼的四周，都是手指那么大的泉眼，长一圈娇嫩细密的针形蘑菇，有黑色的，有棕色的，跟眼睫毛一样。母亲趴在地上，一根一根拔出来。阳光是直接照不上的，阳光从草叶间流下来，泉水汪汪，似流非流，慢慢地溢出来，形成一道道细流，跟汗珠一样从蘑菇丛里渗出去。女人半天才能采一小撮。

　　孩子不喜欢蛋状蘑菇，篮子里装满满的，地上丢得到处都是。这些圆浑浑的蘑菇随地生根，摔成两瓣的十天半月又长完整了。孩子伤不了它们。孩子看见妈妈撅着屁股拔大地的毛，那么纤细的蘑菇，不是毛是什么？妈妈的脸贴在地上，眼睛瞅着，手指飞快，再快也拔不了几根。孩子突然出现在女人跟前,女人吓坏了,女人坐在地上。

"你不要动!"

"我不动,它那么小,我不动。"

孩子跟小大人似的蹲在妈妈跟前。

"这能吃吗?"

"能吃。"

"你吃过?"

"妈妈在山里吃过,还是冬天呢,冬天的蘑菇太稀罕了。"

"你没生我的时候吃的?"

妈妈吃惊地看着孩子,看了那么久,孩子的眼睛又黑又亮。他这么小,他的小脑瓜子一点也不小了。母亲喜悦而伤感。母亲的眼睛首先躲了一下,孩子站起来了。

"蘑菇是谁生的?"

"土地呀,孩子。"

"妈妈你错了,正确的答案应该是狗撒的尿。"

"牧羊犬很少的傻孩子。"

"还有熊呀,一只熊顶一百只狗呢。"

"熊是生不出蘑菇的。"

"它撒的尿可以长出蘑菇来。"

"你听谁胡说八道?"

"不是胡说八道妈妈,是阿尔泰的故事。"

阿尔泰所有的人都知道这个故事。女人竟然没想到她的孩子也是阿尔泰的孩子。女人也知道这个故事,孩子讲一遍就是另一种意思了。在孩子的叙述中,她,孩子的母亲几乎成为故事的主角。故事就是这样的。

从前,有一个老太婆,丈夫已经死了,跟前只有一个女儿,女儿聪明、美丽、能干。母亲像宝贝一样疼爱女儿,女儿也很关心母亲。女儿长到十四岁,已经能够跟母亲上山打柴禾了。

这里的人们打柴都到附近山里去。天长日久,山都变得光秃秃的,不要说树,连草也被人们烧光了。这样,打柴就困难了。一天,母女二人来到山中,东张西望,找不到一根柴。女儿说:"咱们到河那边打柴吧。妈妈你看,那边的柴多得很哪!"母亲爬到山坡上向远处一望,果然河那边树木非常茂盛,母女二人就向河岸走去。河水很深,母女二人没有钱坐船。老太婆就向船夫说好话:"行行好,让我们过河去拾点柴吧!家里的灶火都冒不出烟了。"船夫说:"老大娘,你胆子真不小,敢去那里打柴!"老太婆说:"有什么法子呢!河这边连草都没有,烧什么呀?"船夫说:"那边森林里野兽多得很,谁也不敢去,不是我不渡你们过去,实在是太危险啦。"老太婆左右为难。女儿说:"我们拣一点柴禾就回来,太阳老高的,野兽不会出来。"船夫劝不住,就渡她们过去。

河那边是古老的大森林,树木真多呀,又高又大,草长得也有一人多高。她们走进山口,匆匆忙忙拣了一些柴禾,一人背一捆就往回走,走到山口,女儿忽然要解手,就说:"妈妈你先走,我随后就来。"老太婆就先走了,走到另一个山坡上坐下等着。左等右等,太阳偏西了也不见女儿回来,老太婆高声叫喊也没人应。太阳已经落山,刮起风,森林很恐怖地喧响着。老太婆只好一个人回家,哭了一夜,求人去找也没找到女儿。

原来女儿留在后边解手,让白熊看见了,白熊看见漂亮的姑娘,姑娘起身系裤子呢,白熊就过来了。姑娘吓得浑身发抖,喊不出声,白熊就跟抓小鸡一样把姑娘捡起来背在身上,向深山走去。不知翻过多少座山,过了几条大河。姑娘醒来时躺在山洞的石板上,白熊特意在石板上铺了干草,白熊经常光顾村庄,知道人类的喜好，白熊把山洞收拾得干干净净的。白熊在山洞外干活呢，洞口用石头堵着。姑娘从石缝往外看，白熊在山洞外边铺了一条石板路，山上的兽道全被拓宽了，铺上了石板。可这里离人类太遥远了，猎手也找不到这里来的。到处是悬崖断壁，姑娘是逃不出去的。她想想家里的老母亲就哭起来了。哭累了就睡。醒来发现白熊站在她跟前，手里拿着野果子，送到她嘴边。从此，姑娘就跟白熊生活在一起。

这是阿尔泰人人都知道的故事。

女人常常陷进故事里，儿子叫好半天她才清醒过来。

"妈妈，我是熊的孩子吗？"

"你有爸爸，你是爸爸的孩子。"

"人家都说我是熊的孩子。"

"你长得像谁呀，像爸爸还是像熊？熊身上有毛，你有毛吗？"

"小朋友们都没有我的力气大。"

"爸爸力气大，爸爸的孩子肯定力气大。"

"爸爸的力气有熊大吗？"

"你这孩子烦不烦人啊。"

妈妈想把话岔开，孩子紧追不放，妈妈生气也没用了，妈妈不是真生气，孩子一眼就看出来了，孩子跟个精灵似的。

"这些蘑菇都是你撒的尿。"

"妈妈没有这么多尿。"

"艾里·库尔班的妈妈撒了整整一天，把熊都引过来了，我的妈妈撒不了那么多吗？"

艾里·库尔班就是熊与人的儿子，就是故事里的小主人公。孩子很崇拜艾里·库尔班。女人几乎在哀求孩子，在给孩子下保证。

"你不是熊的孩子。"

"熊的孩子不好吗？力大无穷，又善良又聪明。"

"爸爸怎么办？你不爱爸爸吗？"

"他就是我的熊爸爸，这不很好吗？"

妈妈勉强答应了。妈妈提一个要求："你可以这样想，不可以说出来。"孩子向妈妈下了保证。孩子兴高采烈。

回来的路应该顺坡而下，女人却走上了山口，孩子喜欢山口，故事里有山口，孩子就喜欢山口。

女人走上山口，沐浴了整个峡谷和森林的美景，女人站在那里久久不想离开，孩子叫起来："妈妈，妈妈！"孩子永远也忘不了母亲在山口的壮丽景象，多少年以后，孩子也就是母亲的儿子给母亲讲起那一天的景象时，母亲流下了泪。

"这么美的妈妈，我们应该有好多好多爸爸。"

这个几乎是母亲一生的写照。儿子很小的时候就看出来了。孩子对父亲老金有一种很高的期待。

18

老金从孩子期待的眼神里感觉到什么，老金把炊事班长的工作辞了，把养鸡场的活也交给别人，这都是肥差。老金不需要肥差，老金知道他需要什么。老金相信那个故事是真的，孩子有个熊爸爸，即使不是熊的孩子，孩子也会有这种愿望。好爸爸不会让孩子失望的。老金把孩子举起来，轻轻放地上，老金就做出决定。女人没吭声，女人的眼睛充满喜悦。老金就到地里去了。

老金看中的地在河那边，很大的一块荒地。长满苇子，土很肥，蚊子多得要命。老金特制了一把大号坎土镘，老金就到河对岸去了。

千百年来，庄稼地一直在河的右岸，河那边是古老的森林。紧挨着森林的是草地和苇子地，苇子高大茂密，发出暴雨般的哗哗声。阿尔泰的丘陵辽阔而平缓，山峰披挂着森林在很远的地方，在大峡谷里。苇子地夹在森林和大河之间。无数的溪水从森林里流出来，在洼地里长出苇子。地窝子的拱顶就是苇把子覆盖的。

老金用艾镰割掉苇子。用坎土镘翻开黑钙土。地势高的地方风紧，蚊子飞不过去。洼地里的蚊子用手可以抓一大把。老金点一堆火，下边架木柴，上边架艾蒿，连臭蒿子都用上了，冒起很大的烟雾，蚊子还是飞过来了。老金用牛皮纸折一个大帽子扣在脑袋上，只露出两只眼睛，跟怪兽一样抡着坎土镘，纸帽子哗啦哗啦乱响。牛皮纸很结实，搞不坏的。汗水会渗坏纸帽子。老金把毛巾扎在头上，可以保护纸帽子了。老金解手也要借着烟雾的熏烤，鸡巴都被熏出味来了。脖子和手背让蚊子叮咬得伤痕累累。老金过河的时候收起纸帽子。

老金常常忘记吃饭的时间，女人就让孩子送饭过去。儿子发现了那奇怪的纸帽子。小家伙以为爸爸逗他玩呢，小家伙就躲在苇子地里悄悄地看他的爸爸。他的爸爸除过眼睛以外，其他部分就是假的，那么大一个脑袋，四四方方，里边塞了干草，跟偶像一样，一个真正的偶像，拿那么大一把坎土镘，一路抡过去，大地就裂开一道道口子，翻出的泥土黑油油的。孩子也跟大人做起游戏。孩子用柳条扎一匹马，把盛饭的篮子挂在马脖子上，让马站在地头。孩子受不了蚊子的叮咬，孩子悄悄撤回去。

老金很快就发现地头的柳条马。老金知道这是孩子的游戏，老金在烟雾中大口大口地吃啊喝啊。老金干活的时候就想起这个淘气的小家伙。老金手里的坎土镘就成了一个玩具。老金头上的纸帽子也成了玩具。老金就想起小时候在老家逛庙会看折子戏，戏台上的人物都化了装，老金很羡慕那些演戏的人。老金长大以后成了庄稼汉，农闲的时候，凑热闹耍社火，戴了面具，化了装，在乡亲们面前走来走去，马上就成了另一个人。跟做梦一样。

老金曾经在妻子身上见过这种景象,那是一年中最忙的时候,阿尔泰的春天,人们忙着翻地播种,忙着接羔;女人更忙,女人还要做饭、照顾孩子,照看刚生的牛犊子、羊羔子、马驹子。

老金从地里回来,老远看见厨房里热气腾腾。

妻子在蒸馍馍,蒸笼刚离锅,还要捂一阵子,白花花的热气就把厨房罩住了。年轻的妻子脸庞红扑扑的,跟鹿一样灵巧,蹦蹦跳跳,一会儿锅台,一会儿案板,一会儿拍拍地上爬滚的娃娃,一会儿喂几口咩咩叫的羊羔,牛犊、马驹全都拥到厨房寻找年轻女人的照顾。它们都是年轻女人接生的,它们就寻着那母性十足的气味过来了。它们的亲生母亲在生下它们之后会不认它们的,女主人要费很大劲来唤起母畜的母亲意识,女主人常常把自己的乳头塞进羊羔牛犊马驹的嘴里,当着母畜的面喂它们,趁着母畜大受感动的时候,赶快把幼崽抱过去,让幼崽噙住妈妈的乳头,妈妈们就不好再拒绝自己的孩子了。年轻的妻子是这方面的高手。她周旋在畜群中间。她跟鹿一样在厨房里蹦蹦跳跳,面孔潮红,娇艳无比。丈夫是不能插手的。

丈夫从外边回来的时候总是弄一捆柴禾,丈夫一边卸柴禾,一边往厨房里看,丈夫脊背上都长眼睛哩,丈夫身上全是眼睛,那些密集的眼睛眯得细细的,仔仔细细地看着女人。女人就吱吱唔唔唱起来了,人在手忙脚乱喘不过气的时候就会唱起来。男人们在田间地头在大草原上就是这么大声吼叫的。女人声音小小的,词儿却是清晰的热切的。

    打开你乌黑的长发啊,安代。
    柳树长在哪里,
    就在那里生枝扎根;
    你结婚嫁到什么地方,

就该在那里安息灵魂。
打开你乌黑的长发啊,安代。
种子播在哪里,
就在那里萌生扎根;
你结发婚配到什么地方,
就该在那里依托终身。
打开你乌黑的长发啊,安代,揭开笼盖。

女人揭开笼盖,抓一个馍馍,在手里掂来掂去,噗儿噗儿吹着,给了最小的羊羔。

打开你乌黑的长发啊,安代,揭开笼盖

女人揭开笼盖,抓一个馍馍,在手里掂来掂去,噗儿吹几口,给牛犊给马驹子,他们的儿子,是一群幼崽中年龄最大的,儿子最后一个得到热馒头。女人的声音也高起来了。

打开你乌黑的长发啊,安代,揭开笼盖。

笼盖全揭开了,再也看不见女人了,女人让蒸汽吞没了。

那种梦幻般的感觉又回到老金身上。安代把他代了。他有妻子,有儿子,有坎土镘,有土地。土地一大块一大块,土从脚下翻出来,一直翻到地头。

孩子扎的柳条马越来越高大越来越漂亮,高大潇洒的灰绿色植物马,驮来一大篮子饭菜。他的饭量突飞猛进。活越来越苦。老金四十多岁了,老金小伙子的时候也没有这么拼命地干活,好像也没有这么大的力气。阿尔泰就是这么神奇的地方，不管天南地北的人，只要生活在这里，就会长出一脸大胡子，就会有一个好胃口，就想拼命地干活。

孩子终于露面了，孩子仰起脑袋告诉爸爸："你的头太大了，把头盔撑破了。"孩子把他想象成了古代的武士。孩子期待着爸爸一样东西，那一定是这个奇形怪状的头盔了。烟火熏烤，汗渍斑斑，沾满厚厚尘土，差不多是油亮油亮的红铜烧铸的头盔。拿在手里挺沉，孩子接住时弯一下腰，孩子挺住了。孩子把铜盔往头上一扣，两只黑亮的眼睛一闪一闪，半拉身子被遮住，铜盔下边只有一个屁股和两条腿。孩子跟鹿一样有无限的活力，一蹦一蹦的，大地充满弹性，孩子挥舞着柳条，走着走着突然喊起来。

"爸爸，我的爸爸！爸爸，我的爸爸！"

孩子走到河对岸，又返回爸爸身边。

爸爸已经不需要铜盔了，他那神奇的爸爸发明了另一个高明的办法，把青泥抹在身上，赤条条只穿一条短裤，短裤也涂了青泥，一个高大粗壮的泥人在洪荒的远古艰辛地劳作。孩子能感觉出岁月巨大的变化，孩子好奇地看着另一个世界，那个远古的世界里，只有一个男人，手持坎土镘劈开了大地。坎土镘举起来的时候，长长的柄伸到天上，铲子跟老鹰一样落下来，叼住一大块土非把它撬出来不可。身上的泥干掉了，落下来，皮肤上还沾着一层粉细的底色。父亲跟猛兽一样哗哗走到沼泽里，在泥里打滚，又爬起来，带着一身新泥巴，蚊子扑上去全被粘住了。如此三番五次地打滚、脱落，再打滚，青泥终于给父亲上了一层釉子，蚊子再也咬不着他了。

孩子目睹了这一切。孩子钻到巨大的铜盔里，孩子挥舞着柳条，蚊子也咬不到孩子。孩子太爱他的爸爸了。

爸爸最后几下不是挖土块，最后那几下全砸在太阳的脑袋上了,太阳被打下去了。那一刻,坎土镘变成铁锤,太阳被砸得火星四射,漫天飞舞着火星,跟下大雪似的,晚霞的碎片落满阿尔泰的沟沟坎坎,牧草和森林就像烧红的火烬。

爸爸带着一身大火轰轰响着走到克兰河,一直到大河的河心,爸爸跟鱼一样沉到河底,又哗啦啦钻上来,吐出高高的水柱。身上的泥巴全掉了,爸爸成了一条青鱼,爸爸又往河底钻,钻下去冒上来,用水草搓胳膊,搓宽大的胸膛,再怎么搓也搓不掉青泥的底色了。爸爸哗啦啦走上河岸,克兰河跟大氅一样在他身上披了很久才落下去。出现在河岸上的是一个青铜男人,连鸡巴和屁股也是青铜的。孩子问这个神奇的爸爸:"你穿裤衩干什么?"

"爸爸又不是野兽,野兽不穿裤衩。"

"你穿裤衩没用啊。"

"青泥会渗进来的,青泥不脏呀,儿子。"

"我闻不惯青泥的气味。"

"你长大就喜欢了,儿子。"

父亲用碱滩上的盐碱洗半天洗不掉青泥的底色,也洗不掉青泥的气味,父亲就用柳条拴住裤衩让河水冲洗,取下来时就像从河面上揭了一层皮,河面的皮青沉沉的。父亲用克兰河的河水捂住了鸡巴和屁股,父亲腿上有很密的毛,水珠沾在腿毛上很亮,最后干在腿毛上。

父亲过河的时候穿上了衣服,人模狗样稳重多了。孩子还是喜欢刚才那个野里野气的爸爸。在人模狗样的爸爸跟前孩子感到太拘束了。爸爸还好意思问孩子:"儿子你咋啦,你不舒服?"儿子一声不吭。爸爸逢人打招呼,爸爸没心思搭理儿子。

吃饭的时候,孩子忍不住说了一句:"我看到了爸爸的大鸡鸡。"大人们吓一跳,瞪着孩子,孩子说:"爸爸的鸡鸡跟棒槌一样。"女人打孩子一下,孩子很皮实,孩子嘿嘿笑,男人把女人拦住了。

"孩子的话你也信,孩子逗你呢。"

19

阿尔泰最早是用丰饶的黑钙土来改造这个女人的。女人刚刚闻到黑钙土的气味时绝望、伤感、沮丧,那个甘肃小伙子受到前所未有的威胁。相当长一段时间,女人沉浸在甜蜜的回忆里,桦树皮本子,燃着羊油灯的地窝子,小伙子身上淡淡的香皂味,说话时可以闻到口齿间清凉的牙膏味,牙齿又白又亮,出现在男人身上太让人着迷了。他的衬衫永远是那么干净,两眼有神,走起路来两脚生风。女人们梦想中的男人就是这个样子,干净、整洁、温和。黑钙土气味的男人让女人感到震撼,随之而来的是冲天而起的汗臭,仿佛一股怒气从大地深处直扑女人而来,把女人固有的对男人的想象打个稀巴烂,女人伤心得呜呜大哭。

山洞里的那一段隐秘的生活,她从不露一字。女儿长大后一直寻找母亲生命的种种奥秘。其实她没有什么秘密,她在森林里过了一个冬天,怀上了孩子,嫁给了一个老兵。老兵身上的黑钙土气味和汗臭再次征服了梦中的情人。命运就这么残酷。山洞里的那个男人多少有点梦幻色彩,老金可是很真实的。

老金不想毁坏她什么,老金处处呵护着她,一点一点从她的记忆中抹掉了情人的气息,甘肃小伙子只剩下一个影子,一张年代久远锈迹斑斑的老相片。她猛地一个激灵,一股青烟消失在草原的远方。她记得清清楚楚,老金并不是做鸡蛋汤打黄羊打动她的,老金从大森林里采蘑菇回来,带一身浓浓的黑钙土气息,她以为又回到冬天的森林里。老金平常很少跟她说话,老金去一趟森林好像得到了什么暗示,老金走到她跟前神采飞扬,趣话连篇。人们吃惊地看着这个狗日的老金，隐藏得多深啊，跟特务似的，突然把大家甩后边去了，女人的眼神把一切都告诉大家了。

平和谦逊的老金让全团几千条汉子感到绝望。这是没办法的事情。老金又不是有意到大森林里去的，那里生长着大片大片的蘑菇，那里也正好是女人与白熊相遇的地方。老金带着黑钙土和森林的气息出现在女人跟前，女人就接纳了老金。就这么简单。

这个要命的老金不会停留在黑钙土上，他到河那边去了，他带来了河泥的气息。那条河叫克兰河，穿越森林和草地，流入额尔齐斯河。

女人在克兰河里洗衣服洗菜。夏天她跟阿尔泰女人一样到河湾里洗澡，水太清了，人就像装在玻璃罩里一样，她到有水草的地方去。她太没经验了，她只图痛快，柔软的水草缠住她她也没觉察到危险，直到水草死死地摁住她的双腿，她才失声尖叫。她被一个陌生男人捞上来，那个黑红脸盘的男人劲很大，跟捞一条白鱼一样把赤条条的女人拖到岸边，托住她的屁股跟投球一样把她投到草地上，男人咳嗽两声，低头走开了。

女人在草地上愣半天，才想起穿裤子。身上的肉突突直跳，好像装满了水。

这一回她选择了一个离水草远一点的小河湾，差不多像个大池塘，苇子把河湾与大河隔开了。她也太不幸了，她听见水面有嘶嘶的声音，她转过身，她再也喊不出任何声音了，一条水蛇乘风破浪而来。其实没有风也没有浪，水蛇划开的波浪很浅，在女人放大的瞳孔里这一切就大到天了。她的反应够快的，这要归功于她跟白熊打交道的经验，她逃回来的地方几乎是一道墙壁。

这回救她的是个哈萨克女人，听见哗哗的水声就打马过来，一鞭子打在蛇脑袋上，又一鞭子轻轻落下来，她抓住鞭梢爬上岸。哈萨克女人告诉她:"这个地方嘛不行。"哈萨克女人扬鞭一指:"到那个地方去嘛,大一点的地方,盆子大的地方能洗澡吗?"哈萨克女人很调皮地拨她的乳头。

"生孩子了吗?"

"生了,巴郎子。"

"巴郎子生了,还是一颗新鲜的草莓嘛。"

连她自己都没意识到这次历险带来的后果,老金那么粗心的人都感觉到女人出了什么事。老金没吭声,老金的心细起来啦,受惊吓后的女人有一种无法形容的美,女人身上很原始的东西全都出来了,女人自己不知道,女人只是奇怪老金今天怎么细致起来了,从女人的头到脚指尖,老金跟一个高明的工匠一样仔细地打磨着,小心翼翼又大胆放肆。眨眼间天就亮了,一夜几乎没合眼,也不觉着困,两人都精神得不得了。直到第二次历险以后,老金的细致引起女人的警觉,女人才感觉到自己发生了多么大的变化,老金的每个动作都会引起强烈的反应,女人的大胆几乎让老金招架不住,老金再也不那么小心翼翼了,老金最尽情的时候让女人联想到那条大河,老金让大河缓慢而汹涌地流着。阿尔泰的河流总是静悄悄的,它们悄无声息地挟带着整个山脉和峡谷奔向遥远的大洋。女人在老金胳膊上抓一下,抓出一道白印子。

"你在河里洗过了?"

"洗过了。"

"没洗净?"

"洗不净了。"

"你不想净。"

"青泥是干净的。"

"我知道。"

"我把青泥带回来。"

"你带回来吧。"

"变成青蛙怎么办。"

"我喜欢青蛙。"

"你会变成小蝌蚪的。"

"蝌蚪是青蛙的妈妈,我喜欢蝌蚪。"

"你喜欢蝌蚪,你喜欢鱼吗?"

"河里的东西我都喜欢。"

"水蛇你喜欢吗?"

"你怎么知道水蛇?"

"这不是水蛇吗。"

老金的手停在女人的腰上,女人的腰又细又长又结实。

"我是水蛇吗?"

"你的腰有点像。"

"啊——你快救我吧,吓死我了,"跟女人想象的完全一样,这个粗壮的男人托起她的屁股,"你不会把我扔出去吧?"

"我不知道。"

"你扔吧,我喜欢你扔,往草地扔,土也行,石头也行,随便什么地方你快扔吧。"

老金太喜欢女人圆圆的屁股了,他没想到他能把女人的屁股托在手上,女人被托起来整个人就成了圆的,跟胎儿一样,远古的女人大概就是这个样子。

"没那么遥远傻瓜。"

"我相信我手里的东西。"老金瞧得多仔细啊,老金一口咬定,"你是河里的鱼。"老金就让鱼游起来,老金身上全是克兰河的气息,老金把河底的淤泥都扒上来了。

"你身上这么多泥。"

"我一天要抹十几回,掉了又抹,抹了又掉。"

"河让你都翻干了。"

"河干不了。"

"河会干的。"

"这里不是沙漠,这里是阿尔泰。"

"你说是阿尔泰?"

"阿尔泰,这里是阿尔泰,你记住了吗?"

"阿尔泰,阿尔泰,我记住了。"

有好几次,鱼要跳上岸,让老金给摁住了,老金真是一个好船夫。在那个古老的神话里,老太婆带着女儿非要到河那边去不可,船夫劝不住。"你让我过去。"老金一声不吭,老金有很大的耐心。老金知道女人喜欢森林,喜欢森林里的动物,老金还是那么信心十足,老金真是一个好船夫。老金会让女人过去的。老金的船划过来了。女人神采飞扬,女人再也不需要语言了,女人紧紧抓住老金的胳膊,老金把女人的手挪到那该抓的地方,女人很感激地摸老金的背。他们泅渡的已经不是克兰河了,克兰河仅仅是一条支流。他们配合默契。真正的泅渡是不能谈出来的。最后连船都不要了,无论是船还是河全都进入女人的身体。连鱼都没有了,鱼消失了。月亮消失了,星星消失了,太阳也消失了,天不知怎么就亮了,他们赤身裸体,彼此都有很亮的光,男人和女人都有很亮的光。

老金很喜欢女人历险后的状态,可老金还是劝女人不要再冒险了,阿尔泰这个地方嘛,天高地阔,挑个好一点的地方去洗嘛。洗得白白的。

女人下到深水里。她是湖南妹子,她不怕水,她怕什么呢,她是个阿尔泰的女人了,在宽阔的水面上她游得很自在,她忍不住躺在水面,一动不动,她有这个本领,她可以仰好几个小时。太阳跟兔子一样跳到她身上,掀着浪花,兔子啃她呢,她快睡着了,传说月亮里有兔,太阳里怎么也有兔啊,而且是一只野兔,小白兔没这么大胆，小白兔只在池塘里扑腾一阵子就上来了。赤褐色的野兔非跳到大河里不可，哈萨克人把野兔叫做火焰是有道理的。野兔的窝可以在森林里可以在草丛里，也可以在太阳的心脏里。野兔这回跳进额尔齐斯河了，野兔成了一团真正的火。女人心里一惊，翻过身时，她已经到了额尔齐斯河的中央，水下全是迅猛的激流。数不清的激流冲撞着、喧腾着，女人的两条腿在换一匹又一匹的野马，她再也看不到野兔了，兔子蹲在太阳的黄金洞里看她呢，漂亮女人受惊的样子连兔子都想看。女人的长发被激流拽住了。

她有很好的水性，她钻到水底，她看到鱼群，鱼群从北冰洋溯流而上，她就跟在鱼群后边冲向上游。她竟然异想天开想骑在鱼背上。她看中的是一条凶猛的五道黑，跟黑骏马一样在绿色的大河驰骋着，统领着那么庞大的鱼群，跨越了那么长的水域，五道黑纹跟五把长剑一样。女人跨到大鱼的背上，额尔齐斯河这下子有了波浪，波浪向两岸的高草冲去。大鱼冲到草丛里，兴奋得直跳。女人太喜欢这条大鱼了，女人可不想让大鱼受委屈，女人抓住它的鳃把它牵到水里，女人悄悄地告诉它，你变成了骏马，到草原上去吧。额尔齐斯河就这样成了大鱼驰骋的辽阔草原。

谁也不知道女人是怎么走回家的，女人双腿间一会儿是马，一会儿是鱼。丈夫，我的丈夫！黑夜降临，丈夫的脚步声一下一下近了，一股豪气冲天而起，女人走出房子走出院子走出村子。丈夫的脚步声在河那边呢，女人闪闪发亮的眼睛跟星星一样。知道阿尔泰的星星有多大吗？好多年以后，她女儿给朋友们讲故乡阿尔泰时总是从星星讲起，在女儿的描述里，草原的星星跟头那么大，是金黄色的。

20

丈夫开出了土地。丈夫种出了森林般的玉米，阿尔泰破天荒第一次长出了玉米。

这种奇特的植物一直生长在准噶尔盆地的南沿，生长在呼图壁、沙湾、乌苏和伊犁。阿尔泰只有麦子，古老的汉人把麦子带到阿尔泰，从汉唐一直生长到清朝民国一直生长到现在，连草原人都会种麦子。草原人喜欢麦子，麦子可以长到牧草的高度，跟野燕麦一样结穗，跟针茅一样苗多俊美。牧人是喜欢麦子的。牧人用他们的方式粗粗拉拉种一些麦子，他们骑在马背上一边唱歌一边撒种，种子装在衣服口袋里，长出的麦子跟草一样多，牧人同样喜欢草，麦子跟草是亲兄弟。

老金蹲在黄金草原上，草浪把整个人淹没了，褐色的草穗，丈夫粗糙的手轻轻捋着草穗，一直捋着草根。丈夫在那一瞬间肯定想到了玉米。军垦战士吃的玉米都是从农八师农七师拉来的，兵团最后一个师农十师，散落在阿尔泰的群山和高原上是看不到玉米的，那一瞬间，玉米成为丈夫老金眼中的大树。

女人还记得丈夫辞掉炊事班长的那天晚上，天很黑了，丈夫还没回来，她提着马灯到伙房去找丈夫。丈夫是个认真的人，丈夫必须把每一样工作交代清楚才回家。这个死心眼，明天也能交代嘛。伙房里只有丈夫一个人，丈夫蹲麻袋跟前，马灯吐出黄融融的火苗，把老金和麻袋的影子拉得很长，一直拉到门外。老金的手在麻袋里抓一阵，哗啦啦扬起一片响声，玉米粒金光灿烂跟梅花金一样，女人没多想，拉起丈夫就走。他们跟孩子一样手拉手，丈夫的手滑润润的都是玉米磨的。她太熟悉丈夫的手了，女人怎么能不知道丈夫的手呢，女人完全可以想象丈夫的手抓摸牧草和玉米的那种奇特的感觉，丈夫的手可不是一般的手，丈夫会把他摸到的一切揉在一起，种在地里，让它生长，长出阿尔泰从来没有过的高大俊美的植物。

阿尔泰有水、有肥沃的土壤，阿尔泰的热量不够，地温太低。丈夫老金选择的都是暖和的洼地，全在山南水北，有很充足的阳光。土壤温度不够，种子发芽有困难，老金下种的时候，在犁沟里铺上草木灰，再盖上土，再盖上草帘子，再灌上水。

第一片玉米长出来，顺着河湾迅速蔓延。

那年秋天，玉米还没有熟透，玉米长到七八成，棒子绿生生、硬橛橛的，就被大家掰下来煮着吃了。活太累了，几乎是原始社会开天辟地，吃太重要了，吃好才有神力。大家逗连长，杀头猪吧，连长就说杀！杀头羊吧，连长就说杀！吃玉米棒子吧，连长就说掰去吧！大家啃嫩玉米的劲头比啃羊骨头还足。

女人领孩子去掰玉米棒子，女人告诉孩子，那好看的缨子是妈妈的头发，孩子让大人抱起来才能摸到潮乎乎的玉米缨子，孩子摸到了玉米缨子也摸到了妈妈浓密的黑头发。女人剥开玉米棒子，用指甲掐玉米豆，挤出来的汁液是真正的奶汁，女人告诉孩子："你小时候吃过的奶又长出来了。"孩子眨着眼睛回忆母亲温暖的乳房，女人就告诉孩子："爸爸为了孩子快快长大，爸爸就把孩子吃的奶种在地里，你看到了吧，你有这么多的妈妈。"孩子全明白了，这么多妈妈喂养的孩子一定长得很高很大。

"爸爸太了不起了。"

孩子在玉米的森林里瞪着一双好奇的黑眼睛。

妈妈告诉孩子："你喜欢大森林，爸爸就在这里种出一座森林。"

"爸爸还会种大森林吗？"

"我们的爸爸是专门来种森林的。"

"他还能种出什么好东西?"

女人指着太阳。

孩子叫起来:"天哪,太阳是爸爸种出来的。"

女人指着额尔齐斯河。

孩子叫起来:"天哪,河是爸爸种出来的。"

女人指着大群大群的牲畜。

孩子再也叫不出声了,过了很久,孩子小声说:"熊爸爸比不上这个爸爸。"

熊爸爸一下子就让玉米给迷住了。

动物们都喜欢玉米,兔子跑得最快,狐狸也蹿上去了,狼在玉米地里转,抓几只兔子狼就离开了,狼对玉米不感兴趣。

猛兽总是最后出现,野猪赶到了白熊前边。野猪不是熊的对手,但野猪拼起命也很厉害,偶尔也能获胜,熊绝不敢小瞧野猪的。他们彼此相安无事。野猪先下手为强,压倒一大片玉米简直是在掠夺。它知道熊要来,它不知道来的是白熊,白熊是阿尔泰的王,野兽平常在森林里见到白熊就远远躲开了。面对猎物,野猪绝不退让。野猪决心已定,主动发起攻击,一路呼啸冲过来,两排獠牙凶光闪闪。熊凭的是力气,白熊很笨拙,前腿被咬一个大口子,野猪的脑袋让白熊摁住了,白熊另一只受伤的爪子扳开野猪的嘴,把那颗獠牙扳下来,野猪大声嚎叫着狂奔而逃,边逃边嚎,很快就成了哭嚎。它把恐怖带回去了,那些蠢蠢欲动的野猪被吓坏了,很沮丧地哼哼着,连玩的心情都没有了。受伤的野猪只能抓兔子和松鼠活命,最惨的时候扒蘑菇吃,野猪吃素食是很丢脸的,所有的野猪都感到丢脸,却没有谁肯支援这个可怜的家伙。狐狸这个势利眼再也不巴结野猪了,见了野猪就昂着头一副高傲的样子。

大家都在谈论山下的玉米地,连鸟儿们都唧唧喳喳。大家看着白熊带着情侣向山下走去。其他熊是不能去的,但它们很自豪,白熊是它们的首领，白熊去玉米地是所有熊的骄傲。

白熊独霸玉米地以后，邀请它的情侣，怀孕的母棕熊去领略阿尔泰的新景观。白熊遇到了麻烦。

老金怎么能忍心让野兽糟蹋粮食呢？上级给老金发了枪，老金在玉米地里搭了草棚，老金守夜护秋。老金看见一高一矮两只熊过来了，老金就举起枪，老金等目标再近一点。目标已经很近了，白熊咔嚓扳一个玉米棒子，剥掉皮，递给情侣，枪就响了，子弹从白熊的指掌间穿过，皮毛被弹头烤焦了，一股臭味散在空气里。白熊血淋淋的掌在空气中扇几下，情侣惶恐不安望着白熊，情侣很快就镇定下来了，咔嚓吃掉半截棒子，玉米的嫩汁流下来。

又响了一枪，没打中。白熊连躲都不躲，白熊一只掌摸着情侣的脖子，另一只受伤的掌毫不客气地扳下一只棒子，剥掉皮，递给情侣，笑眯眯地看着情侣吃下去。情侣咕噜咕噜说了一气，大概意思是你也吃呀。白熊扳下第三个棒子，白熊朝老金看一眼，挑战似地挥挥棒子，塞进自己嘴里，果然是一道美味。向它开枪的人肯定是种玉米的人。白熊要教训这个讨厌的家伙。白熊拍拍情侣的肩膀叫它跟在后边别乱动，白熊晃晃悠悠朝拿枪的人走过去。

老金又开了一枪，老金的头就大了。子弹跟鸟儿似的都逃走了，老金眼睁睁看着白熊走过来。白熊晃晃悠悠不像个野兽，老金觉得手里的枪太可笑了，那些子弹一点用处都没有，老金就把枪扔了。白熊只吃了一个棒子，嘴巴里全是浓浓的奶香，白熊呼出的气都是香的，白熊真想看看种出这种东西的人是个什么样子。那个人站着不动。老金控制住自己了，阿尔泰的月亮把大地照得跟白昼似的。白熊已经看清楚这个胡子拉碴的汉子，白熊含含糊糊说了一气兽语，白熊知道人类怕它的声音，白熊压低嗓门赞美玉米和种玉米的人。种玉米的汉子听不懂兽语，可他能感觉出白熊的善意。他甚至闻到了白熊的呼吸，那完全是玉米的气息呀。老金的眼睛一下就亮了。白熊认为人听懂了它的话，白熊很自豪地回过头对情侣夸耀自己。白熊那只受伤的爪子紧紧攥着，轻轻地摇晃着，走出玉米地后它就忍不住了，它只能一瘸一拐地走路。

白熊总是晚上来，白熊每次来只扳两个棒子，白熊完全理解老金这个人。白熊更多的时候是来散步，带着它的情侣到玉米地转一圈，就回去了。老金也明白，白熊镇住了所有的猛兽，否则他的玉米会毁掉一大半。

玉米熟透了全收走了，玉米秆被砍倒在地里，放火烧掉，地被翻起来。

老金拣柴禾的时候遇到白熊。母熊走路已经很困难了。白熊很精心地护着母熊。

有一次，老金听见熊大声嚎叫，巨大的声音从森林里传来也是微弱的。老金正在吃饭，老金放下碗就走，女人拦都拦不住，孩子不明白发生了什么事。老金天黑才回来。老金累得都不能动了，老金半躺着给老婆孩子讲他的奇遇。这回他碰到的不是白熊，是黑熊，黑熊抱着石头玩的时候，睾丸夹在石头缝里，熊疼得大叫，老金赶过去的时候，熊快晕过去了。睾丸肿胀已经充血。老金是有经验的。老金去采草药。老金认识阿尔泰草原所有的植物，老金跑了九道峡谷九座山峰才把草药采齐。老金连麻醉的草药都采来了。敷上药以后，熊安静了，麻醉药起了作用，熊越来越精神。熊恢复了体力，可不敢乱动，它心有余悸。老金用木棒撬那石头，老金累出几身汗总算撬开一点空间，熊抽出睾丸，熊几乎站不住了，熊靠着高大的云杉，熊看着老金看了很久，直到把老金看成一棵高大的云杉，熊才离开。

孩子听得太入迷了，一定要爸爸带他去山上看熊，他要跟熊玩，爸爸答应孩子的请求。孩子就睡着了。女人望着老金望了很久，老金说："你又不是熊你干吗这么看我？"

"让你受累了。"

"你看我哪儿累了,我更结实了,我都快成野人了。"

"是孩子太野。"

"这么好的孩子,给他当爸爸太有意思了。"

女人相信老金的话。女人也睡着了。

男人很累,可男人又很兴奋,男人枕着女人的胳膊抽莫合烟。那是很劣质的莫合烟,莫合烟的烟丝占三分之一,大半是树叶子葵花叶子,野兔的干粪也捣碎撒在里边,老金就抽这种烟。老金的牙齿熏得又黑又亮,老金就用这张嘴巴亲他的女人。女人总是被呛得流泪。还有铁刷子一样的胡须,把女人的脸盘全都盖住了。阿尔泰的烈风和太阳早把女人打磨结实了,没有结实的舌头和嘴巴是啃不动女人的。老金把女人抱起来,老金抱起过一匹马驹,女人比一匹马驹还要沉。老金把女人抱到侧房他们自己的床上,老金用他结实的跟老鹰一样的嘴巴拱开女人的嘴,老金的手,那双抓过牧草抓过玉米抓过黑熊睾丸的手抓摸女人的身体;女人的身体开始有了反应,热乎乎圆浑浑滚烫滚烫,女人一会儿变成马一会儿变成鱼,老金被带到很遥远的地方,远远离开了阿尔泰。在阿尔泰之外还有无边无际的草原,还有无边无际的庄稼地,还有无边无际的森林河流和群山。老金跟孩子一样充满了无限的向往。

三天后,老金带孩子上山。老金比孩子还要高兴,好像去的是梦中的地方。其实那地方非常近,过了河就到了,在森林边上,有一排电线杆。出来的不是白熊,是黑熊。

黑熊没有让孩子失望,黑熊抱住电线杆子摇啊摇啊要爬上去。孩子问爸爸黑熊在干啥?老金告诉孩子,黑熊爱吃蜂蜜,黑熊皮厚,不怕蜂蜇,找到蜂窝就扒开来吃巢里的蜂蜜。电线在杆子上发出嗡嗡的响声,黑熊以为是蜜蜂的窝,黑熊非把电线扒下来不可。老金就走过去了,孩子胆子很大,孩子跟在爸爸后边。爸爸不知给黑熊说了啥，黑熊走开了。

黑熊按爸爸指的方向果然找到野蜜蜂的窝。孩子跟在熊后边，熊是不怕野蜂飞舞的。孩子让蜂蜇得够呛，眼睛肿成一道缝，蜜蜂特别喜欢孩子的小鸡鸡，小鸡鸡肿成了棒槌，卵蛋大得顶得上马卵蛋，孩子哇哇大哭。女人说："男子汉哭什么哭，这么壮的鸡鸡跟大炮一样这才是男子汉。"孩子就不哭了。

山谷里升起凉气，鸟儿被冲得东倒西歪，只有鹰能保持平衡。河湾就不一样了，河湾是温暖的。哈萨克人和蒙古人冬天把牲畜赶到山里，即使结冰的河湾也有温度。

老金在冰层上打洞抓鱼。阿尔泰的冬天冰上可以开坦克。河湾里的冰是很薄的。结冰的地方在沼泽地又不是河面。他很放心地凿开冰层，他要抓一尺左右的鱼，女人和孩子应该吃这种鱼。老金能抓到大鱼，老金抓到大鱼都放掉了，老金认为大鱼是鱼精，不能伤害它们；它们也不是好伤害的，老金亲眼看到大鱼跃出河面用尾巴把捕鱼人击趴下，轻者脸肿重者晕过去了。再说了，大鱼的肉远远比不上小鱼，就是筷子长的鱼。老金知道这种鱼在什么地方，老金还知道这种鱼冬天最好吃：它们在大河里度过夏天和秋天，几乎把阿尔泰跑了一圈，甚至跑到西伯利亚跑到北极又溯流而上返回金色的故乡阿尔泰，回到那些支流或者比支流更小的溪水和沼泽地里，就跟回到母亲的卵巢一样，阿尔泰所有的山谷、峡谷和丘陵间的洼地里布满了丰饶的卵巢。

老金就蹲在卵巢上，凿开卵巢娇嫩的膜，老金抓到了鱼，抓第三条时，卵巢上的洞哗啦啦散开了，老金被卵巢吸进去了。

老金下沉的地方刚好是一个泉眼，老金真正见识到了阿尔泰的泉眼有多么壮观。森林里、草丛里、灌木丛里那些碗口大的咕嘟咕嘟冒水的泉算什么呀，真正滋养克兰河、哈巴河、布尔律河和额尔齐斯河的是这些藏得很深的泉眼，可以把一匹马吞下去又吐出来的泉眼，马爬出来时站都站不住了，草原人总是警告那些难以驯服的野马："小心，小心，老子非把你塞到哈巴河的泉眼去不可。"草原人是不会提额尔齐斯河的泉眼的，据说有史以来没有人用额尔齐斯河的泉眼来教驯马。不是马太狂就是人太无能。额尔齐斯河不是随随便便挂到嘴上的。

老金还要在泉眼里折腾半天。老金忽然觉察到一种温暖。外边气温零下三四十度，冰天雪地，石头都被冻裂了，可可托海基本上是零下五十度左右，马都不敢出来。泉眼竟然是热的，温乎乎的，怪不得冰层那么薄，寒气在上面压暖流在下边沸腾。老金一下子兴奋起来，几乎是在洗温泉澡，老金的脑袋都被淹没了，滚滚热流回旋着又把他浮上来，他还是感到害怕。他总算抓住了苇子。这里的苇子只干一层皮，里边还透着绿，跟皮绳一样结实，泉水的力量很大，几乎是不可抗拒的，他紧紧抓住芦苇、拧紧，他找到了机会，泉水往上翻腾的时候，他借着这股子力量就上来了。

刚上岸，热气热水骤然间结成冰凝固在他身上。

他带一身银甲回家，可把女人给吓坏了。孩子乐呀，孩子以为天兵天将下来了。

温暖的泉水让老金兴奋，后来老金把玉米种在那里，森林般的玉米让泉水安静下来了。

21

随着产期的降临，母性压倒了雌性，母棕熊的心思全放在了胎儿身上，白熊的一举一动引不起母熊的任何反应，胎儿指挥着母熊的一切。按照动物世界的法则，父亲必须离开孕育期的母亲，产后的数年间也不能出现。白熊迟迟不离开，母熊暗示过好几次，母熊都烦躁起来了，母熊发起怒来，咬伤了白熊的后腿，发怒的母熊是很厉害的，据说连老虎见了母熊母野猪也退避三舍，母亲拼死捍卫孩子让所有的雄性胆寒。白熊对母熊不放心，白熊担心胎儿的处境。这简直是对母熊的侮辱。从后来的故事来看白熊的担心是有道理的。白熊无法劝服母熊，恋恋不舍离开了。

　　母熊的怒火平息了，它从心里是感激丈夫的。它怀的是阿尔泰伟丈夫的孩子，它是阿尔泰最了不起的母亲。胎儿显然感觉到母亲的好心情，胎儿使劲地动了一下，母亲愣在地上，胎儿开始用心脏的跳动来逗母亲开心，胎儿微弱的心跳在母亲的耳膜里跟马蹄擂击大地一样，整个山谷都是胎儿生机勃勃的心脏的跳动声。

　　母熊现在要做的头等大事就是为自己和孩子造一个舒适安全的家。母熊与丈夫结伴出行的时候就留心观察好了，阿尔泰的群山高原它了如指掌。原来的洞穴位置很好，有无限美好的风光，无论做闺房还是婚房都是一流的，但养育孩子显然不合适，太危险。母熊在三四个地方来回挑选，要透风，要有阳光，要接近水源，要有树，还要考虑孩子玩耍的场地，孩子出进的方便。这几个地方都兼备了以上诸多优点，它已经开始扒土了，它突然停下来，它想到了安全问题，不能让其他野兽伤了自己的孩子，狼、野猪，甚至同类棕熊都会偷袭它的孩子。一个合格的母亲，不但要养好孩子，还要誓死保护孩子。母熊放弃了这个地方。

　　母熊来到一个高坡上，离水远一点，就要辛苦母亲了。它开始挖洞，挖一挖，用身体夯一夯，它相信它的体温能夯进土里。有现成的岩洞。一个好妈妈不能在岩洞里生孩子的。孩子受不了岩石的凉气。土是温暖的。母熊相信土，母熊选择的是黑钙土最厚实的地段，顺着地势挖下去。它的爪子是很锋利的，它尽量保持身体的平衡，以免伤了胎儿，它尽量使用四肢的力量。

　　第四天，洞穴挖好了，有不同深度的侧洞，有单间，铺了树叶和干草，树叶是桦树和大叶杨的，干草有针茅，有看麦娘，有狼尾草和野燕麦。洞口长满密密丛丛的铃铛刺和吐尔条，洞穴的顶上有透气口。

母熊可以出来看看它的新宅子，母熊走到远处，从不同的角度看，再奸诈的野兽也很难发现洞穴。隐蔽得很巧妙，不但有灌木的掩护，地势突起，形成一个断崖，很难注意斜坡的夹角地带。母熊检查水源，斜坡下边的林子里就是溪水，跨过小溪穿过林子，有一块空地，可以在这里解手，粪便的气味很快会被风吹散，即使引来其他野兽，也不至于暴露几百米以外的洞穴。

母熊趁着最后的空闲到山坳里去抓了一只小野猪，一顿饱餐，它可以进入冬眠了，母熊一个冬天可以不吃东西，酝酿奶水喂它的孩子，它体内贮存着充足的营养。

母熊对气温的变化是很敏感的，山谷里的凉气团团升起，母熊就预感到寒流要来，母熊就用干草把洞口堵得严严实实，通风口塞得虚一些，洞穴一片黑暗。

几天后，大雪覆盖了阿尔泰，雪光渗进来，黑暗淡下去；母熊眼睛不太好，对光的感觉迟钝一些，它的鼻子却好得多，它先闻到一股土腥味，接着是雪花的清香，后来就是积雪软绵醇厚的芳香了。山谷都被雪填满了，洞穴压在雪底下，洞穴里的气温升高了。腹内的胎儿开始动手动脚，胎儿肯定感觉到外边的大雪了，母熊躺着一动不动，任凭胎儿闹腾，母熊积攒力气呢。

十二月底天放晴的日子，母熊突然来了精神，差一点站起来，它的后腿撇一撇，仔就出来了，圆乎乎一个肉团团，接着又是一个肉团团，年轻妈妈经常是一胎生一只小熊，它头生就生两个，它高兴坏了。它舔啊舔啊，一口气把两个仔的胎液舔干净了。一公一母两只仔，公仔要强壮一些。刚出生公母就有区别。熊仔的眼睛睁不开，睁开也是一抹黑，慢慢才能看清这个世界，等着吧孩子，过了冬天就好了，外边有光明，让你们看春天的光明。

婴儿太弱了，一点力气都没有，身上的毛也很稀疏，双耳也听不见动静。不要紧的，它们很快就会强壮起来的。熊仔吃到了最好的母乳，稠嘟嘟的跟鲜奶油一样，又稠又细腻，孩子嘴里发出咕咕的声音。小家伙的身子眼睁睁看着就圆起来了。

一周后，两个小家伙可以追逐着玩了。洞穴里有了嬉戏声。

整整一个冬天，它们没看到妈妈吃东西，可妈妈身上的奶水很足啊，吃下去又涨上来。后来它们见识了额尔齐斯河两岸汹涌无比的泉眼，它们就想到了母亲的乳房。两个小家伙吃得跟小肥猪似的。它们意识到外边有一个非常辽阔非常有趣的世界，它们想跑出去玩。母亲给它们的家已经很宽敞了，有两个侧室，一高一低，还有隧道。年轻妈妈知道孩子们贪玩，熊个个都是天生的游戏专家，娇憨可爱，花样翻新。母亲得拦住它们。母亲的担心是多余的。它们找到洞口也出不去，母亲用干草把洞口堵死了。大雪高高堆起来。森林里不停传来嘎巴声，树被雪压散架了。雪把大地压得实腾腾的。它们是跑不出去的。它们太好动了，它们还没有冬眠的习惯。瞧它们多调皮呀，它们爬到母亲身上，母亲的每个器官都成了它们的玩具，母亲的眼珠子差点让它们抠出来。母亲被折腾坏了，不停地翻身。母亲觉得它们太闹，就摁住打它们的屁股，它们从母亲的巴掌里感受到的不是惩罚而是一种乐趣，疼痛太有限了，母亲的小伎俩很容易被小家伙们识破，熊天性中的游戏本能可是太厉害了，它们能把世界上的一切都转化为快乐。母亲只好由着它们了。洞穴就这样变狭小了，阿尔泰很快也会变狭小的，世界就会变小的，我的小宝贝哟，怎么这么淘气呀，好像还在妈妈肚子里一样，瞧它们那劲头，阿尔泰甚至整个世界就是妈妈的肚皮，它们获得生命的时候怎么闹，它们生下来就怎么闹，它们把整个世界纳入母亲温暖的子宫。年轻的母亲笑起来了，奶水一下子涨起来，浸湿了身体。母仔先吃，母仔可以把母亲的奶水咂干，公仔已经显示出雄性的强悍与宽容，处处让着妹妹。当然喽，顽皮捣蛋公仔也最厉害。公仔总是寻找机会要冲出去。

阿尔泰漫长的冬天结束了，年轻母亲最先感觉到气温的变化，土是温热的，洞里有了一股凉气，是从干草缝里渗进来的。堵在洞口的干草足足有一米多厚，压了厚厚的积雪，严冬的寒气都进不来，只有早春山谷里的凉气具有这么强劲的穿透力。

年轻妈妈给两个小家伙喂了奶，它们今天变老实了，它们在骤然降临的凉气中变得庄重严肃，但还是抹不掉幽默与娇憨，它们不明白将要发生的事情。它们向往独立生活了，它们向往得太久了。妈妈喂了它们奶，又伸出舌头舔它们，它们刚生下来就被舔过，它们已经记不清了，热乎乎的舌头再次覆盖它们身体时它们就把这种强烈的感觉刻在脑子里了。

母亲打开洞穴，挖出道口，差不多是一条很长很长的隧道，母亲把孩子让到前边，前边的道已经畅通了，母亲让孩子们自己走出去。 穿过洞口和隧道时，母亲获得了重新分娩的快乐，好像孩子是从大地生出来的。

两个孩子站在雪地的阳光里，好奇地看着这个世界。冰雪世界，太阳和蓝天显得非常小，太阳就像盛在蓝色瓷盘里的蛋黄，新鲜稚嫩，两只熊仔挂着口水遥望天上的美味，它们伟大的父亲就来自北极的冰雪世界，它们要好好地看看这个世界。

它们的母亲，年轻美丽，站在雪原的阳光下，在想那个让它心旌摇荡的伟丈夫。它不再是任性的少女了，它是生育了两个孩子的端庄能干的少妇。它用期待的目光望着孩子们，公仔率先在雪地打起滚，这是它们在母腹里的动作，也是它们在洞穴里的动作。雄性总是大胆无畏的。

哥哥带着妹妹攀上陡坡，它们从侧面的积雪里钻上去。 坡的正面积雪已消融,露出黑乎乎的大地,地上的冰层闪闪发亮,也遮不住黑沉沉的大地。哥哥侧着身子哧溜溜滑下去,滑得那么远,凌空而起,越过灌木丛,落到雪地上,又跟箭一样射进茫茫林海。妹妹都叫起来了,妹妹在哀求妈妈去救哥哥,年轻的妈妈一脸豪气,压根就听不见母仔的瞎嚷嚷。母仔平静下来了,母亲严厉的目光也落到它身上,母仔必须滑下去,母仔匍匐着身子往下滑,侧着身子下去,很快就仰八叉飞出去,很快就满面春风叫起来。过了很久,哥哥和妹妹一起浮出林海。

它们的母亲已经准备好午餐,是两只活蹦乱跳的兔子。兄妹两个好奇地看着母亲,以为是母亲刚刚生下来的,母亲也不解释,母亲一巴掌下去,兔子就不动了。它们以为母亲把兔子拍睡着了,它们闹翻天的时候,母亲也这么拍它们,越拍越轻直到它们打起呼噜。母亲只轻轻拍兔子一下,兔子就睡着了,兔子太听话了。它们才不管兔子听话不听话,它们饿疯了,扑上去就咕咕咕狠吃。还没啃到嘴里,母亲就把它们扒拉下去了,它们哭闹也没用,它们的哺乳期到秋天就结束了,春天母亲就开始做断乳的准备。

小宝贝,你们去向大地讨吃的吧,大地才是你们的母亲。

母亲必须把孩子交给那个无限辽阔的母亲。年轻母亲跪在地上开始了那庄严而神圣的仪式。阿尔泰母亲的神灵会保佑熊的孩子,阿尔泰母亲古老的歌声传到树的耳朵里,传到飞禽走兽的耳朵里;石头和野草、泉水和大河全都听到阿尔泰母亲的声音。有些生灵是可以战胜的,有些生灵是不可战胜的,这一切都会出现在熊仔的道路上。

年轻母亲先把兔子放进孩子的嘴里。兔子被剥掉皮,兔子肉还是热的,孩子们就明白这是它们的午餐,可它们不会吃肉,母亲把兔子撕成一块一块,塞到它们嘴里,它们吃到了比母乳更香的肉,小家伙们胃口大开,很快露出贪相。母亲拍它们的背,慢点吃,小心噎着。

一连三天都是吃肉,母亲还喂它们奶,奶当然好吃,奶算是汤了。它们贪肉。

第四天,它们没有等到午餐,它们老远看见妈妈拎着兔子大嚼大咽,哥哥拦住了妹妹,它们明白了母亲的用意,它们必须自己找吃的。它们发现了兔子,却抓不到。天快黑了,兄妹们俩饥肠辘辘,饿得两眼发黑,母亲也不来帮它们。它们空手而归,晚餐母亲让它们吃奶。

第五天,母亲在雪地里闻一闻,整个脑袋都埋进雪里。幼崽们学母亲的样子,在雪堆里找到了兔子的窝。兔子是跑不掉了,活蹦乱跳也不行,哥哥抓到一只,送给妹妹,哥哥把奔跑的另一只兔子也抓住了,这只个儿大,肥实,哥哥把妹妹那只小的换过来。母亲看着孩子们品尝自己的战利品。两个家伙吃得很仔细,连地上的血都舔掉了。母仔更多地秉承了母亲的天性,用雪擦掉嘴巴上的血迹,把脸擦了又擦,还给哥哥擦掉血迹,干干净净很体面的一对小兄妹。它们吃饱了,它们开始蹦啊跳啊,它们学会了兔子的动作。母亲过来了,它们爬到台地上,逗母亲过来,母亲刚走近,它们就跳到母亲怀里,把母亲扑倒在雪地上,母亲一次次让它们扑倒。

积雪开始变少,石头森林全都露出来,山谷也深下去了,溪水黑乎乎流出地面,积雪全都退到阴坡和山沟里。冰雪消融的地方青草和野花一夜间就长出来了。

在幼熊好奇的眼睛里,这些遍布大地的花草跟它们一样在妈妈肚子里藏着,妈妈要生它们的时候全把它们生出来了。它们好奇地扒开泥土,扒出花草的根,草根是通地下的,大地妈妈的奶水喂养这么多花草。兔子窝露出来了,兔子吃的是草,它们全看见了,它们知道兔子喜欢吃哪种草。有一种兔子草,长着兔子耳朵,又大又嫩,长在潮湿的地方,一碰就断,很鲜嫩的。看麦娘、雀麦、滨草、狗尾草、狼尾草还有羽茅针茅结实得跟牛皮绳一样。马喜欢吃高草，羊喜欢吃低草，尤其是石头缝里星星点点的草，羊特别爱吃。

母亲抓到一只大尾羊，全家吃了一整天。羊肉太好吃了，可抓羊很危险，别说牧羊犬，牧人还带着刀带着枪呢。母亲只是为了让孩子长见识抓羊开洋荤，熊吃羊的机会很少，也没这习惯。吃羊是狼的专利。它们也见识过狼怎样受到人的惩罚。这种惨酷的场面母亲不愿让它们看太多。

春天的阿尔泰山，丽日当空，银光四射，冰雪消融后，岩缝里又渗出一股股雪水，泉水也开始翻滚，洼地和山谷里好像挤满了马群，泉水跟马一样有很好听的声音。母熊带着两只幼崽站在悬崖上，倾听着大自然的歌手唱出一曲又一曲美妙的歌子。它们看够了听够了，就下到深谷去痛饮这些凉森森清香扑鼻的泉水，从泉眼一直喝到哗哗翻滚的小溪。小熊很容易让溪水冲倒，冲出几公里远，让柳丛和巨石拦住，水淋淋爬上高坡，晒一会儿太阳又开始活蹦乱跳了。满山遍野的鲜花跟云霞一样，红、黄、白、紫、雪青、棕红，招来大群大群的蜜蜂。

千百年来熊一直是采蜜高手。它们总能找到最好的蜂蜜。母熊带着两个幼崽到树林里去采蜂胶，树木的幼芽吐出浓郁的清香，桦树、杨树就成了采蜜的首选目标，有经验的母亲总是紧随蜂群进入密林。母熊不但教孩子采蜂胶，喝饱喝足，还让孩子把蜂胶涂在腹下，脖颈大腿内侧容易发痒的地方。吃也吃了，搽也搽了，抹也抹了，神清气爽，一家三口在树林里又玩疯了。整个林子摇晃起来。鸟儿们飞上天，半天落不下来。谁愿意离开春天的树林呢，树皮泛青，树液汩汩流淌，树杈跟蛇一样在空中一伸一展，树叶儿就像一枚枚铜币。

吃了蜂胶吃花蜜，花海里的蜜很容易采到的。熊妈妈把孩子领到地方就不管了，它们刚开始笨手笨脚，蜂会螫它们，它们很快就冲破了蜂群的进攻，带着伤找到了蜂巢。土坎底下岩石背后，灌木丛里，草丛里，到处都是大地母亲的乳头，幼熊睁睁看着长起来了。一天一个样，兄妹慢慢拉开了距离，哥哥的骨架腰背一下子雄壮起来，妹妹要苗条一些秀气一些。哥哥领着妹妹找到了蜂乳，那是工蜂分泌的乳浆，专门用来喂母蜂和乳蜂。两个小家伙吃到了花海里的珍品，忍不住翻起筋斗，它们也太娇憨了，竟然异想天开从坡底下一路翻到半山坡，它们的妈妈都看呆了。

花的海洋开始退潮，母熊和幼崽一直赶到山顶，幼熊问妈妈："花到哪去了？"

"它们到天上去了。"

"它们还回来吗？"

"会回来的。"

"什么时候？"

"你们出生的日子，就是那一天。"

孩子就记住了它们出生的那个春天。

春天最后的那十几天，母熊听到了丈夫的情歌。春季是熊的配偶期。森林里常常响起公熊们求偶的叫声。只有丈夫的声音带着音乐的旋律。

母熊带着孩子翻越九道山岭，它的丈夫，孩子的父亲正从北方赶过来，它们在哈巴河宽阔的大峡谷相遇了。

母熊情不自禁唱起情歌，它是个好妻子，它哺育孩子也没忘记丈夫，它浑身哆嗦几乎走不动路了。

两个小家伙不认识爸爸，很凶猛地叫起来，因为它们的母亲在大声叫，它们还是生瓜蛋子，它们不知道情歌最高的境界是浑身发抖大声呻吟，它们以为来了强敌把它母亲吓成这样子了。它们的母亲软在地上，被白熊掳掠在怀里。两个小家伙扑上去狂咬，白熊的尾巴和屁股都被咬烂了。它们的妈妈在母性与雌性的漩涡里搏斗着。妹妹最先觉察出妈妈的快乐，妹妹拉住哥哥，它们发现母亲确实是快乐的。白熊父亲过来抱它们，亲它们，熊的亲昵是舔，舌头伸长长的，在身上舔啊舔啊很快就把孩子们舔乖了。

整个夏天，父亲都跟它们待在一起。

在动物世界里，哺育期是完全属于母亲的。父亲偶尔也给孩子们露两下，父亲咔嚓啃一棵大树，爬到半树的狻猊或者小野猪就成了美味佳肴。父亲在河里钻一阵子嘴里叼着白晃晃的鱼爬上岸，送给孩子，鱼在夏天是一道美味。有时父亲抓到红鱼，让它们怀疑那是太阳的仔，因为它们一次次看到黄昏的太阳是落到额尔齐斯河里的，第二天天亮的时候，太阳从额尔齐斯河的上源，哈巴河、布尔津河或者克兰河里升上天空。太阳有好几房太太，轮换着休息，孩子看到的情景就是这样。

很雄壮的太阳落下去，很小的太阳从大河的支流钻出来，太阳每天都有孩子诞生，跟小肥猪似的一跳一跳跑到天庭中央，太阳就长成一个壮汉了。它们的白熊父亲捣了太阳的窝，把太阳的仔抓住吃了。

动物世界就是这样，最好的进餐方式不是狭路相逢逞强斗狠，狭路相逢固然能显其骁勇威震四方，可这种方式是战斗不是吃饭，真正的美味是吃对方的仔，肉嫩味美，滋养身体。最佳的捕猎方式就是直捣对方的巢穴。小熊们跟着它们的母亲不止一次捣过野猪和其他熊的巢穴。它们的家也让其他动物捣过，幸运的是母亲及时赶到奋力厮杀逃出来了。它们一直感激母亲，它们对母亲的感情远远超过父亲。它们敬畏父亲，为父亲而自豪。父亲抓到太阳的孩子给它们吃，父亲就成了天地间的神，父亲就超过了太阳。孩子们吃了太阳的仔，胆子大得出奇。它们不知道所有熊妈妈都是这样教育孩子的，让父亲成为森林的王。

王者的孩子见到人也不躲避。这是熊所独有的特征，熊不躲人，熊贪玩，有强烈的好奇心。两个小熊跟在放羊人的后边，一直跟到了村庄附近，已经很危险了，它们快要走到人家的房子跟前了，望着灯光闪闪的后窗它们直直立起来，想扒开窗户钻进去。孩子如此贪恋人世的生活引起白熊父亲强烈的不满，父亲和母亲几乎是同时赶到，把孩子拉回来了。

老金带着儿子到森林里来了。老金是专门找这个机会的，让儿子见识神话般的白熊。森林是神的世界，白熊是森林的王。白熊认识老金，白熊也认识孩子，孩子的母亲挺着大肚子离开森林的时候，白熊就用它那双神眼认识了母亲子宫里的胎儿。

父亲老金停在一棵树后面，让孩子一个人过去。孩子停住了，父亲催他，他迈出艰难的第一步，他走得很慢，身子发抖，额头流汗。老金在大树后边吹起鹰笛。白熊再也不能这么矜持下去啦，白熊就地翻个跟头，孩子一下子就放松了，到底是森林的孩子，很快恢复了本性，学白熊翻跟头，栽桩，直直地倒立，比赛着谁立的时间长。孩子小，孩子把白熊比下去了，白熊挨罚，让孩子站在肚子上跳，白熊硬撑着。

小熊出来了，大家一起围着熊爸爸逗乐。三个小家伙把石子塞到熊爸爸的胳肢窝里，给熊爸爸的鼻孔插上树枝，三个小家伙同时爬到熊爸爸的背上，让熊爸爸绕圈子。

游戏的高潮是熊舞。小家伙们的舞姿太笨拙，跳两下就打滚，熊爸爸拉着它们的小手左腾右腾，向后旋向前扑，熊的笨拙里透着神速，熊的迟缓是有欺骗性的，反身旋转比人快得多，摔跤手也比不上的。

草原的孩子如果在他们幼年的时候有机会跟老熊玩过一回，他长大一定是最好的摔跤手和骑手。

老金躲在树后边躲得很隐秘，悠扬急速的笛声仿佛来自大树，高大壮美的树从天空传递着鹰之歌。孩子们完全相信这是真正的鹰在唱歌。

吹笛人吹到最后总要吹那首催人泪下的《熊》。熊依然那么娇憨，那么笨拙迟缓，熊的动作里再也没有急速的回转动作了，熊再也不透着什么了，熊就是熊。熊给人的孩子教这种森林世界最本质的东西，熊一点也不理会吹笛人的悲伤。那是弥漫在中北亚草原的哀歌，人的哀伤与熊的热忱纠缠在一起。

相传很久很久以前，阿尔泰森林最出色的猎手，打猎回家，孩子出去玩了，猎手找遍村子找不到他的孩子，猎手一直找到大森林里。他的孩子跟老熊玩呢，老熊倾其毕生所能逗孩子玩，谁都知道熊是不主动伤人的，熊太爱玩，熊抓到猎物即使饥肠辘辘也不急着吃，先逗猎物玩，玩是第一位的，吃饱肚子太次要了。吃饱后的熊就完全是个大玩家了，它专找小动物玩，小野猪、小松鼠、狼崽，当然包括人的仔。人的天性和熊的天性在游戏中完全融合在一起。沉浸在美妙舞曲中的猎手也恢复了他打猎的本性，他举枪瞄准老熊，他太相信自己的枪法了，老熊巨大的身坯，比石头还笨，孩子显得那么小，跟小猫似的，在老熊的腿下钻来钻去，只要打熊脑袋就行了。猎手很自信地扣动了扳机，子弹出膛的一瞬间，他的孩子要跳到熊爷爷的肚子上玩，老熊就仰面一躺，孩子就蹦到老熊肥硕的肚皮上，孩子跟踩跷跷板一样被弹起来，父亲来之前孩子就跟熊爷爷玩过这个游戏，父亲要是看到那一幕就会警惕起来。孩子太喜欢熊爷爷的肚皮了，这个游戏是以折腾老熊为代价的，老熊还是喜欢让孩子乐。孩子跳起来的时候，老熊就收腹再鼓胀，孩子可以在空中翻三百六十度的大跟头，双腿原地落下再蹦起来，老熊的嘴里冒出白沫子，老熊的肛门跟大炮一样轰地一下，林子发颤，树叶哗落一层，孩子乐呀。孩子玩过好多游戏以后，又想玩跳肚皮的游戏，老熊心领神会，倒地、鼓气、孩子蹦起，一连串动作发生在父亲扣扳机的一瞬间，孩子蹿起来，收缩腿脚腾空的时候父亲的子弹及时扼制了他，子弹穿喉而过，孩子软塌塌落到老熊的圆肚皮上滑到地上。父亲的枪也落下去了，父亲猛地抱住脑袋撕头发。老熊抱着正在咽气的孩子，老熊要把游戏进行到底，老熊要让孩子在快乐中咽气，老熊把断气的孩子放在地上，老熊抱住一棵高大的白桦树摇啊摇啊，金子般的树叶全落下来了，全落到孩子身上，掩埋了孩子的尸体。父亲怎么好意思为孩子收尸呢？父亲连站起来的力气都没有了。真正悲伤的是那只童心未泯的老熊，老熊跟真正的父亲一样把跟孩子做过的游戏重复一遍，这个真正的父亲在超度孩子的亡灵。老熊的一招一式完美无缺，在跟一个活着的孩子对舞，大炮一样的屁，嘴里的沫子，只是它的脚掌太猛了，踏出一个一个深坑。熊不知道子弹是什么东西，熊更不知道举枪射击的是孩子的生父，熊不知道，熊什么都不知道，熊一门心思跳着舞，让孩子柔弱的生命永远活在舞蹈里。

《熊》舞和音乐就这样传开了。那一天，熊成了所有孩子的父亲。

老金泪流满面，再也吹不动笛子了，雄鹰椎骨制作的笛子能把人累得吐血。孩子也累坏了，孩子回到父亲身边才感到累，孩子发现父亲脸上的泪。

"爸爸你哭啦？"

"爸爸小时候没有这么好玩的游戏。"

"没有熊吗？"

"没有熊。"

"你难受是应该的爸爸。"

22

孩子长大了,已经成为草原上的巴图鲁,白夫人告诉托海,不能再这么生活下去了:"看看我们的孩子,成大小伙子了,他们不能一辈子过流浪的生活。"

"巴图鲁就是草原上的风,吹到哪儿算哪儿。"

黑夫人告诉丈夫,草原上的英雄是米尔罕不是托海啊,米尔罕已经被歌手们编成曲子,一唱就是十天半个月。

1947年杀人魔王托海带着他的人马赶赴北塔山。入侵者的飞机坦克正跟国军激战,北塔山要是失守,迪化就保不住了,国军拼死抵抗,举国震动,当时被称为西北"九·一八"。托海的人马在北塔山大峡谷堵住另一路入侵者,草原上的人都来助战,六千多入侵者全部葬身大峡谷。托海也几乎全军覆没,两个儿子战死,黑夫人为掩护丈夫中弹身亡,白夫人向边境突围,下落不明。那是托海一生最辉煌的时刻,也是他最伤心的日子,他赢得了荣誉却失去了亲人,他身边只剩下火焰神驹。火焰驹驮着他在堆满尸体的峡谷里跑来跑去,愤怒的托海给那些受伤惨叫的入侵者补枪,从太阳升起到太阳落山,战场上再也听不到惨叫声了,大地突然静下来,坠落的太阳在北塔山的山顶上破裂了,太阳的血跟瀑布一样飘落。北塔山上,国军官兵欢呼胜利。胜利离他太遥远了。他和他的火焰驹冲向黑夜,在辽阔的戈壁上他一个人流下眼泪。

他很快又拉起一杆人马。他太了解他的部下了,他们是打不完的,再残酷的战斗,他们都能想办法突围,只要他振臂一呼,他们又会聚到他身边。火焰驹的叫声就是信号。这匹神马总能激起托海的勇气。

托海又恢复了他的土匪本性,继续流窜,抢劫。让后人不理解的是他的祁连山之行。1957年，大大小小的土匪差不多被剿灭完了，边境地带的荒山野岭还可以落脚，托海完全可以逃到国外，他手下许多人都逃出去了。据说王震将军派人跟他谈判，劝他回到人民的怀抱，王震的信中有这么一句："北塔山一战，打出了中国军人的威风。"托海在回信中说："我跟宋希濂巴图鲁喝过酒，我们成了好朋友，我也要跟王震巴图鲁喝酒。"王震在乌鲁木齐等着托海来喝酒。据说托海跟宋希濂一见如故，宋希濂是湖南人，国民党时代的新疆警备司令，能喝酒，能骑马，能打仗。托海就说湖南人嘛，古时候从新疆过去的。湖南还真有一支新疆人。

托海收拾停当，回到阿尔泰，他的人马在阿尔泰全散伙了。有人看见托海在暴风雪之夜走失，以为他被冻死了，暴风雪之夜冻死人是很容易的。三个月后，手下的人找到托海。托海全变了，托海心灰意冷，托海贴着火焰神驹的耳朵呜哩呜噜说了好一阵子，火焰驹就扬长而去，到大戈壁去了，它本来就是戈壁滩上的野马。托海只跟大家说这么一句话："回家吧，都回家吧。"弟兄们以为听错了，也有人以为黑白两夫人死的死、亡的亡，挫了托海的锐气，这些人就喊："坐白毡的托海，你还会有女人的，草原上有的是好女人。"

"女人，好女人，是托海的。"托海喃喃自语，"我的女人我去找，你们，你们大家回家吧，回去，回去！"大家怎么忍心这么分手呢，打家劫舍的日子多么让人难忘啊，大家看着托海走进密林。托海上年纪了，可托海身板好着呢，喜欢托海的女人有呢。跟着托海从密林里出来的是一只漂亮的梅花鹿。再也没人劝托海了。托海朝东方走去，大家看得清清楚楚，鹿在前人在后，是梅花鹿把托海领走的。

那条通往甘肃青海的古老的牧道，从二三十年代就有大批大批的哈萨克人蒙古人从中亚大草原，从俄罗斯从阿尔泰往祁连山迁徒，托海跟着梅花鹿也到那遥远的地方去了。几天后，托海手下的几个弟兄，带着家人赶着牲畜追赶梅花鹿去了。这就为老金的女儿提供了线索，好多年后老金的女儿顺着这条线索，摸清了托海在祁连山下的情况。

据说梅花鹿在祁连山与苍狼相遇。苍狼在这里等待梅花鹿有好几千年了，据说大月氏人、乌孙人匈奴人的祖先都是苍狼和鹿所生，在祁连山下繁衍成一个民族后就到大草原去了。不知从什么年代开始，古老的西州回鹘人又回到苍狼和鹿的故乡，蒙古人也从遥远的高加索回来了。最后是哈萨克人厄鲁特人。最后是托海。

托海是梅花鹿带来的，托海跟一只迷途的羔羊一样，寸步不离美丽的梅花鹿。梅花鹿与苍狼会合，他也没有离开；梅花鹿与苍狼结为夫妻，他也没有离开。他不感到意外，好像这一幕正是他所期待的。那正是辉煌的落日时分，山下的黄河弯弯曲曲，山顶的苍狼与鹿长吟长歌，黄河就像从苍狼与鹿身上涌出的生命，宽阔雄伟……托海就朝那古老的大河走去。托海的样子太庄重太严肃了，行人问他：

"异乡人你去干什么？"

"我不是异乡人，我去找我的女人。"

大家觉得这个人太不可思议了，在那古老的传说里，只有成吉思汗的女人在这伟大的河流里。托海就更相信这条伟大的河了。

"你说详细一点嘛。"

上年纪的牧马人就很详细地告诉他哈屯郭勒的故事。

成吉思汗的大军兵临黄河，灭西夏，并娶了西夏王的妃子。从主上以至普士大国，无不惊叹她的美丽。美丽的妃子说："我的容颜已为您的兵尘污染，先前较此，更为绚丽，现在若能在水中沐浴一番，就会更加俊秀了。"主上信以为真，打发她去水里沐浴，这位妃子行至水边，书写密信于兰雀之尾："我将死于此水，我的尸体，不要顺流相寻,要逆流去找。"这样通知其父后,她就投水自尽了。这条大河就被称之为哈屯郭勒,就是后妃河,母后河的意思。

托海听完这个故事,托海说:"我去做她的丈夫吧。"托海就跳进河里。

后来在故乡阿尔泰,老金的女儿见到了托海的白夫人,白夫人是一个老猎手从额尔齐斯河救上来的,白夫人就做了老猎手的老婆,给他生了一群孩子,把他们抚养成人。老金的女儿没有惊动那位老人,她把领路的人打发走,她在远处看一会儿,她就到额尔齐斯河边去了。她看见大群大群逆流而上的鲟鱼和大红鱼,她突然想起无论是父亲还是哥哥都没有让她吃过大红鱼。

23

阿尔泰的儿子娃娃是在马背上诞生的,父亲老金告诉儿子,儿子娃娃有许多诞生的机会,一次也不能错过。父亲老金跟当年移交养鸡场一样把森林般的玉米地移交给别人,父亲快五十岁了,跟小伙子一样去那个又苦又累又冒险的牧业班当班长。

儿子根本没注意到母亲的变化,母亲不但不劝父亲,母亲给丈夫备鞍子喂马的时候双目生辉满脸通红,母亲差点要抱丈夫上马了。母亲怀里抱着吃奶的女儿呢,丈夫老金跟熊一样毛棱棱的脑袋在妻子的怀里吐噜噜乱扎一气,妻子的奶水喷了他一脸一胡子。抱着另一只乳头吃奶的女儿以为有野兽来抢她的粮食,哇哇大哭,不要脸的爸爸哈哈大笑,一个鹞子翻身腾空而起咚一声落在马鞍上。马晃了几下差点跪下,马的四条细长的腿脚曲了曲,跟弹簧一样从地上反弹起来,父亲老金要的就是这股子力气。

老金挟着马的这股子神力跟箭一样蹿出去,在平缓辽阔的丘陵地带猛跑一阵,马的邪劲快耗完了,父亲老金开始收缰绳。儿子没有收缰绳，儿子蹿到父亲前边，父亲就让儿子再蹿一阵子。

儿子远远地把父亲抛在后边，儿子有股子狠劲，儿子手里的鞭子快成刀子了，马屁股真要叫他打烂了。父亲老金赶过去，赶到儿子前边，父亲老金攥鞭子的手跟柳条一样垂在马屁股上，鞭子也跟柳条一样贴在马屁股上突突地颤。儿子太熟悉绵软的柳条了。额尔齐斯河上的柳条就这样子突突颤动，河静悄悄的河一动不动，儿子好几次差点被河卷走，儿子跟鱼一样跃出水面抓住绵软的柳条，儿子就变成了草原上的狼，猛扑到河柳的根上，抱住树根乱抖。他的半拉身子还在水里呢，他可不能哭出声来，他抱住树根跟抱他爹的腿一样。他总算喘过气来，他总算把半拉身子从河里拔出来了。他的鞭子怎么才能抖成绵柳呢？他的鞭子刚垂下，马就慢下来了，他都气疯了，他要折鞭子了。父亲老金知道他要干什么，父亲老金连头都不回。

"没有鞭子还算放马人吗，儿子？"

那天，父亲老金让儿子见识了鞭子的威力。父亲老金追上一头西伯利亚老狼，一鞭子下去就把狼打瘫在地上。这就是牧人的鞭子。父亲给狼补一鞭子狼咽气了。父亲告诉儿子："折刀子折弓箭不折鞭子，记住了。"

鞭柄是羊腿骨做的折不断的，儿子私下里试过。规矩就是规矩，规矩是铁打的。

冬天的时候，儿子让手里的马鞭子出了一口气。儿子在雪地追一头狼，雪在飞扬，骏马与老狼，展开赛跑。小骑手一只手垂在后边，一只手抖着缰绳，马鞭子轻轻晃着，马鞭子成了额尔齐斯河上的绵柳，马尾巴跟喷射的火花一样，马臀燃烧起来了。那只狡猾的西伯利亚老狼凭着马蹄的声音，判断出骑手与马已经到了身后，老狼甚至判断出骑手已经从马背上挺直了身子，老狼突然转身，扑向马背上的骑手。小骑手手中的鞭子再也不是绵柳了，鞭子变成了铁棒,狠狠地击在老狼的鼻梁上,狼的铁脑袋被打扁了,脑浆崩到骑手的手背上,太烫,骑手在马腹上抹了抹,从地上捞起汗气腾腾的老狼夹在马鞍上。小骑手穿过蒙古人的冬窝子穿过哈萨克人的阿吾勒过了克兰河,走进村庄,一路全是钦佩的目光。

父亲老金也用这种目光看儿子,父亲老金把刀塞儿子手里。儿子帮父亲杀过羊,剥过羊皮,父亲告诉儿子:"剥狼皮比羊皮容易。"儿子就用刀尖挑开狼的肚皮一直挑到狼的喉咙,儿子跟真正的猎手一样,把刀子往嘴上一叼,双手往下一扒,膝盖顶着狼屁股,嗞啦一下,狼就被脱光了,破膛就跟打开锅炉一样,热气把人都吞了。狼从奔跑到挨鞭子挨刀子到锅里,一直是热气腾腾的。

他还给妹妹取出狼拐,跟玉石一般光滑的狼拐,骨头的凹槽是红的,血把里边全渗透了,磨光以后也是红得跟宝石一样。妹妹有了一副漂亮的狼拐。别的女孩子玩羊拐妹妹玩狼拐,狼拐跟人家的羊拐搅在一起就发出金属般的嘹亮的声音。妹妹总赢人家,妹妹从来没输过,妹妹睡觉都攥着狼拐,狼拐还在响着。狼压根就没死。狼怎么能死呢?

老金让儿子多吃狼肉,狼身上的好肉全让儿子吃了,儿子蹿个儿呢,儿子毫不客气吃掉了狼身上最好的肉。

儿子有一个梦想,向往着有一天能骑上骏马奔到蓝天上去,千百年来草原的孩子都有这个梦想。无论多么糟糕的马到孩子手里都会变成一匹神骏。骏马知道小主人的心思,吃春天的青草喝夏天的山泉,到了金黄的秋天,马的身段跟草原一样辉煌,马就踮蹄子发出悠扬的嘶叫,鼓动小主人去实现那蓝色的草原之梦。

父亲老金知道这个梦想,父亲老金告诉儿子,咱们的马都不是劣马,你好好喂马吧,狼都没有亏待你,你喂养的马就更不能亏待你了。

儿子天生是个好牧工，儿子上学就头疼。母亲，那个梦想当中国的瓦尔瓦拉·瓦西里耶夫娜的湖南女兵，女中学生，完全可以当连队小学的教师，完全可以教这个儿子。自从发生了白熊的故事以后，女兵和老金带着儿子到了大河的上游，最终放弃了小学教师的工作，成了种地的农工。她的儿子也是森林的儿子，对课本一点兴趣都没有，母亲暗自流过泪，莫非这孩子真的沾上了熊的笨劲？

丈夫老金很乐观，念不了书就不活人啦？我来教他，我是他天经地义的老子。

草原上古老的养马经儿子一学就会。马歇息的时候，那是马在反刍，好马毁于虻蝇，沼泽地上放牧的牲畜会患口蹄疫，吃了沼泽地的嫩草，要马上把牲畜赶到山冈上，透透风，晒晒太阳，不要让马守在一个地方，要驱赶马群四处流动。牲口棚里要垫上干粪渣。寒冷的冬夜，马身上要盖上被子。马的眼睛就亮起了神光。

儿子知道飞上蓝天的时候到了。儿子让马慢腾腾走出院子，走出村子，过了克兰河，上了斜坡。牧草越来越高。马越来越快，马蹄子伸到天上，落到地上，大地大片大片被抛到后边，大地飞起来，在马蹄子底下飞起来，马蹄子不停地扒啊扒啊，大片大片的大地消失了，永远消失了，再也没有了。儿子在那一天才意识到那永远不再出现的东西，被马找到了，又转瞬即逝。他听到了古老的歌谣，是从屯垦村落里传出来的。

马儿哟,你慢些跑,慢些跑,
你慢些带我过草原,
你慢些带我过天山,
我来到了阿尔泰草原,
马儿哟,你慢一些慢一些……

孩子是放纵的，他的马儿越跑越快，他的大地越消失越辽阔。无边无际的大地，转眼间到了天边，天一下子被马冲破了，又到了新天地，孩子的好奇心一次次膨胀，跟潮水一样，不断地涨啊涨，马背的波涛是永远落不下去的，你见过长蹄子的波涛吗？儿子很得意地问大地，大地无语；儿子很得意地问苍天，苍天无语。那就让骏马的波涛吞掉这个世界吧！马一下子跳起来，马处于真正的飞翔状态。马在非常遥远的地方才落下来，那地方无法迎接一匹骏马，那地方就无限地深下去，纵深下去。大地深处在不断地打开，打开。马挺起胸部，大地不断地与马的胸部相撞，相撞的一瞬间大地哗一下就洞开了，马一跃而过，马跳起，高高跳起，又直直地跃过去，儿子终于悟到了什么。儿子躺在草浪上。蓝天全落下来了，辽阔草原的蓝天呀全落到儿子的眼睛里了，再也不是大片大片的了，再也不是转瞬即逝的了。苍穹是无法分割的，浑然一体的苍穹全都落到儿子的眼睛里，马儿和骑手跟鱼一样在牧草的海洋里蹿动。

辽阔的苡苡草过去了。

辽阔的针茅过去了。

辽阔的羊茅过去了。

草地看麦娘过去了。

无芒雀麦过去了。

大穗雀麦过去了。

老芒麦过去了。

滨草过去了。

马儿呀，你也骑骑我吧！

多少年后儿子成了一个男子汉，儿子要打开一个少女的身体，把她变成女人时，这首古歌又重新响起。滨草就这样过去了，再也没有草地了，骏马咚一声落到赤裸裸的黑色的土地上，牧草跟雪一样融化掉了，真像草原谚语里说的，白牛起身走了，黑牛躺着不动。那天，狂奔后的马和儿子站在黑牛背上一动不动。

草原上经常可以看到裸露在牧草丛中的黑色圆圈，直径有十来米，那都是牲畜踏出来的。那地方总是宿营地，牲畜被圈在那里，牲畜站在那里反刍，从来就没有休息过，它们把草带回来，再慢慢地消化，它们脚下的青色草地就变成黑色。畜群到了另一个地方，那里很快就出现同样的黑疤。牲畜把最深的蹄印留在那里，把最多的粪便也留在那里。黑疤最终消失在高草丛中。

那年，他学会了识别牲畜，根据毛色、耳形、体形、眼睛，甚至它们的出生地和性格特征，他能认出每一只羊每一头牛每一匹马。去夏牧场的路是最艰难的，受伤的牲畜常常卧倒不起，牧人们就把它们就地宰杀。十三岁已经是个相当了不起的年龄了，不再是孩子了，他不会把牧畜杀在半道上，他给牧畜放放血，或者削掉耳朵的尖，牲畜就站起来了。崇山峻岭就被牧畜踩在蹄子底下。

父亲老金从来不告诉他为什么非到夏牧场去不可，牧场有草库伦，有很好的饲料。母亲也流露出定居生活的种种好处。母亲和妹妹住在村庄里。父子俩常常数月不归。

阿尔泰就是这么一个地方，在大河的两岸，在大峡谷的尽头，隐藏着多少神仙洞府般的天堂一样的夏牧场啊，那种不受大地拘束的自由状态，那种历经艰险后到达夏牧场后的巨大喜悦，常常让牧人流下感动的泪水，常常让牲畜们很虔诚地跟随主人东奔西跑乐此不疲。

让父亲更上心的是马群的交配，父亲总是赶着自己的马群寻找别人的马群，绝不找牧场的马群。

马有一种高贵的天性，发情的种马绝不跟身边的母马交配，它总是离开大家，翻山越岭到一个陌生的地方，把生命之水喷射到和自己没有任何近亲关系的牝马身上。

　　儿子十三岁了,父亲老金带他去一个遥远的地方,儿子已经意识到什么,他们身边全是精神饱满眼睛发亮的公马。儿子问爸爸:"我们去干什么?"父亲一声不吭埋头赶路,父亲的神情是昂奋的。他们的马与厄鲁特蒙古人的马群混在一起,向往已久的牡马与牝马,巨大的交欢声,空气中弥漫着浓烈的腥臊味。儿子大声咳嗽,儿子拔一把牧草塞嘴里嚼啊,儿子把草根都嚼下去了,吐掉了,又嚼下去了。那都是催淫的药草。那都是给大牲畜,给牛、马、骆驼催淫的玛霞克草和包乌沙克草。儿子抓住一匹茫然失措的马驹子,儿子骑上去,那马驹开始狂奔。

　　　　去找那月亮一样的姑娘吧。
　　　　不要把姑娘领到草丛里去呀。
　　　　密密的高草丛里长满了玛霞克草。
　　　　你是骆驼吗?你是骆驼吗?
　　　　去找那月亮一样的姑娘吧。
　　　　不要把姑娘领到草丛去呀。
　　　　密密的草丛里长满了包乌沙克草。
　　　　你是公牛吗?你是公牛吗?
　　　　去找那月亮一样的姑娘吧。
　　　　不要把姑娘领到草原上。
　　　　天空太蓝草原太辽阔。
　　　　你是牡马呀,你是一匹精壮的牡马。
　　　　爱一位好姑娘啊,
　　　　去她的帐篷吧去她的帐篷吧。

　　国营牧场是有生产计划的,没人有照顾牲畜的嗜好。牛马骆驼开始还能反抗，人们给公畜蒙上眼睛，给母畜的阴道里塞上玛霞克草和包乌沙克草，甚至打上一针。牲畜被强行配在一起。许多牲畜就这样失去了廉耻，完全听从本能的反应，春秋短暂的发情期，它们听从统一安排，按顺序去交配。

骆驼和牛可以忍耐，马是无法忍耐的。马总是炝蹄子，常常踢伤牧工。马被打得遍体鳞伤，也不肯挺起它伟大而高贵的鸡巴。它绝不跟母亲、姐妹交配，它甚至不跟它不喜欢的牝马交配。马很挑剔，它的生命之水和水的流向比生命本身更重要。无论牡马和牝马，全都飘满泪花，大声咆哮跟虎豹一样，把拴马桩都要拉倒了。

父亲老金再也忍不住了，父亲老金蹿过去割断牝马的缰绳，把牝马放跑了。父亲老金骑上那马，父亲老金知道牝马的情侣在什么地方。父亲老金翻过九道山岭涉过九条河流，在厄鲁特蒙古人的马群里，让他美丽的牝马找到了俊美的牡马。

父亲老金注定要挨骂。他们都说老金那么上心，老金把那漂亮的小母马给干了，老金的家伙跟棒槌一样，母马的阴户是塞了玛霞克草和包乌沙克草的，跟山洞一样，老金行吗？怎么不行？老金邪着呢，老金把胳膊都伸进去了，老金把腿都伸进去了。后来那美丽的牝马生下一匹俊美的小公马，他们就不怀好意地把小公马叫小金，也就是儿子的小兄弟。

儿子是喜欢他这个小兄弟的，整天带着小公马玩。可那年秋末人家损他父亲的时候，他冲上去给人家吐了一脸，他理所当然挨了一顿鞭子。

大家都图省事，大家都不想为马的事情那么上心费神。老金的牧业班长就给撤了。

冬天，老金赶着羊群到山里去了。老金相信雪下有残草牲畜瘦不了的老经验，老金绝不亏待他的牲畜。老金要遇上暴风雪，这是肯定无疑的。

24

父亲老金赶着羊群离开村子,母亲的心就悬在了空中。阿尔泰的天空什么时候都是蓝汪汪的,跟大海一样无边无际,太阳就像一块纯金,没有任何暴风雪的征兆。很平静地过了一个礼拜,母亲就预感到什么,她无法说服自己,她从马棚里牵出唯一的那匹栗色马,她跨上马就出了村子。她一口气跑到山顶,手搭额头朝丈夫放羊的地方看,她什么都没看到,冬窝子都在山坳和谷地里。

女人带着两个孩子开始修补家园。院子的围墙是小土块垒的,可以挡住牲畜。阿尔泰人的围墙都是这个目的,从草原上归来的牲畜挤满树庄,但牲畜绝不往土墙上挤,它们跟河流一样顺着河床走,走回各自的家。

女人的家在村子的边上,群山、峡谷、森林和河流就在窗户外边,刚搬来的时候女人一眼看中这个地方,丈夫老金就把力气使在这地方。他们盖起了房子,扎了围墙,盖了牲畜棚子,连羊圈也盖好了。他们接着生孩子,在儿子以后,他们一直盼望着有一个美丽的女儿。他们从森林边来到河边,他们就有了一个美丽的女儿。

丈夫太不要脸了,那一段时间无论是种地回来还是放牧归来,总是荤话连篇。她知道丈夫要变成公牛了。她不理他。他胡闹一阵子就规矩了。

从夏天开始丈夫就给母羊戴上布兜,生命的奇观就出现了。阿尔泰人的规矩,丈夫把牲畜赶进家门,剩下的就是女人的事情了。女人去解那些布兜。女人总是夜深人静的时候悄悄走进羊圈。白天就把公羊母羊分开了。女人来到一大群母羊中间,在月光的照射下,母羊静悄悄的,羊眼睛让整个夜晚处于澄明之中。女人跪下给母羊解布兜。羊脑袋顶她一下。被解下布兜的母羊发抖,它们在喜悦中发抖。它们在夏牧场吃了整整三个月的好草，草原最好的草长在夏牧场，丈夫肯定让它们在晚上吃。白天天太热，羊们眼花缭乱，无法选择就耽误了吃草。晚上它们挨着吃，闻着花香就一路吃过去了，鲜花在月光里是没有颜色的。吃夜草长膘。母羊的膘更厚。整个夏天，牧人连奶都不多挤的。母羊的奶太胀，就挤掉一点。母羊基本上保持了营养。

解掉布兜的母羊喜悦而羞涩，那种美好的神态让女人不敢看得太久。女人去打开羊圈的另一道门，把公羊放出来。母羊的门虚掩着，公羊龙腾虎跃拥进去了，那么多膘肥体壮的长着尖角的公羊雄赳赳拥进去了，女人站在月光地里看着公羊从她跟前拥过去。女人被月光淹没了。

"妈妈你在想什么？"

"妈妈没想什么。"

"妈妈老发呆。"

"妈妈在想她的乖女儿。"

"你在想我是怎么生下来的对不对？"

母亲愣在那里。

女儿又来了一句："妈妈又想生孩子了。"

孩子都是一些鬼精灵，没等母亲发作，女儿就跑到哥哥那里去了。哥哥搬一块大石头，哥哥已经搬了许多大石头了，哥哥把石头堆在围墙外边，堆了一圈，里边一圈外边一圈，不要说暴风雪，就是坦克也能挡住。

女儿在母亲跟前很调皮，在哥哥跟前乖得跟猫似的。哥哥给她抓松鼠、兔子，哥哥还养了灰鸽子。妈妈有什么呀，妈妈就是衣服就是饭。这个疯丫头，从来没有挨过饿受过冻，对衣食的感情一点也比不上那些小玩意，哥哥可以让她开心呀。大人一点办法都没有。

母亲指挥着孩子用羊皮钉窗户。

儿子已经不是孩子了，儿子处处表现出大人的做派，干什么都离母亲远远的，母亲让他干这，他偏干那。他只跟妹妹玩，不怎么搭理母亲，却在暗中帮母亲，他在照顾母亲。父亲不在家的日子，他就是这个家的男子汉。母亲与妹妹往窗户上钉羊皮，他就把一张干牛皮钉在牲口棚上，用铁丝扎牢。他修补后的牲口棚跟碉堡一样。他给羊圈压上石板。他在干草垛的四周压上圆木，没有刮皮的红松，左右两根，高出草垛一大截，干树皮也是红的，铁锈红，很醒目。

干草是灰绿色的，带着麻丝丝的甜味，干草跟虫子一样叫个不停。

妹妹好奇地望着高高的草垛，她很想长篇大论地说话，可她只会三言两语，她浑身充满了声音。哥哥说："你上来。"妹妹爬上去，哥哥让她上得更高，哥哥把她放在草垛的顶上，她果然叫了起来，草垛忽倏忽倏上下颠荡跟一匹奔跑的骆驼一样。

"啊呀，它跑了，它跑了。"

哥哥不吭声。他就喜欢小丫头的吱哇乱叫。他用皮绳扎紧草垛四个角，草垛要跑就让草垛跑吧，他是相信那四根圆木的，跟天空伸下来的四条腿一样，滚圆结实毛楞楞，什么样的大牲畜也长不出这么好的腿脚，他相信这是苍天的腿脚。他抱住其中一根哧溜滑到地上，圆木的脚死死地踏在地上，大头在下，小头在上，他拍拍圆木，他慢腾腾走过去。

他把母亲扎过的窗户重新扎了一遍，他真的找出了毛病，他稍稍用点力就拉开了羊皮的一个角，大风刮过来羊皮就会成为风筝。

暴风雪到来之前母亲就陷入被动。母亲没有意识这种危险。母亲还把儿子当孩子。

母亲给马喂料的时候，发现马很忧伤地看着她，马眼睛很俊的，她很喜欢马的目光，她就迎着马的目光，停下手里的活，她拢一下头发，她连衣服都抻直了，她连灰尘都拍掉了，她闻到马身上燥烘烘的气息，那是很干燥的沙漠里的气息。马的双眼就跟沙漠里的清泉一样。马看到了她心中柔软的东西。

鹰在天空飘来飘去，高空的风太紧，鹰跟旋风里的纸片一样是斜着的。

女儿就大叫："老鹰，老鹰你下来，到我们家躲一躲。"

老鹰不理这个臭丫头，老鹰肯定是听到丫头的瞎嚷嚷了，老鹰飞得更高了，更高的地方风更紧，老鹰斜得更厉害，老鹰常常会停在天空。

这个臭丫头就嚷嚷："老鹰要掉下来了，老鹰要掉下来了。"

老鹰没有掉下来，老鹰被风吹直了。

风太大了，风把高空扫荡干净，风一下子冲到群山上空，发出鬼一般的尖叫，森林响起来了，山谷响起来了。树桩和帐篷都在洼地和背风的坡后边，风暂时还到不了那里。小丫头还能咋唬一阵子。林涛和山谷呜呜的怪叫吓不住这个疯丫头。她竟然问哥哥什么时候带她到森林里去。

哥哥说："没听见森林发怒了？"

"我又没惹它生气，是风在惹它。"

"疯丫头能惹它。"

"我不会惹它，我会让它很开心的。"

"以后再说吧，现在不行了。"

"我明白了，你是个胆小鬼。"

"臭丫头，你说什么？"

"你是胆小鬼。"

哥哥怎么受得了这种话？哥哥在腰里扎一根绳子，刚走两步，风就从天而降，冲到院子里，哥哥打个趔趄差点栽倒。妹妹的头发哗一下散开,像被人用手揪住了,小丫头的嘴再也不硬了,带着哭腔大声叫哥哥。哥哥抱住妹妹,跟跑过来的母亲一起费很大劲才进了房子,顶上门。小丫头痴呆呆的,挂着两滴泪。

哥哥说:"嘴还硬不硬?"

"你就是胆小鬼嘛。"

"你这臭丫头,气死我了。"哥哥气得乱跳。母亲不能让儿子这么跳下去。母亲说:"不要气你哥哥了,咱们的男子汉气坏了怎么办。"

"我才不气呢,臭丫头。"

开始吃饭了。风在外边吼叫。墙壁和屋梁铮一下,一层土落到顶棚上。他们早就习惯了风暴。还有夏天的雷电,蓝色的闪电在天空划几道弯曲的弧线,雷声就沿着闪电的方向过来了,好像世界末日到了,地球被天空的怒气击成碎片,在雷电的袭击下,村庄的屋舍彼此变得非常遥远,变成了一座座孤岛。房子要不停地加固,为了减小目标,房子小到了极限,差不多是天地突起的一个个土丘。这种结构,可以抵挡任何灾害。夏秋的雷电之后,就是冬天的暴风雪了。

天就这样黑了,母亲没点羊油灯,母亲点燃了马灯。

风突然停了,母亲趁这个空当,提上马灯,到马棚里去,给马盖上被子,在槽里拌了料,水是很清洁的。

母亲打开羊圈的门,丈夫老金把羊赶到山里去了,牧场的一大群羊全让老金赶到山里找好草去了,老金要让他的羊吃到雪下的残草。

母亲从空荡荡的羊圈里出来,母亲就感觉到一股子寒气跟磨盘一样压在她的背上,寒气总是从背上发动袭击。寒气比风更可怕。马灯响了一下,玻璃罩子好像破裂了,有铁丝护着,母亲看清楚了,马灯的四周闪过一道道白影子,跟草原上传说的白狼一样,一千只褐色狼中才有一只奇特的白狼,母亲的脚下已经全是白狼了。白狼带着大雪一下子出现在母亲跟前,大雪已经到了母亲的膝盖上,母亲推开门,母亲还是放进了一堆雪和一团寒气。

关上门,那团寒气就开始发白,让火墙吸过去了,化掉了。雪很滋润,儿子用雪扫地,雪让尘土吸干了,地上有雪的清香。小丫头在地上追着雪的湿印子。小丫头就嚷嚷着还要雪。门打不开了,雪已经爬到房顶上了。母亲就哄女儿,雪睡着了,雪从那么远的天上赶几天几夜雪太累了。"让它进来呀。"女儿厉害着呢。母亲很吃力地周旋着:"雪喜欢睡在外边,雪睡着了就不喜欢人打搅它,你听雪打呼噜呢。"小丫头蹲在门后边,她果然听到了雪的咯吱声,雪太胖,雪在梦中翻身呢。

两个孩子都睡着了,母亲睡不着。丈夫每年都要到冬窝子去的,往年赶的是马群不是羊群。丈夫是第一次赶羊群进冬窝子。女人操心的就是这个。谁都知道夏牧场是天堂。夏牧场也能遇到风暴,但跟冬天的暴风雪是没法比的。马灯早就灭了,女人犯困,可女人还是睡不着,女人的眼睛在困倦中就跟玻璃罩里的火苗一样,哪怕是这么一点光亮,都能让她安静一会儿。

天亮了,天好像是马灯点亮的,女人竟然不困,女人打开门,门外的雪让风吹开了。雪把房子埋住,风吹开,又埋住,最后一股风吹到天亮,雪全被吹到房子后边,房子就像一个大雪堆。围墙也成了大雪堆。总算没堵住门,女人从雪堆里带着一股热气出来了。女人在炉子上化开雪水,女人去做饭。

指导员带着不幸的消息进门时,女人还没做好饭呢。指导员呀、连长呀很少到他们家来。指导员进来的时候,这家人都忙着呢,五岁的女儿把雪球滚到屋子里,她滚第二个雪球时,一个大胡子叔叔进来了,雪球就停在她手里。

儿子在房顶上铲雪，每家都有专门铲雪的木锨，实际上是往外边推，雪已经高过房顶了，儿子常常走过头，扑咚陷进雪里，他抓住房沿又爬上来。他们家就像住在雪堆里，家家户户都成了大雪堆，唯一的标识是烟囱，青狗向着天空呼呼吼，有些烟囱被风吹倒了，主人就临时支两块石板，锅灶里面的浓烟还是一条凶猛的狗，吼叫着从两边奔出来，扑向天空。儿子最后清理烟囱周围的积雪，烟囱的吼声太大了，他看见指导员进他们家，他又看见指导员匆匆离开。烟囱里的青烟好像被人领跑了，再也听不到青狗的吼声了。

儿子从房顶上下来，儿子身上发热，脸蛋和手冰凉。

儿子进厨房，母亲抱着妹妹坐在灶眼跟前，灶眼里的火快熄灭了，母亲手里还拿着一根木柴，是儿子从森林里拣回的干树枝。儿子叫声妈出啥事啦？母亲把木柴塞进灶眼，火烬太弱，快要被木柴压灭了，母亲用干草救火，很快就把火救活了。妹妹帮着往里边塞柴禾。

"我们吃饭，吃饭要紧。"

母亲手脚麻利，比平时多做了两个菜。母亲也比平时多吃了一大碗，母亲让孩子也多吃，好像要出门，要赶很远的路。儿子说："我们去找爸爸吗？"

"我要去找他们，不能撂一句话就没事了。"

这是一场阿尔泰罕见的暴风雪，冬窝子那里更厉害，失踪的牧工大都回来了，或者落到别的牧场和村庄。有关父亲老金的说法很多，有人说被风吹到外蒙古科布多去了，有人说被风吹到苏联去了，有人干脆说让狼吃了。这么暴烈的风雪，只有狼可以来去自由，想吃什么就吃什么。连里也很着急，打电话，派人去找，都没有老金的下落。

没必要隐瞒真相了，指导员吭吭巴巴说了事情的大致经过，女人没什么反应，这个泼悍的湘妹子怕什么呢？她给大家就是这么一个印象，泼悍后来又加上粗犷，跟男人一样坚强。她家住的地方离村庄有一大截子路，隔着两个山坳，就两三户人家，再往北就是千里荒原了。这么坚强的女人，指导员也没打算做细致委婉的思想工作，指导员毫不掩饰地给女人讲了这一切。指导员就出去了。

指导员急着赶路，从老金家往真正的村庄要走好几个钟头呢。站在房顶，彼此能看见烟囱里冒烟，甩开双腿就得几个小时。指导员本来要骑马的，指导员已经到马背上了，又下来了，指导员觉得步行稳妥一些，指导员就一步一步走过来。有一条林带通向大峡谷，林带里有水渠，水渠被风从大雪中吹出来了，指导员顺着水渠过来又顺着水渠回去。

女人把孩子安顿好，女人穿上大皮袍子跟个蒙古女人一样，那是好几张羊皮子做的，顶一床被子呢，穿女人身上女人就成了一个大皮桶，女人只要一动，她的身腰就可以从厚实的皮桶里隐隐地显出来，透过皮袍可以看出女人的身段。老金的女人把自己变成一个大皮桶，老金的女人给儿子叮咛几句就拉上门到连部去了。

女人一肚子的怨气，一肚子的怨气，两股气合在一起，在寒流的刺激下，女人没走到连部就抱住林带里的树号啕大哭。她根本不知道她抱住的树是阿尔泰最壮美的白桦树，那个甘肃小伙子当年就被大家称作穿皮袄的白桦树，那个甘肃小伙子就是在冬天消失掉的。女人一路哭哭泣泣，总算到了连部。女人那模样让大家吃惊，哭哑了嗓子，哭肿了双眼。

五岁的女儿好多年以后还记得那个冬天，她的妈妈哭泣着要她的丈夫，还我的丈夫。刚强了一辈子的女人，没有声音的哭泣，缩在肥大的皮袍子里，被一帮女人抬回家了。五岁的女儿听见母亲的哭声，在一个非常遥远的地方哭得那么伤心，那哭声响彻了女儿的一生。好多年后女儿总是回避那个可怕的冬天，女儿总是用金草地来形容故乡阿尔泰，金色的阿尔泰，黄金草原，绿色而温暖的额尔齐斯河，女儿总是用这些字眼来冲淡母亲哀哀的哭声。

母亲躺三天就恢复过来了。母亲又去了连部，没有丈夫的任何消息，连里派出最精壮的汉子四处寻找。大雪封山，再不能外出了，只能等明年春天，阿尔泰的春天一般在五六月之间，整整半年，女人要熬过这半年。

儿子相信爸爸在森林里躲着，爸爸不会出事。儿子骑上大马去抓兔子，儿子在雪地里就把兔子烤熟了。儿子告诉妈妈，爸爸也能抓到兔子。全家人吃了兔子，就相信老金也在吃兔子。儿子为了打消母亲的疑虑，儿子把活兔子都带回来了。妹妹不许哥哥杀兔子，她可以吃烤熟的兔子，她不能看见活兔子死在家里，到底是个孩子，母亲也是个孩子，母亲说："养着吧，它是一条命。"

"喂不熟的，它会跑掉。"

"跑掉也行啊，它还有个活头。"

野兔就跟家兔待在一起。妹妹每天都喂这些兔子。

野兔还是跑掉了。妹妹喂它玉米豆，它吃个半饱，它就蹦起来了，从院墙上一跃而过，跟一匹快马一样。它高高跃起时两只招风耳显得特别大，简直就是一对翅膀。黄昏的太阳正在地平线上缓缓而行，兔子就朝太阳蹿过去了，太阳就成了一个完美的洞口，太阳是个可以逃生的地方。爸爸会赶着羊群从太阳洞里逃出去的。

儿子肯定听到了那些谣言，说老金让狼给吃了。儿子骑上大马在雪地里跑了一天，拖着一条狼回来了，是用鞭子打死的，鞭子抽在狼的鼻子上。儿子故意把狼拖在地上，雪尘高旋，儿子绕一个大圈子从村子里穿过，在连部门口转一圈，在众目睽睽之下，骏马长叫一声，那狼好像活过来了，蹦起来了，雪尘旋上蓝天，遮住了太阳，把整个村庄连同村庄周围的洼地全都遮住了，雪尘刷刷刷落了两个时辰。人们的脸全湿了，跟吐了唾沫似的。

又是一场大雪，不停地下着雪，从白天下到晚上，阳光照耀，明月高悬，雪是停不下来的。再也没有风暴了，雪花无声无息地落下来。

天快黑的时候，连部又来一个人，交给女人一封信，是从青河独立营得到的消息，老金还活着，老金和他的羊群到几百公里的青河去了，明年开春就能回来。信上有公章。送信的人是老金的朋友，是信得过的人。连部把什么都考虑到了，派这个人最合适。女人就留人家吃了饭，道了谢。那个人就走了。那个人是骑马来的。

女人坐在火墙边，借着熊熊燃烧的炉火，把信读了一遍又一遍。儿子举着马灯，女儿捧着小小的洋油灯。女人说："爸爸回来了。"女人安顿好孩子。

女人穿上那个肥大的皮袍子，戴上丈夫用狐狸皮做的皮帽子，围着狐狸尾巴做的大围脖，女人差不多就是一个皮毛裹身的母狼了。女人脸颊通红，眼露神光，牵着大马，提着马灯，消失在夜幕里。

半夜了，母亲还没有回来。那个送信的叔叔回来了，问孩子："你妈她人呢？""我爸爸回来了，接我爸爸去了。"叔叔不动声色，让孩子好好待着，"你爸爸要回来了，你们不要乱跑。"

妈妈是第二天回来的，看那样子妈妈是见到了爸爸，妈妈告诉孩子们："爸爸冻伤了，在医院里。"叔叔两三天要来一次，说是给爸爸捎东西。叔叔一来就跟妈妈待好长时间。哥哥忙着去抓野兔。院子里只有女儿一个人在玩。

女儿一直跟妈妈睡在一起。女儿玩累了就回房子，门是关着的，女儿突然感觉到房子里有一个巨大的秘密。女儿太好奇了，女儿就搬来凳子，趴窗户上看，女儿就从凳子上摔下来了，女儿就哭了，女儿的哭叫一直被房子里巨大的声音压着。女儿哭着哭着就没意思了，女儿就去看她的兔子。兔子也在洞里闹得很凶。女儿喂它们玉米豆，它们都停不下来。女儿望望房子，大人还没有停下来的意思。孩子的智力只能停留在游戏的层面上。女儿觉得不好意思，干吗要打扰大人的游戏呢？

大人出来了，妈妈送叔叔到大门口。

妈妈看见女儿蹲在兔子洞的木盖子上逗兔子玩，妈妈说："你没跟哥哥去？"

"我才不抓兔子呢，我有兔子。"孩子专心致志，头都不抬。女人就蹲在孩子跟前，女人突然抱住女儿亲了又亲，把女儿的汗都亲出来了，"妈妈你这么热，跟火炉子一样。"

"妈妈就要烤你，你冷不冷？"

"热死了，冬天这么热，爸爸一回来你就热。"

"爸爸是我们的太阳。"

"你想爸爸吗？"

"你说呢？"

"我想也是，你肯定想爸爸想疯了。"

妈妈确实想爸爸想疯了。

女儿后来做了妻子，到三十多岁的时候才真正理解了母亲对父亲的感情。也是在三十多岁的时候她萌发了写母亲的念头。那一年，女儿可以完整地想象出那个风雪之夜，发生在阿尔泰的故事。只有母亲才有这种故事。

那绝不是想象出来的。母亲骑着大马，提着马灯朝森林走去，母亲很快就被冻僵了，要不是马身上的热气她会死掉的。她靠着马，马灯已经灭了，只有马眼炯炯有神，母亲双手捧着马眼睛，把亮光遮给自己。月亮升起来，马眼睛还是那么亮，母亲倒在雪地里，马就伏在地上，马卧在她跟前发出一声声长叫。

叔叔是听到马嘶寻过来的。叔叔把母亲背到避风的地方，点一堆火。叔叔是很有经验的，篝火防野兽，篝火不能烤冻僵的人。叔叔用雪擦母亲的手脚，一点用都没有，两张大皮袍子合在一起，叔叔把母亲脱光了，用白雪擦遍全身。叔叔灌下一瓶酒，喷着酒气，擦啊擦啊，总算把母亲的皮肤擦红了。母亲的身体里有一股子寒气，用雪是擦不出来的。叔叔用嘴巴吸，活动母亲的手和腿，跟摔跤似的。母亲身上终于有血液的流动声，血化开了，母亲全被化开了，已经超出抢救的范围了，木柴在大火里碎裂爆响，叔叔把他的生命送进去了。

女人有了声音。

女儿在这里更愿意把母亲当成一个女人，一个真正的女人，在这种状态下就应该是一个女人。男人付出的代价就是五十岁无疾而终。这是女儿后来才知道的。

春天就这样来到阿尔泰，额尔齐斯河一夜之间从冰层下翻上来，连一点声音都没有，就像一条大鱼上了岸。

父亲老金回来了，父亲老金跟叔叔一起到刚刚长出青草的山坡上喝了一天的酒，两人都喝成了烂泥，光是酒，没有下酒的东西。阿尔泰的男人喝好酒的时候，连花生米都不要。阿尔泰的男人就用这种方式解决他们的问题，一起喝了酒，一起醉如泥，一起醒来，拍拍肩膀分手。

孩子们见到他们的爸爸："爸爸你在医院住这么久？"父亲老金愣一下，就反应过来了："医生不让走，爸爸得听医生的。"女儿发现了爸爸脸上的冻伤，问爸爸疼不疼，爸爸告诉她："我是偷着跑回来的。"

"爸爸想我们，爸爸太好了。"

爸爸跟他的孩子说话的时候，爸爸的另一只手一直握在妻子的手里。女儿太闹，不像哥哥，哥哥的肩膀上、后脑勺上不停地落下爸爸的手，哥哥只会嘿嘿笑，哥哥烤的两只野兔和一条狼腿一直挂在厨房里,那是最好的熏肉。妹妹跟猴子似的爬上爬下,妹妹就碰到大人们握在一起的手。他们那么坦然,母亲含着笑,默默地坐在爸爸身边,她只需要爸爸一只手她就满足了。

吃饭的时候,她静静地看着丈夫吃。丈夫大嚼大咽,丈夫咕噜咕噜喝汤,丈夫吃饱喝足,卷一根大炮躺床上有滋有味地抽着。

丈夫很快就恢复了体力。丈夫要干男人的事情了。丈夫积蓄了一个冬天的力量。女人已经耗光了。身体不听女人的。正像歌子里唱的:

> 马儿赶到金草地了,
> 那一坡好草啊,被别人的马吃掉了。
> 马儿跑到另一面坡上,
> 艾镰已经割过了。
> 马儿呀你跑吧,你总能找到一坡好草。
> 马儿呀你跑吧,你总能找到一坡好草。

25

老金赶回来的那群羊多生了五十只羊羔,这是肯定无疑的。老金总有办法让母羊长膘,让公羊养精蓄锐,到了秋天,公羊就开始给母羊打羔,几乎百发百中。冬天那场风暴,老金差点丢了命,羊群安全地过了冬,吃了积雪下的残草,到了春天,母羊后腿一撩,羊羔一个接一个全出来了。据接羔的人讲,跟滚出来的一样,明晃晃的一个肉蛋蛋热烘烘地滚出来,全都活了。

老金种地就更没说的了,河湾森林般的玉米已经蔓延到整个阿尔泰。老金种的麦子常常越过田埂跑到草丛里去,把疯长的野草都压住了。有人就怀疑老金把种子撒错了，老金撒出去的种子顺风飞扬，飞到野地里去了。老金从不辩解。老金撒多少种子老金自己清楚。

领导考虑还是让他去放牧，最好是放马。多生几匹好马那可了不得。老金不搭理领导，老金也不解释。老金本来话少，拣一条命回来老金话就更少了。

人们常常看见老金躺在草坡上抽烟，牲畜吃草，他抽烟。放牧的汉人都要在草地上铺件衣服，最好是羊皮夹夹，隔潮气。哈萨克人和蒙古人可以随便躺，只要不躺在泥里，他们随便一躺，帽子扣在脸上可以呼呼大睡。汉人不行的。汉人老金就跟老哈萨克一样躺在草地上。领导让他放一大群马，到山里去放。他对马群失去了兴趣，种种地，在村子外边的山坡上放几匹马几头牛他就满足了。他连羊皮夹夹都不带，就那么一躺，一口一口地抽劣质莫合烟。

领导再也不为难他了，一个在暴风雪中把羊群领回来的人再让他去养一大群马，他会成什么样子？他不牛逼到天上去？骑在马背上的人总是目空一切。

另一个说法更切合实际，老金五十多岁的人了，火气旺得跟小伙子一样，他敢在草地躺那是他火气太旺。

这都是瞎猜，死里逃生总会让人改变一些什么。

女儿六岁了，女儿能缠父亲的脚，妈妈把饭盒递给女儿。老兵都是一个刷着绿漆的饭盒，女儿喜欢爸爸的饭盒，女儿一直把它当玩具，女儿喜欢大胡子爸爸把嘴巴凑到饭盒上呼噜噜大嚼大咽。"熊瞎子，熊瞎子开饭喽。"女儿喜欢熊瞎子爸爸。妈妈就把饭盒递给女儿。

女儿跟小狗一样出了村子，上了山坡，女儿看见呼呼大睡的父亲。父亲躺在草丛里，跟一头真正的黑熊一样，整个山坡都在呼呼响。女儿用草棒搅黑熊的耳朵，黑熊很难受，摇晃着身体，喉咙里克嘟嘟好像往下灌石子,呼噜声全咽下去了,黑熊气乎乎地滚起来,黑熊正要发作,看见宝贝女儿,黑熊就成了父亲。

父亲饿坏了,父亲在梦中抓到一只小野猪,烤都没烤就生吃了。熊都是吃生的。父亲老金睡眼蒙眬,除过宝贝女儿,他看什么东西都是模糊的,他捧着饭盒,嘴里嚷嚷:"你别乱动,你是大爷我的一顿饭了。"他在饭盒上嚼了一下,牙齿都要崩了。

"揭开盖子,爸爸你真睡糊涂了,你这大黑熊。"

"爸爸是大黑熊,大黑熊睡糊涂喽。"

大黑熊真能睡啊,压倒了一大片高草,压得平平展展,跟擀出的羊毛毡一样,阿尔泰的细羊毛全擀在这了,光溜得跟绸子一样。

女儿在大黑熊爸爸躺过的地方打十几个滚,足足有好几丈,小家伙吭哧半天才滚到边上,还热乎着呐。

"大黑熊爸爸,还热着呢。"

"地是热的孩子。"

"大黑熊爸爸,地是你睡热的,你偏说地是热的,你以为我是傻瓜啊,我都六岁了,我什么不懂啊。"

大黑熊爸爸呼呼吃起来。大黑熊爸爸眼睛都湿了。饭盒空了,他还让饭盒扣在脸上跟瞭望远镜一样瞧了那么长时间。

"又馋又笨的大黑熊,妈妈做的饭太好吃了,是不是?"

大黑熊点点头。

"饭盒太小了,下次把锅给你端来。"

"牲畜在锅里吃饭,爸爸成牲畜啦。"

"你是大黑熊呀。"

"大黑熊跟牲畜是不一样的。"

"牲畜睡在棚子里,大黑熊睡在野地里,那是大黑熊太壮了,大黑熊爸爸呀你多壮啊。"

女儿抱大黑熊爸爸的腰,根本抱不住,女儿还嘿嘿使劲,大黑熊爸爸就把女儿举起来，扛在肩上，又宽又厚的肩膀就像卧了一只灰鸽子。

"我才不是灰鸽子呢，我是老鹰，我要抓兔子。"

童年的阿尔泰还能见到肩扛猎鹰的老人，女儿嚷嚷的就是凶猛漂亮的猎鹰。大黑熊爸爸扛着雏鹰一晃一晃往山顶上走。

"大黑熊爸爸，你真是个大黑熊呀，你到山顶上去滚石头吗？"

"把臭丫头滚到山下去。"

"那你快点呀，不要一晃一晃的。"

大石头越来越多，在石头缝里穿来穿去，到了山顶，石头全敞开了，没有缝了。

孩子站在马鞍一样华美的山顶上，孩子看到了山坡草丛里的兔子，孩子看到大群大群的牲畜，孩子看到蓝色大河里的红鱼，孩子叫起来："大黑熊爸爸，我的眼睛把什么都看到了，我是一只鹰吗？"

"你是一只雏鹰。"

"雏鹰能看多远？"

"雏鹰想到哪就能看到哪。"

"我看到妈妈上学的地方，香（湘）妹子的孩子，香妹子的孩子怎么是臭丫头呢？"

"等你长大了你就不臭了。"

"我能长成香妹子吗？"

"妈妈是香妹子，你肯定是香妹子。"

"香妹子为什么是香的？"

"喝牛奶吃羊肉，她就是香的。"

"甘肃洋芋蛋呢，妈妈说你是甘肃洋芋蛋。"

母亲一直分不清陕甘口音，老金就糊里糊涂成了甘肃洋芋蛋。

"这就是洋芋蛋。"

大黑熊爸爸跟真正的熊一样拍打着石头。

"这么大的洋芋蛋，爸爸这是你吗？"

"是爸爸呀，臭丫头，是你的爸爸。"

"我是石头的孩子。"

"你是石头的孩子。"

"怪不得你要把我从山上滚下来呢，山下的石头都是你滚的吧。"

"是我滚的。"

"你滚那么多石头干什么？"

"我找我的宝贝女儿呀。"

"滚着滚着我就从石头缝里蹦出来了？"

"对呀。"

"我成孙悟空了，孙悟空是从石头缝里蹦出来的呀。"

"爸爸没骗你吧。"

女儿趴在地上瞧啊瞧啊仔细地瞧啊，阿尔泰的山顶基本上是整块的石头，石头缝里长着金黄色的矮草。草太细密了，太矮了，跟塞在石头缝里一样，孩子在石头缝里掏啊瞅啊。太阳落到了山顶上，太阳的血从山顶流下来。跟瀑布一样，爸爸全身是血，女儿全身也是血。

妻子亲手给丈夫穿上羊皮夹夹。丈夫到大峡谷里就脱下来铺在地上。那是压在箱底的雪白雪白的羔羊皮子，是过节时穿的。丈夫躺下去的时候丈夫明白了妻子的意思，丈夫把帽子丢到草丛上。大峡谷里是不需要遮太阳的，太阳进不了大峡谷，太阳旋来旋去就是进不去。

也不知道睡了多少日子，羊皮夹夹变黑了，黑乎乎的，妻子就不让老金穿羊皮夹夹了。妻子把那件宽大得可以做一床被子的皮袍子拿出来，捆在马鞍子上。

老金牵着马就出去了，马很大的，可大皮袍子把大马遮住了，马的四条腿都看不清楚。

妻子就这么目送着丈夫。阿尔泰的妻子都这么目送他们的丈夫，走出家门，走出村庄，走出河谷，消失在茫茫的草原上。她们的目光还要盘旋很久很久，看到鹰，她们就把目光收回来了。看到白云她们也会收回她们的目光。更多的时候她们什么都看不到，她们就回来了，她们的心就悬在天上，从天上她们才能看到大地上的丈夫。把心操到天上是很累的。

一个礼拜后，丈夫带着大皮袍子回来了。女人整理皮袍子的时候就知道这件皮袍子大到了什么程度，正像古歌里唱的那样，没有皮袍子里装不下的东西，天空和大地都能装在牧人的皮袍子里，皮袍子铺开的地方啊快马是跑不到边的，河流是流不到头的。女人用刷子刷啊刷啊，刷净了皮袍子上的尘土。女人醮着井水刷的，皮革和毛的味道就出来了。

女人把干干净净的皮袍子晾在铁丝上，太阳落到上边，铁丝被压得直晃悠。

晚上，大皮袍子会把床变成大地。女人就盼着天黑。女人身上有了某种羞涩的东西，脸通红。女人在柴房收拾煤块，丈夫就进来了，丈夫看见女人通红的脸丈夫就进来了。丈夫把女人抱起来，靠着墙就做了男人的事情。丈夫又尖又硬，跟牛角一样把女人戳透了把女人钩起来了，女人的血全涌到脸上，血的芳香就散出来了。

"你躺在山上就为这个？"

"我身上有风。"

"你躺在峡谷里就为这个？"

"我身上有风。"

"你把皮袍子都穿出去了。"

"风太大，我一点办法都没有。"

风确实太大了，女人贴在丈夫胸口，女人听到了呼啸的大风。暴风雪把老金吹到可可托海，吹到北塔山，吹到外蒙古科布多，又让北亚草原的风刮回来了。女人听得惊心动魄。

丈夫死里逃生还是第一次讲那段经历。

"风太大，嘴张不开。"

暴风雪过去半年多了，丈夫可以轻轻松松讲他在暴风雪中的经历了。女人也轻松下来了。用阿尔泰人的说法丈夫是骑着大风回来的。

骑过马，骑过风，这样的男人，女人是阻挡不住的。

26

女医生的故事发生之前，妻子就预感到丈夫身上呼啸的风会刮出来的。妻子是挡不住的。妻子就梦想着出现奇迹。

老金是个创造奇迹的人。老金创造奇迹之前必须生一场病。老金这一辈子都没生过病，连喷嚏都没打过，那场罕见的暴风雪都没把他弄病，跟女人发生故事之前必须病一次，不生病是不可能的。

老婆把大皮袍子晒得那么热，铺在床上，老金吃好喝好老金焐出一身又一身的汗，在热气腾腾的皮袍子里他也没消停过，他跟老婆做男人的事情做得细致认真做得踏踏实实，妻子再也听不到他身体里呼啸的大风了，风终于息了，妻子放心了。丈夫打喷嚏的时候妻子也没多想。妻子给丈夫弄姜汤喝，妻子还劝丈夫把喷嚏全打出来，身体里呼啸的大风没有了，小风也不能有一丁点，妻子希望丈夫密不透风。妻子的梦想差不多要实现了，丈夫老金穿着衬衫跑到院子里，女儿要爸爸看她的兔子，老金就蹲在院子看女儿逗兔子玩。大峡谷每天都要升起一股凉气，鹰都被冲斜了，鹰翅膀上的羽毛全都散开了，鹰捕抓猎物的时候羽毛也没有散开过。大峡谷的凉气吹过来，老榆树和白杨树哗哗响起来，老金的白衬衫高高扬起，凉气全吹进去了，老金感到说不出的惬意，老金站起来让凉气全方位地吹。

老金这回可没有打喷嚏，老金半夜开始发烧，从来没有生过病的老金可怜兮兮地任凭病魔驰骋。

天亮医生就来了。女医生实际上是女知青，从内地大城市来的知识青年，大多当农工，当教师，当赤脚医生的都是条件好的。这个漂亮的女知青就属于条件好的，就当了连里的赤脚医生，打个针开个药，说一口标准的普通话，经常穿着白大褂。给农工看病，也给哈萨克人蒙古人看病，人缘很好。

老金打了三天针，可以下床活动了。老金不想打针了，按医生的要求，还得打一个礼拜，打六天。妻子坚决不答应，医生也不答应。妻子把打针当成一种高级享受，丈夫躺在床上跟个孩子一样，喂饭喂药；穿白大褂的香气袭人的女医生给大黑熊丈夫量体温量血压，在屁股上扎针，在炉子上煮针头煮针管子，小箱子散出一股酒精味儿和药水味儿。妻子也曾有过当乡村女教师的梦，当中国的瓦尔瓦拉·瓦里亚耶夫娜。1973年的阿尔泰，处在苏联坦克和核弹的阴影下，这并不影响那个俄罗斯女教师在她心目中的地位。她知道这个女医生是个高中毕业生，她就问人家为什么不在连队小学当教师？

"当医生不好吗？"

女医生把针扎进老金的屁股，另一只手在针头不远的地方轻轻地挠啊挠。老金根本感觉不到针头的存在，老金只感觉到屁股上一只软软的蛹在蠕动，针头拔出来了，老金都不知道。妻子提醒老金："针打完啦，提上裤子。"老金觉得那只手还在屁股上，老金说："医生你不用来了，我去医务室，在医务室打吧。"女医生说：

"你不怕麻烦你就来吧。"

老金就自己去连部医务室打针。老金多壮一条汉子，让人家医生挎着药箱子跑那么远的路，不合适呀。老金的想法就这么简单。打三天针就全好了。医生还要给他打，不在屁股上打，在手上打，让他躺在小铁床上，拿来的药瓶子那么大，老金都叫起来了。

"不是好了吗，还要打这么大的针，跟炸弹一样？"

"这是吊针，老金同志。"

"我是不是得了绝症，还要吊起来打？"

"病好啦，给你加点能量，加葡萄糖。"

老金很快就感觉到葡萄糖的力量，身上热乎乎的。

刚开始是医生给老金加能量，后来不知怎么搞的老金把能量加到医生身上了。

据医生后来交代，她闻到老金身上的汗气有点发晕，老金呼出的气更让人受不了，五十多岁的人呼出的气带着一股子树胶的味道，只有在森林里在云杉和红松跟前才能闻到这种味道。医生的交代就到此为止。

1973 年的阿尔泰秋天，女医生已经不是个姑娘了，她有男朋友，她跟男朋友有过这种生活。她知道男人的身体是怎么回事，她有了比较的可能。在阿尔泰黄金草原如此辉煌的背景下，随着大峡谷而悄悄流动的清澈的大河，从灰蓝色岩石上起飞的猛禽，雌鹰和雄鹰，红脸膛的哈萨克汉子蒙古汉子和军垦汉子，辽阔谷地里闪动的马群，直直竖起的尾巴和圆浑浑的后臀，这一切足以唤醒女医生身上某种神秘的东西。葡萄糖打到第三瓶时，女医生就拔掉针头，用棉球揉老金手背上的血管，蓝色河流一样粗壮的血管越揉越高，不断地高涨着，女医生忍不住抱起整条胳膊哭起来。事情就这么简单，剩下的是男人的事情了，老金直到现在才明白他身上呼啸的大风要冲出来了。女人的生命彻底地打开了。她的男朋友，垦区有名的篮球中锋，竭尽全力只打开她身体的一道缝，一道很窄的缝，远远没有完成一个女人的生命。老金一下子就把女人给打开了，女人目瞪口呆，那种开天辟地的气势，真正的创世纪，一瞬间就完成了。这就是女知青在阿尔泰高原接受的"再教育"。

几年后知青大返城，大控诉，她返回内地，上了大学，学习很用功，也很成功，从本科生读到研究生，成为国内第一个边疆史女博士。她对边疆对草原群山和森林有一种刻骨铭心的向往，她走遍了大兴安岭到中亚黄金草原的辽阔地带，她沿着乌孙人、匈奴人、蒙古人、东干人的足迹，一直走到蒙兀儿斯坦，走到塔拉斯河畔；她的研究方向一次次转移，从边疆史到民族史到岩画艺术，从阴山贺兰山到天山到阿尔泰山到阿拉套山；她神往的东西越来越清晰，她数次赶赴中亚腹地，她终于在塔拉斯河畔，在古老的撒尔马罕废墟附近碰到了种地的老金。老金站在金光闪闪的葵花地边，遥望着日本三陵越野考察车，车子停在这个黝黑壮实的汉子跟前，女学者跟真正的草原女人一样擦着眼窝子，她这才明白十多年前在遥远的阿尔泰山，在额尔齐斯河畔这个汉子打开的生命世界有多么壮美，有多么辽阔。

1973年的阿尔泰，连队医务室打吊针用的小铁床是很窄的，是个单人床，而且嘎吱嘎吱响。

人们已经注意上这个神秘的小房子了，可人们根本没有想到风暴后的生命是那么平静，人们稍稍抬一下眼皮看看那些草原看看那些森林就会想到这一点的。

激烈的打门声根本不起作用，捉奸的人们眼睁睁看着这对激情男女完成了轰轰烈烈的做爱过程。他们算得很准，一入港就破门而入，可入港后的情景惊心动魄，把大家全给镇住了。一万头黄金的牛群在低沉地喘息；一万匹马在汹涌地奔腾，翻越山冈深入谷地又散开在辽阔的草原上；最后是鹞鹰，平展着翅膀一动不动，在万米高空一动不动,这种飞翔让人目瞪口呆,大脑和本能严重脱节,拍打房门就像在剧场里的鼓掌,把舞台的主角掀上狂欢的高峰。那对赤裸的男女紧紧抱在一起,慢慢地蠕动,相叠、相抱、跪起,这个缓慢而连贯的过程简直就是壮观至极的造山运动,从大地的内部升腾起高原和群山,特别是中亚腹地那些气势磅礴的神山。人们是知道帕米尔高原的,人们是知道昆仑山天山阿尔泰山的,这一切都让这对激情中的男女给固定在大地上,再也消失不了了。他们根本听不见打门声,他们根本听不见愤怒的叫声,他们从容不迫穿上衣服。老金跟大黑熊一样躺着不动,女医生手脚麻利,葡萄糖一直挂在架子上,只需插上针头贴上胶布就可以了,女医生甚至没有忘记调节点滴的大小,然后她去开门。那门也特奇怪,那么多人在打,打了那么久,就是铁房子也都砸开了。1973年的阿尔泰,砖房子不是很多,人们大都住在土房子里,公家办公的地方有那么几排砖房子,医务室在连部最后一排砖房子里,紧靠着庄稼地,几千亩大的葵花地,葵花金光闪闪,一万颗太阳在晃动,在这种背景下要砸开这座砖房子绝非易事,除非人家主动打开。

门还真开了,女医生出来了。人们拥进去,人们看到了可没抓到,具体地说没抓到床上。整个房间里全是河泥的气息。老金你这王八蛋你把额尔齐斯河都搅浑了,你他妈还好意思打吊针,打葡萄糖,给自个儿加能量。老金跟真正的熊一样一动不动,最好是不动。

那小娘们趁大伙儿发愣的功夫溜回宿舍了。集体宿舍,全是女知青。事情不能这么完了,完不了。

老金不管这些,老金得回家,回到老婆孩子身边去。老金对大家理都不理,从人群中挤过去。老金的眼睛跟老鹰一样,死死地盯着远方,一晃一晃,肩膀撞谁谁大叫一声。你也别在背后上拳头,老金的手狠着呢,老金连看都不看,就把背后下家伙的人抓住了,连身子都不转，手腕子可要转了，很凄惨的一声长嚎，只有在猛兽扒开胸膛的时候才会发出这么一声惨叫，一两声就足够了，你还要怎么着？这个暴风雪里逃生的家伙，在漂亮丫头身上折腾了整整一上午，还没有耗尽他的力气，这就是力气呀！人们这才领教了什么叫力气，身上的力和心里的气合在一起就他妈这么牛逼。

老金穿过几千亩大的葵花地，穿过林带，林带里的水渠哗哗流淌着清澈的额尔齐斯河水。

天黑还早啊，才过晌午啊，老金的女人就在门口等丈夫回家了，阿尔泰的女人都这么等她们的丈夫，看到丈夫她就放心了。老金的妻子放心了。消息早传开了。妻子不是不知道，妻子操心的是丈夫能不能回来，丈夫回来了她就放心了。

第二天，她还到医务室去了一趟，跟女医生说说笑笑，两个女人跟没事似的。聪明人知道，她们最好不要有事，她们有一丁点事，事情就出来了，就有戏了。老金的女人开点药就走了。

聪明人有点着急，这么下去这事还真就完了，没事了。刚刚发生过的呀，惊天动地呀，转眼就烟消云散，也太虚无主义了。

第三天，女知青的男朋友来了，带了几个哥们，到医务室来跟女朋友聊了一会儿，基本上是鸿门宴，话里有话。篮球中锋四肢发达，大脑也发达，他要考验一下女朋友，办法很简单，他们已经做了好多次了，他们到宿舍里重温一下过去的生活。女朋友不拒绝，而且很主动。篮球中锋还是觉察到女朋友的变化，非常大非常大的变化，篮球场变成足球场了，成大草原了，他妈的大草原，也太辽阔了，辽阔得让人愤怒，又不能对女人发怒。篮球中锋不动声色，只对女朋友说他去办点事，就从葵花地那边走了，他的哥们在那边等着。

他们把老金叫出来。其实他们不用来那么多人，一个人足够了，老金根本不还手，怎么打都不还手，也不叫。他们来之前听人家说老金很厉害，跟丫头折腾一上午，还能揍翻两个壮汉，他们就把老金放进了想象的世界。这个黑乎乎的壮汉在地上疼得乱滚，暴打的过程也就缩短了，也只有篮球中锋一个人动手。那个年月，全国知青都好斗，爱打架，能拼命，可他们也讲原则，单挑还是群打，人家老金没叫人，兵团军垦兵也是一帮一帮的，受过专门训练的，不好惹。老金显然不属于任何一帮，"九·二五"的起义兵，很古怪的一个人。再打就没意思了。拍拍手，大家就回去了。

篮球中锋再次找女朋友的时候，他才知道他打老金的时候也中止了他和女朋友的关系。女朋友连门都没让他进，站在门外三言两语就把事情了断了。这小娘们变得让人不认识了，这小娘们刚来的时候弱不禁风，处处要人呵护，篮球中锋一直高举着巨大的核保护伞，那些虎视眈眈的团长营长连长们都不敢打她的主意。那年月，要破坏一个女知青的贞操可是太容易了。1973年的阿尔泰高原，篮球中锋的核保护伞莫名其妙地失去了作用，女知青根本不需要他的保护，阿尔泰高原的雄风注入她的生命，也中止了他们的关系。

到目前为止，事情的发展一直在私下里进行，打架也好，结束朋友关系也好，都是私人间的事情，而且都结束了，没有好事之徒所期待的轰轰烈烈，没闹起来。一口一口的唾沫咽到肚子里，喉结上下蠕动无数次。事情不能这么完了啊！

有心人该出来了，这么躲着不是个事啊。这个人始终躲在故事的背后，根本点不出他的名。他把几张照片寄到农十师师部办公桌上，照片的画面可以猜得到，是我们可爱的老金同志与漂亮的女医生在小铁床上创造生命的奇观，包照片的信很长，落款是革命群众，最后有一行字又黑又大：革命群众的眼睛是雪亮的。这个眼睛雪亮的革命群众有很高的摄影技术。师政委刚开始以为是艺术摄影，阿尔泰十分偏远但不落后，十九世纪末就与俄罗斯帝国通航了，二十世纪五六十年代又来了许多苏联专家，师政委在苏联专家那里欣赏过不少画册和摄影作品专集,黑白画面上的老金和女知青很接近俄罗斯艺术家创造出来的诸如《河流》《土地》《大草垛》之类的作品。"革命群众"几个字把师政委欣赏的目光拉回到冷酷的现实生活:这不是俄罗斯人,是地道的中国人,是军垦汉子,姑娘也是中国姑娘,丰满结实的阿尔泰姑娘。由于光线和角度的限制没有拍到那张小铁床,人体占据了整个画面。

师政委还是欣赏这个革命群众的摄影技术。公安处刑侦人员也很吃惊,医务室关上门拉上窗帘,只能从很小的缝隙里看清里边的小铁床,照相机无法拍照,除非利用非常科学的光学原理。1973年阿尔泰不可能有这种专业人才,不过也说不定,这些北京上海武汉来的洋学生很厉害的,能自己组装收音机,制作航模小飞机。这个革命群众很可能就是知青中的某一个,很可能是一个暗恋女知青的人,这个人很关注女知青,在这种心理的驱动下,他的眼睛就很雪亮了,医务室再严密,光线再怎么不好,可以窥视的缝隙再怎么窄小,都不是问题了。

好多年后,女知青成为女学者,在一次次同学聚会中还能隐隐约约感觉到那双雪亮的眼睛。她曾经回过阿尔泰,她要考查阿尔泰的原始岩画,她自然而然成为垦区尊贵的客人。垦区公安局当年是把她作为受害人的,受处理的是老金,在这个问题上垦区公安处绝对是秉公办事,也就是说女学者与她曾经生活过的地方政府没有什么过节,彼此关系还是融洽的,这就为下边的事情提供了可能。女学者把她的专著赠给师领导,师领导正好是当年负责刑侦工作的公安处的干事,师领导就把那几张照片交给女学者。老金同志的问题不是什么问题了,留这些材料也没用,革命群众的检举信当场烧了,没让女学者看,照片装在牛皮纸信封里,属于个人隐私。

女学者回到房间打开信封,她的第一感觉跟师政委是一样的,她根本没认出自己,也没认出老金,以为是人家赠她的艺术品。年代久远的黑白照，青春，生命，不可抑制的激情，她在地老天荒的时光中闪来闪去。尽管我们不喜欢巧合，可有些事情偏偏出在巧合上。她刚刚参加一个同学的摄影展览，这个同学跟她一起在阿尔泰接受过再教育，他的摄影作品全是黑白人体照，他从来不拍自然风光，大家都不明白他为什么对阿尔泰的群山草原森林那么漠视。所有的原因都在这几张照片上，那双雪亮的眼睛在窥视医务室里的生命奇观以后就再也看不到阿尔泰了，再也看不到那个广漠的世界了。

照片成为女学者最珍贵的收藏，也激活了她的记忆。她不相信老金会死。她去过老金的墓地，她站在墓堆前时老金一下子活过来了，她情不自禁跪下去摸那堆黑钙土。从大兴安岭到阿尔泰山到天山到塔拉斯河畔的黄金草原，被一条神奇的纽带连在一起，紧紧连在一起。她还记得她第一次到西天山到伊塞克湖畔到塔拉斯河边的辽阔草原上，她恍惚看到一个遥远而亲切的生命，她仿佛回到了故土，从燃烧的坟墓到大漠的热风，她毫不怀疑这个坚韧而鲜活的生命，这个人他会把庄稼种到大地的尽头。

她萌发了第二次去塔拉斯河的念头。她一下子原谅了那个有着雪亮眼睛的老同学，同时也失去了再理睬他的任何兴趣。她给老金的女儿，那个雄心勃勃要写黄金草原要写额尔齐斯河的青年作家讲叙这段经历时，她也没有透露这个人的名字，这个人出现在任何文字中都是十分可笑的。

"孩子你写吧，写你该写的，忘掉你该忘掉的。"

这是她对女作家的忠告。说完她就把那个人忘了。那个人作为这部书的组成部分不可能有名有姓，这是没有办法的事情。

1973年的秋天，新疆建设兵团农十师的政委同志，同样也不想让这个眼睛雪亮的革命群众立功受奖。这显然是一封匿名信，要不是有照片的话政委同志会随手扔掉的，即使真有其事，事情很大，人家不愿署名就没必要公开信的内容，也没必要让人家出来亮相。检举信和照片就这样移交给公安处。

人们重新谈起这桩桃色事件。面对照片，当事者供认不讳，纯属通奸行为，女方还在交代中强调她非常非常主动，用了他妈两个主动。男方老金也不含糊，把责任全揽自己身上，他一个人顶着。非常简单的一个案子，女方正常工作，男方老金先回家再说，不能随便外出，实际上是监控起来，等候处理。

知识青年上山下乡运动到了1973年变得非常复杂非常严峻，农村和农场的广大革命群众对女知青太感兴趣了，太想破坏她们的贞操了，特别是小有权力的基层干部，一个小队长小班长就可以轻轻松松地搞大女知青的肚子。中央非处理不可了，破坏上山下乡是个很严重的犯罪行为必须严惩，重者要枪毙的。

抓捕行动开始的那天，老金去了一趟森林。老金带着儿子和女儿去拣柴，女儿好像第一次到森林里来，好奇得不得了，没完没了地问。

"树上为什么掉树枝？"

"树枝是树的羽毛。"

"树在飞吗？"

"树先长着，长几千年树就长出翅膀了。"

"它们往哪里飞啊？"

"它们往河里飞。"

"它们变成鱼吗？"

"它们变成木筏子，变成船。"

"它们还回来吗？"

"船可以回来，木筏子就回不来了。"

"木筏子为什么不回来？"

"木筏子变成了大地上的房子,房子是不动的。"

六岁的女儿出神地看着树,孩子看得太出神,每一棵树都被看出了神。孩子对红松说:"你变成船吧,不要变成木筏子。"孩子对云杉说:"你变成船吧,不要变成木筏子。"孩子对冷杉说:"你变成船吧,不要变成木筏子。"多好的树啊,它们全答应了孩子的请求。

父亲老金坐在山坡的大石头上抽烟呢,一口烟在老金的肚子里九曲十八弯又从鼻孔徐徐而出,需要很长时间,老金可以安静地想一些问题。老金很投入很专注,老金望着远方发呆,这种出神的样子让孩子感到吃惊。

六岁的孩子当时已经看出来了,父亲老金完全是一棵长了千年万年的树,阿尔泰森林的树都是长在石头上的,树梢摸到白云的时候它们就不能再长了,它们必须到额尔齐斯河去,变成船和木筏子。

回家的路上,十五岁的哥哥唱了一首蒙古歌《万箭穿心》,古歌里唱的是一个蒙古老兵,参加过蒙古人所有的远征,大汗死后又跟着拔都汗去远征。老兵六十岁了,要离开阿尔泰草原了。

> 阿尔泰森林的红松树啊,
> 我要带你去那遥远的地方,
> 我要把你搭在弓上让你在风中飞翔,
> 我要让你穿过我的心脏。
> 我要让你穿过我的心脏,
> 心脏里的血啊,
> 跟额尔齐斯河一样。
> 穿过我那辽阔的心脏,
> 回到金色的阿尔泰故乡。

已经很少有人唱《万箭穿心》这样的歌了，它不是长调也不是短调，很复杂的一首蒙古歌子，不对天地也不对人，只对着树，给树唱，树全听明白了。

吃过饭，父亲老金被带走了。孩子们不知道，孩子们被母亲支开了。一起带走的还有大皮袍子。母亲这几天天天晾大皮袍子，跟传家宝似的让父亲带走了。

27

后面发生的事情是谁也没想到的。在去团部巴里巴盖的路上，他们让白熊截住了。大路贴着森林，解押人员在山坡上，老金下到生长着两棵松树的低坑里，那个坑显然因为树长得太猛凹下去的，老金在这种时候也没有忘记他的农工身份，肥水不能浪费。老金给两棵树增加能量，他喜欢能量这种时髦的说法。

他去连部打吊针的时候，总要在医务室后边几千亩大的葵花地里方便一下，他从金色的海洋里钻出来，女医生在房子里看得清清楚楚。女医生也被感染了，女医生再也不去那个深渊一样的茅房了。新疆所有的茅房都是一个数丈深的大坑，上边架木板或水泥板，进茅房如临深渊，老金的举动让女医生茅塞顿开，女医生勇敢地去葵花地里解了一次手。刚刚过完性生活的女人胆子是很大的，同时也急着要去方便，她就进去了，进得很深，差不多到葵花地的中心了。到中心地带才能彻底放松，毫无顾忌地发泄一通。从葵花森林里出来的感觉就像一只鹿。

第二次进去的时候，她解手的地方变成两堆松软的土，她是在两株高大的葵花之间解手的。大地一夜之间就改变了一切。

不解手她也去，她喜欢粗大的叶子划她的脸，她喜欢花瓣粘在她头发上，她自己成了一个金光灿烂的葵花。她忍不住蹲下，攥住粗壮的葵花，从根到茎有一层细密的刺，她双手松开，让粗壮的根和茎秆摇着粗大的叶子冲向蓝天，她看见了白天的星星。

1973年的秋天，女医生从葵花地走进医务室，她就看她的手，手变这么大，是她的手吗？她的老金就进来了，老金带一身葵花的气息，加强了这种变异的气氛。老金说："手咋了？手上有花。"女医生怪模怪样地笑一下，跟女巫一样衣服哗一下全褪光了。老金哪受得了这个，老金跟马一样腾楞一下就挺拔起来了，被激起的马总是要直立起来，扬起前蹄在空中刨啊抓啊，老金的根几乎破裤而出。女医生跪下去的一瞬间两只手又快又猛抓住老金的根，捧在手上，让它升起来，从女人的眼睛里升起来，从夜晚，从草原和群山上空升起那么大的星星！

"妈妈，阿尔泰的星星跟斗那么大。"

那是她写给遥远的母亲的第一封信。

"妈妈，阿尔泰的星星跟脑袋那么大，跟非洲的狮子一样。"

女儿写给母亲的信中，阿尔泰的星星是变幻莫测的，母亲被打动了，母亲全都信了。

她跪下去，她捧在手上，她的眼瞳深邃而辽阔，从那美丽的地方升起来的是阿尔泰的星星啊，从那里奔出来的是威风凛凛的金狮子啊！她从遥远的地方来到阿尔泰不是没有原因的，她的窗外生长着那么多的葵花也不是没有原因的。葵花全成了狮子，葵花全成了狮子，你看见了没有？

看见了看见了。

你看见了什么？

狮子，我看见了狮子。

生命的盛宴结束了，她还跪在那里，手捧着已经缩小的生命。老金就让她捧着，老金告诉她，星星已经很小了，星星要从她手指缝里溜掉了。

"星星还会大起来吗？"

"有夜晚它就会大起来。"

"我要它天天大起来。"

"到房子里，房子可以把白天变成夜晚。"

该死的老金就有这本领，很复杂的事情让他一说全都容易起来了。她总是情不自禁，老金没来，她就有那种感觉了。老金竟然把那种东西叫蜂蜜，两人同时脱掉衣服，她那地方已经湿了，老金很认真地摸一下，老金说："你的蜂蜜流出来了。"

"你说什么？"

"我说蜂蜜，你的蜜很多的。"

语言再次被冲毁，语言变成片断，被冲得七零八落。许多细节都变模糊了，花的海洋却是清晰的，从庄稼地到山地草原，花被牲畜吃掉之前，全成了蜜，在老金的描述中，连熊都吃到了蜜。其实不用老金描述，她可以到草地去到森林去看这种奇观。事实上她已经看过了，来到阿尔泰的城市洋学生，不到半年时间把该看的都看了。可她还是喜欢老金的描述，在语言被激情冲得无影无踪的时候，老金让蜜从她的生命里流出来。阿尔泰的熊都能吃到蜜啊。女医生摸着老金的大脑袋摸着老金厚墩墩的背一直摸到腿摸到腿间那雄壮的根，这不就是一头黑熊吗？女人跪在黑熊跟前是很幸福的，女人捧着黑熊的生命也是很幸福的。

女医生把这种美好的做爱方式带到男朋友那里时，引起了男朋友的怀疑：跪下捧起阳物，让阳物跟真正的大鸟一样展翅飞翔，飞到天上，成为真正的太阳，这种古老的草原方式，从风俗到古老的岩画，来自大都市的学生很难接受这种方式。女人总是走在生命前边。整个过程，男朋友显得很被动，无所适从，疑窦丛生。跟踪追击，从男朋友对老金的拳脚上可以想象出这种愤怒。老金在地上滚来滚去，带铜扣的皮带，硬底皮鞋，生铁铸的手盔，老金全都挺过来了，老金厚实的背和结实的筋骨让人很容易把他当成一头阿尔泰黑熊。

老金被抓走的时候也是这种厚实迟缓笨拙的样子，慢腾腾走出村子，走过水泥桥。

1973年的克兰河已经有钢筋水泥的桥梁了，坦克和军车要开过去，边境那边有更多的坦克，探照灯刺破夜空，星星和月亮变得十分怪诞。激情中的男女根本没有意识到战争的危险，他们也没有意识到古老而明亮的星月在他们的激情中保持了最后的光芒。

老金在两棵红松间解了手，老金慢腾腾爬到山口，老金还要抽一根烟，抽完烟再走。

两个押送犯人的年轻人持着半自动步枪，都是老金看着长大的兵团的孩子。老金确实把他们当孩子。老金刚刚给儿子和女儿讲了森林的故事，老金就想给这两个带枪的孩子讲故事。老金讲的还是森林的故事，森林的故事很多很多，老金不会重复的。老金并不知道这个山口就是故事里的那个山口，姑娘就是在这个山口解手的时候被白熊劫走的。

讲故事的人和听故事的人都很投入，他们谁也没有意识到悄悄走近的白熊。白熊肯定被故事中的情节打动了，白熊成了故事的主人，白熊就举起掌拍带枪的人。两个带枪的人没叫出声就拖着枪狂奔，这也可能是故事的一部分。白熊好奇地看着狂奔的人爬到石头后边，枪就响起来了。子弹是打不中白熊的，子弹让白熊想起了西伯利亚泰加森林里向它放枪的人，还有初到阿尔泰时被它吃掉的甘肃小伙子。白熊只吃过一次人，白熊又要吃人了。子弹就有这种本领，能激起白熊吃人的欲望。白熊就扑过来了，放枪的人一下子明白了，把枪扔过去，再跑，果然就跑掉了。

熊抓到枪，三下两下把枪摔碎，枪栓、撞针、枪管、枪托全散开了。十几粒亮晶晶的子弹散在草丛里,熊拣起来吞下去,凉飕飕跟鱼骨头一样溜到胃里,经不起消化就直接到肠子里,跟粪便一起走了肛门这条路。就用这玩意来欺负老子?

老金跟一块石头一样没动静。两个逃到悬崖顶上的年轻人大声提醒老金,躺下,躺下,别动!他们以为老金吓傻了,他们以为老金躺下装死就会逃过这一关。老金不想装死,老金后背发凉,心里向往着死亡。好多年前,那个甘肃小伙子就在这种绝望中放弃反抗。实际上,甘肃小伙子放弃不放弃都没有意义,白熊都能吃掉他。老金心里想着死亡的时候,老金的后背就不再发凉,老金就静静地看着扑过来的白熊。人和熊的目光相遇了,距离太近了,熊举起掌就可以把人拍个稀烂。这个人胳膊上搭着又宽又大的皮袍子,熊刚开始把他当成猎手了,动物痛恨所有的猎手。熊已经举起它那可怕的掌,熊闻到了这个人身上散发出来的浓烈的玉米的清香,里边还混杂着葵花的芳香。白熊认出了老金,白熊也明白了放枪的人是怎么回事,动物的判断能力有时候是高出人类的。白熊跟扳玉米棒子一样把老金扳倒,拖起来就走。

这是两个目击者看到的最后一幕。

他们的枪被摔坏了,没有枪是救不出老金的。他们留下一个人继续监视,另一个人回去喊人,喊来一个武装排,包抄上山,在悬崖顶上,找到了老金的皮袍子。

几天以后,在悬崖底下找到一堆骨头,当时的刑侦手段还不能判断这堆骨头是不是老金。凭直觉这是一堆比较新鲜的骨头,除过老金,附近又没有人员失踪,在牧区,逐水草而居的人太多了,也许是一个异乡人。但大家还是倾向于老金。

老金是个有功的戴罪之人,连里给他准备一副上好的红松棺木。

女人是最后知道这个消息的,指导员和连长很有分寸地把这个消息通知她。她眼圈红了，她说话还利索，她还给连长指导员倒了开水，她还能跟着人家去看老金的遗物。遗物装在棺材里，她过去曾把甘肃小伙子的遗物和骨头盛在棺材里埋掉了，人家就这样推测她。她却做出一个出人意料的举动，那么重的棺盖她跟推磨盘一样嚯一下就推开了，她把大皮袍子拽出来，骨头在里边咚咚跳。她随身带着一套洗得发白的军装，没有领章帽徽的军垦人的衣裳，用几根骨头就把衣裳撑起来了。红柳条子能撑起牧人的帐篷，白熊啃过的骨头还撑不起棺材吗？

这个女人是有力气的，她操起亮闪闪的斧子哐哐哐几下就把棺盖钉死了。不是铁钉，是很地道的木钉子，跟红铜一样坚硬的松木钉子，被砸进去，砸得平平的，木纹相合，了无痕迹。

阿尔泰的人们至今还记得出殡的情景，这个女人把老金葬在甘肃小伙子的旧坟里，本来就是一座空坟，当初的棺材里放着甘肃小伙子几件遗物几根骨头。

甘肃小伙子在墓坑里躺了好几十年了，已经是很大一堆土了，他还在唧啊唧啊，坟墓打开的时候他连女人理都不理，很专注地咬住墓壁上的沙石，沙石簌簌发抖，抖出一团团尘雾，他的呼吸都是土啊。女人知道风来了，女人侧过身子，女人在这种时候鼻子肯定要发酸的，风带着阿尔泰高原的草籽和树种吹过来，跟吹牛角号一样，把墓坑吹响了，很低沉的遥远而古老的胡笳的声音。

女人不迁坟，女人请来了她的老金，老金跟甘肃小伙子一样，尸体是用几根骨头撑起来的。

1974年春天，没有父亲的孩子一下子就小起来了，母亲越看越觉得孩子们可怜。儿子已经是个很英武的少年了，母亲还把他当孩子看。母亲总是婆婆妈妈说一大堆话，早点回家不要走远，不要惹事，不要到森林里去。儿子就烦了，儿子拎起亮闪闪的斧子："你少拿白熊来吓我，我把它打死给你看。"母亲不知出于什么原因，厉声喝住了儿子。儿子和女儿全都吓傻了,他们听到的是母狼绝望的长嗥,他们的母亲就发出这么一声长嗥,斧子哐一声掉地上。他们的母亲一步步走过来,很严肃地告诉他们事情的真相,父亲犯的是死罪,白熊不吃掉的话,父亲是要挨枪子的:"你们愿意看着你们的父亲被拉出去游行,下跪再挨上一枪吗?"孩子们就这样被震住了。

这种震撼力非常有限。有一天,母亲听见儿子给小伙伴讲"艾里库尔班"的故事,艾里·库尔班杀死白熊父亲,救母亲逃出洞穴逃回外婆家里。儿子讲得眉飞色舞,"巴郎子,克孜巴郎子",儿子用大人的口气称呼他的小朋友。

母亲悄悄走开了,母亲再也发不出母狼那样的长嗥了,母亲连眼泪都没有,母亲望着空旷辽远的阿尔泰高原。风把石头都吹开了,风越吹越紧,不管是人还是牲畜,在大风里是无法呼吸的,母亲快要憋死了,母亲自己挣扎着摸回家。

儿子不会杀白熊的,儿子给母亲发过誓,可儿子有办法折磨白熊,儿子从森林里抱回一只熊仔。四岁的熊仔快要离开妈妈过独立的生活了,它太调皮,躲在灌木丛里跟妈妈捉迷藏,阿尔泰少年盯好长时间了,阿尔泰少年抱起熊仔骑上马,眨眼间就消失得无踪无影。

阿尔泰少年没有直接回家,他带上熊仔在街上转一圈,让大家一饱眼福。熊是通人性的,熊仔一点也不怯生,在众人的喝彩声中做出许多动作。千百年来熊仔一直是马戏团的主角,也是猎手们的拿手好戏:猎手是不伤熊仔的,猎手好好地保护熊仔下山,逗它开心,让它适应人类的生活,三五天就可以了,猎手就可以放心地把熊仔卖给马戏团。阿尔泰少年不会干这种事,他给大家带来快乐,满大街的欢声笑语。他的妹妹,六岁的克孜巴郎子,抱住熊仔。

"我们家的,不许你们看。"

大家笑:"小丫头,跟它一起过吧。"

"我要嫁给它。"

大家笑翻了天，肠子都笑断了。

哥哥始终在马背上，拎着鞭子，很矜持很傲慢的阿尔泰少年，看着可爱的熊仔和可爱的妹妹，他嘴角挂着微笑。他好久没有这么开口地笑过了，他们家一直笼罩在阴影里，他轻轻扬一下鞭子就把乌云驱散了。

哥哥、妹妹、骏马和熊仔一起回到家里，妈妈愣住了，儿子打声口哨，熊仔就一连翻六七个跟头，翻到妈妈跟前，妈妈抱起熊仔忍不住笑起来。笑声持续了好几天。妈妈告诉儿子，熊仔该回去了。"问它愿意不愿意？"儿子很自信，儿子是有道理的，熊仔很喜欢尘世的生活。妈妈几乎哀求儿子："让它回到森林里去，它妈妈想它都想疯了。"

"它都四岁了，它不会想妈妈，妈妈也不会想它。"

儿子带着熊仔到阿勒泰去了。1974年的阿尔泰山已经有了一座初具规模的小城阿勒泰，儿子把熊仔送到动物园。儿子带妹妹去看过一次，动物园很漂亮，有鹿、有狼、有熊仔。那是中苏关系最紧张的年代，可苏联专家的影响是无法消除的，比如对动物园的管理，可以说是一流的，动物们得到很好的保护，干净、卫生、安全，还给人们带来乐趣。

28

快到哈纳斯湖大峡谷时，母熊闻到了白熊的气味，要归功于神秘而美丽的哈纳斯湖：绵延几十公里的高山湖泊，湖光折射出附近几十里的一草一木，即使隐藏很深的猛兽也会暴露它们的气味。在湖光的闪烁中，气味变得异常尖锐，打个嗝都会传出几公里。

白熊就在附近的山谷里，母熊能想象出白熊走路的样子，迟缓而威严,跟一座冰山一样。阿尔泰的最高峰就是冰川和冰峰,漂浮在辽阔的黑绿色的林海上。它的丈夫从林海里出来了。母熊再也控制不住了,当着孩子的面,它慌里慌张奔跑起来,它才不管额尔齐斯河有多么宁静呢,蚂蚁要挺直腰板就让蚂蚁挺吧。母熊撞翻了一块块大石头,举到头顶时,它就听到林海里升起的歌子。

灰蓝色染上帽子了吗?
美好的愿望实现了吗?

母熊再也扔不掉那块灰蓝色的石头了,母熊把石头扛在肩上,大石头跟帽子一样遮住了它的脑袋。它就这样去见它的丈夫,石头压着它,它再也不慌里慌张了。它把石头放在地上,坐上去迎接它的丈夫。它们是有床的。

灰蓝色的石头我们躺上去了!
美好的愿望我们实现了!

大地把石头吞下去,大地差点把母熊吞下去。地上留下一个坑,母熊的屁股拱出来的,母熊要逗白熊,就把屁股藏在地上。妻子的万种风情不断地撩拨着丈夫,丈夫就使出浑身的力气和智慧来捕捉妻子灰蓝色的石头。大地把它们两个都要吞掉,它们就滚在一起,跟圆球一样在大地上拱出一个圆坑,粘满了棕色和灰白色的毛,跟毡一样,大地很满足了,大地平静下来了。

白熊也平静下来了,白熊还有力气找孩子们玩。母熊半天平静不下来,母熊躺在林子里,浑身的汗气,跟燃烧的湿柴一样没有火焰全是白烟。林子里静悄悄的,鸟儿飞走了,是被浓烈的腥臊驱走的。

白熊带着它的孩子在河边玩，教孩子们凫水，到额尔齐斯河里凫水。孩子们在水边抓过鱼，孩子们没有到河心去过，爸爸凫到河心去了。孩子们多聪明啊，凭着它们在大河支流里学的一点点小本领，它们就下到大河里去了，呛了不少的水，嗓子和鼻腔被呛得发疼。孩子们是不怕的，爸爸会及时来救它们，轻轻托一下它们的小屁股，它们就跃上水面。

母熊从来没有到河心去过，母熊跟白熊最亲密的时候白熊也没想到带母熊到河心去啊。母熊曾经在悬崖上遥望过女人凫水。那是个南方的女人，在湘江边长大，她就很容易下到额尔齐斯河里，跟鱼一样游来游去。母熊并不知道女人与白熊的故事，这个流传千年万年的故事，永远也传不到母熊耳朵里的。有一次母熊发现白熊眯着眼睛观赏女人凫水，母熊从白熊的眼瞳里看到一团亮光，在那一瞬间，白熊变得陌生而遥远。母熊被远远地抛开了，母熊感到不妙，可母熊的感觉太有限了。此时此刻，额尔齐斯河里嬉戏的是白熊丈夫和它的孩子，丈夫是为了孩子，丈夫取悦它的目的就是为了这帮孩子。母熊的思维只能达到这个层次，母熊已经很吃力了，母熊的脑门上都冒出汗水，母熊好像大哭了一场，泪水糊住了眼睛，可它看得清清楚楚，丈夫在教孩子们凫水抓鱼，丈夫还教孩子们一些很古怪的动作。这等于宣布它们的母亲是个没用的家伙，喂养和教育孩子是母亲的天职。母熊愤怒了，母熊冲到河岸上大吼大叫。孩子们吓坏了，跌跌撞撞爬上岸，母亲不顾一切冲上去，把惊呆的白熊撞个底朝天，母熊扑上去连抓带咬，白熊拼力相搏，脸还是被母熊抓伤了。

白熊在林子里躲了几天，又出现在母熊跟前，孩子们被母熊收拾得规规矩矩，孩子们见到父亲都不敢吱声。它们的哺乳期已经过了，它们可以离开母亲去独立生活，母亲延长了哺乳期。白熊的解释一点用都没有，母熊怒火腾腾，母熊平静不下来。白熊一步三回头走开了。

白熊消失了好长时间。白熊再次出现的时候,母熊只剩下一个孩子,母熊平静地告诉白熊,那个最调皮的孩子被人抱走了,小家伙过得很好。小家伙丢失以后,母熊安顿好剩下的孩子,一路跟踪,母熊躲在林子里,亲眼目睹了阿尔泰少年牵着熊仔在大街上逗人发笑的场面,熊仔落落大方毫不怯场,后来熊仔到了动物园。整个阿勒泰市就建在克兰河两岸,桦林和河流环绕着市区,动物园把树林和河都圈进去了,熊仔有许多伙伴,有专人饲养。母熊放心了。母熊担心的是那些厨师。只要不被人们吃掉,待在动物园或者马戏团还是挺好的。千百年来的老习惯,进马戏团对熊来说是个好出路,有吃有喝还能玩,能周游世界。有些母熊全家出动去参加马戏团,母子同台表演,效果极佳。动物园太新鲜了。母熊围着动物园转了好几圈。这个具有欧洲风格的中国最西端的动物园几乎是森林与河流的自然延伸。马戏团就显得有点落伍。

从母熊的口气里可以听出来母熊不但向往动物园,而且对马戏团也念念不忘。这回大动肝火的不再是母熊了,白熊动了肝火,是发不出来的火。母熊把话都说清楚了,森林充满生机,也险象环生,熊仔随时都有可能被野猪和狼吃掉,也可能饿死荒野。母熊冷静客观的语调里也包含着对父亲的指责:你能保证孩子们一生平安吗?保证不了就别发火,就别管那么多闲事,吃饱了撑的。母熊几乎在骂白熊了。白熊一声不吭,肚子胀呢。

白熊扑过来,抓住母熊往密林里拖。白熊在绝望和沮丧中发泄一通,然后离开母熊。那种摇摇晃晃的样子好像发生了大地震。

秋天,孩子要离开母亲去独立生活。那是一家最后一次集体会餐,孩子从外边带回来两只小野猪,大家吃得饱饱的,母亲和孩子都胖起来啦,再吃一些水果,就可以度过漫长的冬天。它们唱歌跳舞,跳古老的熊舞,然后做游戏。母亲玩得很开心,母亲知道孩子要离开它了，它当年离开母亲时也是这么开心。让母亲开心，让母亲高兴，让母亲幸福得发抖，多好的孩子啊。母亲给孩子祝福。后来它们就睡着了。在洞穴里的最后一次睡觉，睡得多香啊。在熊的世界里，孩子们必须在妈妈睡熟的时候离开，妈妈即使醒来也不能吱声也要假装睡得很死，给孩子一些浓郁的鼾声。

晨光跟一万片洁白的羽毛一样翻卷着飘荡着弥漫了阿尔泰大峡谷，孩子从妈妈的梦中走出去了。阿尔泰的秋天多么辉煌啊，孩子沐浴着金光离开山口。

后来母熊在哈巴河碰到它的孩子，它们互相打量半天才认出来的。这个孩子讲了它的遭遇：猎人的夹子夹伤了小熊的腿，小熊吓坏了，猎手的呵护不顶用，猎手唱古老的熊歌也不顶用，小熊大声呼叫，短促而迅猛的呼叫，人怎么能听懂这些呀！最后就是泪流满面。就是这个样子。小熊让妈妈看这种难受而可怜的样子。小熊一瘸一拐离开了。

母熊就是在这一瞬间想起白熊的，母熊发誓不再理白熊了，现在白熊的形象又出现在它眼前，确切地说是这唯一的孩子带来的，孩子身上有它父亲的血脉，孩子在母亲身上唤起了对父亲的激情。这确实是个大问题。秋天吃得胖胖的，漫长的冬眠才能养精蓄锐。

母熊吃得够多了，还不放心，专找小野猪。黑猪的母亲拼着老命来搏斗，根本不是母熊的对手。野猪也懵了，野兽在秋天是不发情的，只有发情的野兽才能战胜母性。野猪眼睁睁看着母熊夺走它的孩子。动物世界的法则谁也没办法。野猪从母熊身上闻到了一股骚味，即使在拼死相搏，母熊也不忘记它的姿势，它的一举一动含着难以抑制的风情。

野猪判断得不错，母熊用猎物去讨好情侣。母熊在布尔津大峡谷看到了白熊。白熊失魂落魄的样子太可怕了，只剩下骨头架子了，漫长的冬天非要了它的命不可。母熊把猎物放在白熊跟前，悄悄走开。

　　这只小野猪救了白熊的命，白熊闻到小野猪的香味，很新鲜的小野猪，还冒着热气，心脏还在跳动，母熊费好大劲才把这么一只活物奉献给丈夫。丈夫毫不客气就吃掉了。丈夫胃口大开。丈夫才想到冬眠这档子事。这是顶要命的一件事。必须抓紧秋天最后的日子。白熊总算积起一层膘，比母熊差远了。母熊在远处一直盯着呢。白熊远远没有胖起来。母熊心疼的就是这个。一身厚厚的膘就意味着能度过漫长的冬天。

下游

29

妹妹一直记着哥哥抓的那只熊仔。动物园给哥哥一笔不少的钱,妈妈收下了钱,妈妈伤心得要命。家里太缺钱了,这种钱也要花掉。妹妹已经上小学四年级了。那一年,妹妹的学习用品是最好的,妹妹还有了一套新衣裳。妹妹喜欢小熊是有道理的。妹妹就鼓励哥哥再抓一只小熊。"妈妈会伤心死的。"哥哥不干。妹妹再逼他的时候,他就放弃了学业。

他已经十六岁了,他是个男子汉了。他不能看着妈妈累死累活地干。他确实不是块上学的料,那个年月学校也不教学生学习,可在垦区,孩子不上学就得去劳动。垦区的母亲们大多都是学生出身,她们对学校有着另一种感情。哥哥没上完高中就回家了,妈妈打他骂他都没用。他还威胁妈妈:"你再逼我,我就抓小熊卖钱,反正咱们家缺钱。"这一手很管用,妈妈妥协了。哥哥扬扬头去地里干活。

日子越来越艰难,哥哥种地的技术比父亲差远了。刚开始人家还照顾他,后来就不照顾了。他那牛脾气也忍受不了别人的照顾。

他就到牧业班去了。他天生是放牲畜的。他们搬过六次家，都是逐水草而居。他们跟哈萨克人蒙古人没什么区别了。

哥哥知道妹妹有一天会离开这个家的，这么好的妹妹会嫁到很远的地方。阿尔泰哥哥就用草原的方式让妹妹记住生她养她的地方。父亲老金让她记住的是森林和庄稼地，大片的玉米和葵花让父亲自豪得不得了。哥哥只能在假期带妹妹去玩。哥哥有哥哥的办法。

那是他们第一次搬家，他们已经离北屯很近了，妹妹已经在北屯小学上四年级了，那是垦区最好的学校。妹妹太喜欢这个学校了。最后的一个假期里，妈妈跟哥哥反复商量，妹妹过来他们就不说话了。哥哥骑着大马接妹妹回家，妹妹并不知道在下一学期里她就不在北屯上学了。妈妈给女儿一个很好的说法："去跟哥哥度夏，山里空气好。"

妈妈没有成为中国的瓦尔瓦拉·瓦西里耶夫娜，妈妈就把她的梦想灌输给女儿，妈妈就把她年轻时看到过的有关苏联的画报和电影讲给女儿听。在妈妈叙述中，人们应该有度夏的地方。哥哥用草原的方式告诉妹妹："夏牧场是我们的天堂。"哥哥就把妹妹带到了杜土尔秀克，阿尔泰草原真正的天堂之地，跟仙境一样，哥哥要让妹妹相信："你就是阿尔泰的仙女。"

仙女最初生活在水里。阿尔泰少年把妹妹领到水边。妹妹已经记不清那条河的名字了。他们是沿着克兰河进山的，克兰河消失在森林中，所有的河都会消失的。越往上游，河的分岔越多，一股股溪水从山谷里从山坡的草丛里流出来，甚至一棵红松的树根底下也会流出泉水。泉水跑不了几步就跟众多泉水汇在一起了，就变成了水量可观的溪水；溪水在宽阔的山谷变成河的时候，人们才给它起名字。阿尔泰少年所说的仙女就生活在泉与溪水间。在山脚下，红松和桦树的后边，土很少，几乎全是沙石地带，水质清澈，跟镜子一样。

"托里，托里。"

阿尔泰少年用蒙古语赞美这片清澈明亮的水域，他和妹妹骑着骏马从山崖上瞭望下边明镜似的溪水。溪水是不动的，红松和白桦的根爪密布于水下，水流穿过密林时也是悄无声息的。

"哥哥你说我在那里边。"

"托里，我的好妹妹，你是托里。"

妹妹听懂了古老的蒙古语，托里就是明亮的镜子。他们走了整整一个上午，托里，清澈的水域出现在他们面前时，连哥哥也感到吃惊，整个山谷倒映在辽阔的明镜里。

爸爸带我来的时候这里只是一面小镜子。

那时你太小。现在它是大海了。

水太清了。水底的沙石和树根跟鱼一样是游动的，水下还有更大的水，整座山都是漂浮在水面上的。宽阔的草地也被看成水域了。鲜花游动在蓝色的大气里。妹妹看到了花儿一样的小红鱼。小红鱼就生活在山林深处，跟玫瑰花一样在清水里游动。真正的玫瑰开遍山谷，但不会靠近水边，玫瑰花生长在干燥通风的台地上，他们从密林出来，必须穿过玫瑰花丛。鼻子已经被花的芳香熏麻木了。还有大片的草地。凉气从草丛里升起，冲淡浓烈的花香。可以感觉到潮润的水汽了，就像冰块在身上滑动。

马太喜欢清水了。两匹马同时挣脱奔到水边，其中一匹马饮水时叼住了小红鱼，马扬起脑袋兴奋得大叫，红鱼就从马嘴里蹦到空中，划一道彩虹，咕咚入水，连浪花都没有，水面就张开一个小圆洞，把鱼吞下去了。栗色马眯着眼睛，一切恍如梦幻，栗色马再也吃不到红鱼了，它可以看水里的鱼，一大群一大群的红鱼，跟水下玫瑰一样。栗色马的长鬃上还染着真正的玫瑰花香，它闻到的鱼也是玫瑰的芳香，栗色马有点闹不明白。另一匹马，雪青马要好一些。雪青马的嘴唇不断地碰到鱼群,鱼是不会游到雪青马嘴里的,雪青马很冷静,一边饮水一边看着鱼游来游去。雪青马该提醒栗色马了,雪青马对着栗色马打吐噜,雪青马鼻腔的气息和水珠子跟雾一样罩住了栗色马,栗色马打起响鼻,跟喷嚏一样打了一串。栗色马开始饮水,嘴唇贴上水皮子晃一下,舌头伸进去,在水里搅,连搅带吸,水一股一股被吸上来,水是往上的,整个山谷的清水全都挺起来,马就像叼住绿绸子一样,马头不断地抬起落下,马喝不了这么多水,马把水叼住是为了痛饮整个河流的凉气。凉气全进去了,从马的鬃毛里散出来了,马罩在大团大团的清雾里。栗色马和雪青马都是这个样子。

栗色马和雪青马腾云驾雾的时候,兄妹俩拣了一堆柴禾,柴禾燃烧起来,火焰在烟雾中跟小虫子一样飞蹿。妹妹被呛得流眼泪,妹妹跑开了,妹妹就看见了水边的两匹马。

"哈,马着火啦,马冒烟啦。"

"你去看看火大不大。"

妹妹跑到马跟前,那巨大的凉气把妹妹逼回来了,妹妹连打两个喷嚏。

让妹妹更受不了的是那些活鱼。哥哥下到水里,跟抓小鸡一样抓住了活鱼,递给妹妹。鱼看上挺老实的,在哥哥手里不动啊,尾巴和鳍翅起来,鱼身子不动。妹妹不知道那是哥哥手劲儿大,鱼动不了,鱼到她手里,她的手连骨头都没了,两只手贴上胸部的一瞬间鱼乓一声跃到空中,划一道弧线,跳下水,水面嗡响一下,鱼在水里直线飞翔几十米。妹妹坐在地上,就是鱼跃起来的时候坐在地上的,她的虎口和胸脯还残留着鱼的力量。哥哥又抓了一条鱼。哥哥站在水里,裤子卷到大腿根,往水里撒馕的碎渣,那是最好的诱饵,玉米面烤的,里边只有盐和小茴香。几粒馕渣就把鱼引来了,鱼啃哥哥的小腿,一大群鱼围在两条腿周围,哥哥的手跟小狗鱼一样又快又猛，连一点响声都没有就从水下把鱼抓上来了。哥哥让小红鱼使尽了力气，到妹妹手里时已经很乖了。妹妹还是有点不放心，把鱼捂在胸口，鱼跟她的心脏一样忽倏忽倏跳。

哥哥的手上长着小狗鱼。妹妹是见过小狗鱼的，那是一种专门捕小鱼的鸟儿，有艳丽的羽毛，有深蓝色和栗棕色的身子，抓起鱼又快又猛。妹妹后来从书上知道了小狗鱼的学名，翠鸟。她的哥哥长着翠鸟一样的手。她的手也很漂亮的，她可以举着活鱼对着太阳看啊看，她的手就像红鱼的大鳍，她的指甲红红的，跟真正的鱼鳞一样。小红鱼的鳞又细又均匀，肚子是黄的，背是紫的，身子是一团火红，还长着几颗细牙。哥哥的小腿上有红鱼的牙印。妹妹的手上也有几颗牙印。

火堆已经没有烟雾了，就像从炉子里夹出来的红铁块，很纯粹的一个红铁块躺在黝黑的土地上。哥哥动作麻利，剖开鱼肚子，洗干净，抹上盐，插上细柳条子，柳条跟鱼一起被烤熟了。妹妹吃烤鱼的时候嚼碎了柳条，鱼油渗进去了，跟脆骨一样。哥哥吃了十条鱼，妹妹吃了六条鱼，他们都打饱嗝了，跟青蛙叫一样。很远的地方有蛙鸣。那里是沼泽地。他们听了一阵子，把刚抓到的两条鱼放了。妹妹放的，妹妹的手被鱼带到水里，妹妹差点掉下去，水边很浅的，妹妹的手撑住了，要是在大河边就麻烦了，常常有人被大河卷走。

大河里的红鱼叫大红鱼，大红鱼从河里升起来的时候，很壮观的，就像山谷里的一道彩虹，那些醉酒的汉子和打水的女人都朝那壮观的彩虹走过去，就被河水卷走了。额尔齐斯河从来不伤孩子。大红鱼也不伤孩子。孩子太小。孩子就到河的上源找小红鱼。小红鱼跟火焰搅在一起，很难分清楚。

妹妹吃了六条小红鱼，妹妹就捧起水来喝，水刚捧到手里，哥哥就叫起来了。

"臭丫头过来！"

哥哥用蒙古刀在白桦树上划一道口子，贴上嘴巴咕噜咕噜吸啊，树液从嘴里溢出来，树液的芳香散开了，山谷的空气抹了一层胶似的。妹妹手里的水跑光了，妹妹在身上擦擦手跑过去。哥哥把最好的一棵白桦树留给妹妹，树上切开的口子是朝上的，正好跟嘴巴合在一起，月牙形，刀锋旋一圈，跟撬瓶塞子一样撬开木屑子，树液和树液的清香就出来了，跟黏糊糊的浓胶一样紧紧粘住妹妹的嘴。

后来她在北屯重点中学上高中，她第二次喝到树液，是白杨树的汁液，是一个哈萨克少年用刀子切开的。他们是同学，周末回家一起过乌伦古河，又累又渴，哈萨克少年就从靴子里拔出刀子走向黄昏中的白杨树，树叶儿跟金鱼一样在蓝天里游动，绕着树巅游啊游啊，蓝天深处跟大海一样，哈萨克少年一刀下去就把天上的水引下来了。

"天上的水，喝吧！"

哈萨克少年切开的刀口跟马槽一样，树液翻滚着涌出来，她的半个脸都被弄湿了，她的鼻子都被呛住了。她只有一条手绢，手绢全湿了，她用袖子擦，哈萨克少年也用袖子擦。他们在山口分了手。她问过哈萨克少年：

"你考哪个大学？"

"我嘛，上到高中就可以了。"

哈萨克少年高中毕业回布尔津了。他们的故事就结束了。当时班上已经有人议论他们的关系。高中两年他们总是周末一起回家。哈萨克少年有时会骑着马送她，到了山口他们就分手。有好几次她感觉到哈萨克少年异样的神情，她的神情肯定也是异样的，当时她不知道罢了。她的成绩越来越好，连阿尔泰的石头都知道她能上大学,而且是口里的重点大学。他们的故事也只能到山口为止。

从北屯到阿尔泰的路不近也不远,山口的那边是克兰河峡谷茂密的森林,山口就显得很空旷。白杨树上翻滚过树液的刀口第二年就长好了,竟然没有留下疤痕。她离开阿尔泰的时候,在山口的白杨树下站了很久,树液跟河流一样把一切都冲走了,冲到天上去了。她再也喝不到甘美的树液了。白杨树和白桦树的都喝不到了。

1974年的阿尔泰山腹地,哥哥带着她,她爱怎么喝就怎么喝。白桦树紧紧地叼住小丫头的嘴巴,不是她喝树液,是树在喝她,她好不容易挣脱了,她大口地喘气,哥哥咧着大嘴笑。

"你吃了鱼,树就得吃你。"

"你也会被吃掉的。"

"我是男人,树不吃男人,树专门吃小丫头。"

小丫头打个激灵。

哥哥继续逗她:"你害怕啦?"

"我才不怕呢,这么好的树,它要吃就让它吃吧。"

小丫头让树迷住了。阿尔泰的女孩子长成少女时真心喜欢一棵树的。按草原人的说法,喜悦之情充满胸中的时候少女就成仙女了。妹妹还没有成为少女之前就喜欢上学校。妹妹是从树开始的。妹妹用孩子的心理理解母亲和哥哥。母亲和哥哥带着她不停地转学,从布尔津转到青河转到富蕴转到哈巴河。到了清河哥哥就告诉她,这是青格勒,是优美的河。到了富蕴,哥哥就告诉她这是可可托海,是绿色的丛林。到了哈巴河,哥哥就告诉她这是哈尔巴,是葫芦片鱼出生的地方。到了布尔津,哥哥就告诉她这是放公驼的人,布尔津是一个人,骑着公驼横越大漠和草原的人。她并不知道几年以后她会在北屯中学碰到那个来自布尔津的哈萨克少年,哥哥也不知道。哥哥凭的是草原汉子的直觉,草原汉子到了布尔津地方就会成为那个放公驼的人,也就是可以向女人显示雄性力量的人。

到过布尔津的人都会唱这首古老的歌子。

  用背水的壶盛酒啊，
  恰似没有公驼的驼群，
  没有公牛的牛群，
  没有儿马的马群，
  没有羯羊的羊群……

  哥哥用优美的蒙古语和突厥语称呼那些美妙的地方，那地方的树和鱼就成为她童年时代最清晰的记忆。
  她可以抓鱼了。她在哈尔巴地方第一次抓到葫芦片鱼，跟翠玉似的，对着太阳看一会儿，就放掉了。在布尔津河里，她抓到了棒花鱼。鱼长着一双大眼睛，在山麓清澈的激流中翻滚，通体金黄，大团的树叶落到水里，树叶儿跟鱼群很难分清楚，她抓鱼的时候总是跟树叶儿一起抓上来，树叶儿又是颤又是抖，树叶儿厚厚的，有耀眼的颜色，真正的鱼早就溜了，棒花鱼是抓不到的。哥哥说："算了，反正它到你手里来了一回。"她也就算了，从石头上跨过激流时，哥哥又说："棒花鱼是从北冰洋来的。"她就愣住了，她就蹲在激流中的石头上，死死地看着翻滚的浪花和浪花里的棒花鱼，她总算分清楚树叶儿和鱼了，它们都是去北冰洋的。树叶儿和鱼是回不来了。后来她认识了五道黑、十道黑，它们生活在额尔齐斯河里，它们都是从北冰洋来的。她再也不吃鱼了。
  有一次哥哥抓到一条五道黑，连鳞都没有刮就剖开肚子，在水里冲一冲，鱼还在动，哥哥就把鱼生吃了。她差点把哥哥推到水里。哥哥气坏了，好几天不理她。哥哥天天抓鱼回来。第六天，哥哥当着妈妈的面说："臭丫头，去凫水，妈妈都会凫水，你这个旱鸭子。"妈妈看着女儿，女儿说："凫水有什么好？"妈妈说："人到水里就跟鱼一样了。"

凫水是很好学的，跟着妈妈很快就学会了，跟鱼游到一起，吃鱼的时候她不再感到害怕，她吃得心安理得。

她可以跟哥哥看血腥的屠宰场面，羊被一群一群杀掉，剥皮跟脱衣服一样，青草长起来的时候，羊群又充满了山谷。跟着太阳从森林里出来的是大群的鹿，太阳没有九杈角，太阳就是挂在树上，树杈成了太阳的角。

她碰到了熊，熊在河边饮水，她跟在熊后边，熊的脚印很大，跟水坑一样，身上的水全流到脚印里了，山风很快就凝固了熊的脚印，跟泥火山一样，风把草籽吹进去，接着是畜群，马、牛、羊一群一群走过去，踏平了熊的脚印。她知道这里要发生一些事情。第二年春天，冰雪消融，熊的脚印就重返大地，接着是一团一团绿草，草丛里有花。熊是不知道的。

她到北屯去上中学，哥哥让她见识了阿尔泰最漂亮的虹鳟鱼。

那已经是1980年秋天了，额尔齐斯河里出现了新的鱼种，它绝对与众不同，它的体侧沿线中部有一条宽而鲜艳的紫红彩虹带，就像游动的红宝石，喜逆流，它就从遥远的大洋来到阿尔泰，它跟骏马一样逆流而上，河水很汹涌漫上河岸，牛轭湖暴涨，芦苇大片大片消失，苇穗漂浮在水面。虹鳟鱼会飞起来的，它果然飞起来了，它高高跃入空中，身体弯成拱形，它就成了真正的彩虹。黑色的鹰猛冲过去，鱼鹰交于峡谷之上，惊呆了两岸所有的生命，牲畜鸟兽和人，还有森林牧草鲜花，还有大片的芦苇，还有一个丫头。

丫头瞪大眼睛看着额尔齐斯河，哥哥喊她她都听不见，她眼睁睁看着棕褐色的苇穗跟马鬃一样高高扬起来——虹鳟鱼跃出水面的时候，芦苇跟森林一样黑沉沉出现在岸边，小丫头眨眼间成了美丽的少女。

"哥哥你回去吧。"

少女搭上去北屯的顺车，很快就从山谷里消失了。

30

骑着大马的少年缓缓地走在草地上，从长长的斜坡走上悬崖。哥哥到青格勒找他的心上人去了。

那个牧区的姑娘被哥哥的英武打动了，能把骏马骑到悬崖的汉子就是草原和群山的鹰，鹰还要唱许多许多歌子。唱了歌子的汉子胆子是很大的。

> 送我那亲亲的妹子到多尔布尔津啊，
> 骑上雪青马来到青格勒。
> 河边打水的姑娘慢慢起身啊，
> 茶炊的热气升上了帐篷顶。
> 花牛的奶被她挤空了啊，
> 唱歌的汉子唱哑了嗓子。

唱哑了嗓子的哥哥心太急了，容不得姑娘慢慢消解他狂热的歌子，半夜三更哥哥就摸进姑娘的帐篷，情急之中，姑娘用刀子扎伤了哥哥的胳膊，哥哥带着伤离开了青格勒。

伤口很快就愈合了，痂没掉呢哥哥又来到青格勒。哥哥再也不唱什么鸟歌了，要唱让鸟儿去唱吧，林子里的鸟儿比树叶还多，草地上的鸟儿比花还多，山谷里的鸟儿比泉水还多。哥哥再也不唱歌了，哥哥变成了一个阴沉沉的汉子，掉了漆的军用水壶里装着劣质烧酒，哥哥要把冲天的酒气带到草原的每个角落。

牛粪和羊粪的气息很容易跟酒气混在一起，姑娘拣牛粪就拣到哥哥的脑袋。沉睡在旷野的汉子是看不到身体的，肩膀胸脯胳膊和腿被大地吞没了，草丛里只剩下一颗冒着酒气的大脑袋。很新鲜的热烘烘的大脑袋，被太阳烤焦的干牛粪就是这个样子，刚被牛拉到地上，冒着热气呢，太阳就趁着这股子新鲜劲把它烤干了。牛粪不再是牛粪了，牛粪蓄满了阳光，一大堆阳光在草丛里燃烧着，草原上的女人就要拣这种牛粪。姑娘就拣到了蓄满阳光的哥哥的脑袋，姑娘吓坏了，一大筐好牛粪撒落在地上，姑娘转身就跑。

姑娘再也不拣牛粪了，姑娘过了青格勒河，过了山口，到林子里拣柴禾。干树枝总要落下来的。红松底下就有一大堆柴禾，一夜大风吹下来的，不需要拣就能捆一大捆。哥哥的胳膊就捆在里头了，姑娘搬不动，死沉死沉。姑娘是很有力气的，姑娘眼泪都挣出来了，姑娘被大捆的柴禾拉倒了，姑娘学着熊搬石头一样搬柴禾，姑娘就发现了哥哥的胳膊。整个人被姑娘发现了，就躺在柴禾底下，靠着树根呼呼大睡，酒气冲天，森林里本来就是千年万年的枯叶气息，比酒香还要浓烈。姑娘这回不害怕了，踩住哥哥的胸往前一跳，就把胳膊拔出来了，姑娘轻轻松松把柴禾架到牛背上，两大捆柴禾，晃晃悠悠出了林子。

柴禾在炉膛里烧起来，火焰红得像血。姑娘想到森林里醉酒的汉子。姑娘想到熊。姑娘赶着牛回家的时候看见熊在河边饮水，姑娘还记得那个醉汉不停地伸胳膊伸腿，呜呜咽咽唱歌子，他发誓不唱了，可他在梦中唱，人是管不住梦的，这种样子很容易被熊吃掉。姑娘就离开帐篷到森林里去了。

姑娘跌跌撞撞在草原上奔着，摔倒了，旱獭窝常常折断马蹄子，肯定要绊她一下，还有草丛里的泉眼，扑通一下把她吞下去又吐出来，她就这样来到大森林，来到高大的红松树下。熊瞅着醉酒的汉子转来转去，熊让这个呼呼大睡的汉子吓住了，醉汉不停地伸胳膊伸腿，还时不时地大吼一声。熊也是见多识广，熊闹不明白树底下怎么长出这么一个东西？大概是树精了，古老的阿尔泰森林都是上千年的大树，红松冷杉和云杉都会成精的。另一个可怕的树精冲过来了，背起睡着的树精一路狂奔，熊连动都不敢动了。姑娘冲过来的时候，熊还躲了一下。旱獭全都出来了，守着它们的窝，跟航标一样，泉眼一闪一闪，发出嘹亮的咕咚声，跟钟一样。暮色苍茫的草原上，姑娘背着醉酒的汉子健步如飞。

那醉酒的汉子是你的汉子啊，
我背着红松离开了阿尔泰森林。
啊哈嘀依——

那醉酒的汉子是你的汉子啊，
我跟羚羊一样穿过茫茫草原。
啊哈嘀依——

那醉酒的汉子是你的汉子啊，
白毡房在远方升起。
啊哈嘀依——

那醉酒的汉子是你的汉子啊，脱下他的靴子，洗净他的衣裳，洗净他的手脚和身体，让他在软和的毡毯上呼呼大睡吧，白帐篷才是他睡觉的地方。

在他呼呼大睡的几天里，姑娘用九匹初产驼羔的母驼之乳擦洗他胳膊上的刀痕，若那刀痕消失了，这人就是她的丈夫。姑娘用驼乳擦啊洗啊，姑娘抱着毛茸茸的男人的胳膊，涂上鲜乳，用银碗擦磨，三只银碗都被磨穿了，男人胳膊上的黑毛从银碗的底上露出来，就像大地的深处钻出来的紫貂和猞猁，姑娘都看呆了。从那大地深处最后钻出来的是一双黑晶晶的眼睛，男人醒来了，男人的呼吸里再也没有酒气了,男人的呼吸里全是森林的气息。

森林里的红松云杉冷杉全都醒了。沉睡在毡房里的男人在暴雨般的刷刷声中睁开眼睛,走出去,站在草地上向远方眺望,在那马胸似的山嘴上屹立着原始森林的第一排树,太阳跟头盔一样戴在最高的那棵树上。男人看到这种景象会产生欲望的。

男人漱了口,洗了脸,喝了奶茶,黄灿灿的油馕一口气吃了五个。他的甘草黄马换成了粉口枣红马,鞍鞯全都换了,身上的衣服也换了,靴子和手里的鞭子全是新的。男人很满足地笑着,男人只要看一眼骏马粉嫩的嘴巴男人就知道他的欲望可以变成现实,男人就高高兴兴跨上马,朝姑娘挥挥手,手腕上还挂着姑娘的马鞭呢,马鞭在马臀上轻轻晃着,跟松鼠一样。

粉口枣红马带着骑手来到马胸似的山嘴上,雷鸟、雪鸡、松鸡、棒鸡、黑琴鸡彼此呼应,雪鸡和雷鸟在雪线以上高歌,松鸡、棒鸡、黑琴鸡在森林深处在峡谷里伴唱,它们都成了森林的歌手,一边飞翔一边歌唱,有几次落到骑手的肩上,骑手赶快闭住呼吸。骑手很小的时候跟着父亲老金到大森林里听过鸟儿唱歌,直到一位姑娘牵来粉口枣红马,他才听懂了百鸟的歌声。他走过一座山又一座山。他好像刚刚认识这些美丽的鸟儿。

是春天了吗?雷鸟长出白色的羽毛。
夏天又变成黑褐色,
草地上有一位姑娘,有一位姑娘。
头颈的羽毛变成棕黄栗色,
森林里有一位姑娘,有一位姑娘。
雄鸟全成了雪白色,
毡房里有一位姑娘,有一位姑娘。
你是狼獾,

你是赤狐，

你是紫貂，

你是吃肉的苍鹰。

　　骑手和他的马离开山嘴，沿着山脊透风的地方走进林中空地，他又看到另一番景象，赤芍、柳兰、红花遍地；金莲花、郁金香、水毛茛一片金黄；飞燕草、鸢尾、翠雀花、勿忘我、高大的防风，野胡萝卜的伞形花朵飘荡在空中。

　　他看见宝塔一样的西伯利亚云杉。

　　他看见苍劲挺拔的西伯利亚红松。

　　他看见秀丽的西伯利亚冷杉。

　　他看见层层叠叠的枯朽倒木和厚厚的毡毯一样的苔藓。

　　他看见马鹿在岩石上打磨它的九叉大角，八九月份，鹿角已长大骨化，棕褐色绒毛还没有脱掉，还很粗糙，它就打磨它的角。角上的干皮全掉了，九叉大角跟钢刀一样又白又亮。

　　他从马背上下来，他掏出他的武器，他的武器很雄壮地挺直了，跟一块乌铁一样硬得可怕，端在手里沉甸甸的，他就想到那个美丽的姑娘，他很满意他的这个家伙，就把它放回去。他走动的时候就有了异样的感觉，他多了一条腿。他很早就听人家说过，男人爱上一个女人的时候就会多出一条腿。他走得又稳又慢，那条可怕的腿，还有脚，一下一下踩在大地上，踩进大地的深处了。

　　他怎么能到马背上去呢？

　　他在家里一直低着头，闷声闷气地干活，吃饭，母亲问他是不是病了？他支支吾吾的。母亲观察他两天，母亲什么都明白了，母亲就问儿子，那个姑娘在什么地方？儿子是不会告诉母亲的。母亲牵上粉口枣红马，备上礼物，母亲就到大河的上游去了。

　　他很快就娶回了那个姑娘，他的那条多出来的腿有了着落，他就放心地去骑马,他可以骑任何一匹马。

31

1980年秋天,妹妹走进北屯中学,两次会考下来她就成了年级第一名,她的功课好得让人吃惊,连她自己都不敢相信。

1974年到1980年间,青河、富蕴、布尔津、哈巴河的学校里全是从内地发配来的高级知识分子,母亲让女儿受到了最好的初级教育,母亲不停地搬家,跟候鸟一样走遍整个阿尔泰,连最远的可可托海他们都待了半年。女儿在可可托海矿区跟一位英国剑桥大学的高材生学英语。她的语文老师曾是一位报社总编辑。北屯中学就要逊色多了,大知识分子纷纷返回内地。

北屯中学给她印象最深的是那栋灰色的教学大楼。1980年的边陲小城北屯,农十师师部所在地,已经开始有了现代化的气息,标志就是几栋不规则的楼房,平房基本都是砖砌的。以北屯为中心向周边辐射,就会出现土房子和地窝子。

母亲带着儿子和女儿漂泊阿尔泰高原的那些年就住在地窝子里,羊圈他们都住过。粮食不够吃,哥哥挖老鼠洞,掏松鼠窝。后来他们又回到克兰河畔的老连队,回到他们原来的屋子,差不多是一片废墟了,忙了两个礼拜盖好了大房子。哥哥送她到北屯,哥哥就到青格勒去了。

她站在大操场上看灰色的楼房,她才意识到这些年他们一家受的是什么苦。周末回家她讲给母亲听,母亲一点感觉都没有。

"地窝子跟楼房是不一样的?"她都叫起来了。

母亲说:"我在画报上见过。"

她再嚷嚷也没用,母亲只对她的学习感兴趣。她拿全年级第一名,母亲就来了精神,母亲喜欢听这个。几次会考下来,全校没有对手了。大家已经把她当做内地名牌大学的预科生了。这是校长在大会上讲的。同学们跟她开玩笑。

"你已经不属于阿尔泰了。"

"你已经不属于新疆了。"

哥哥从青格勒娶回美丽能干的嫂子。她就发现了那个哈萨克少年。

他们周末一起回家，一起过克兰河，在山口分手。

有一天，少年送给她一个漂亮的九叉鹿角，是马鹿的大角。传说中的阿尔泰少年总是拿鹿角向姑娘求爱。已经骨化的大角既是头饰也是武器，男人的生命开始长骨头的时候就必须有美丽的姑娘走过来。

阿尔泰的山口从来都是男人显示雄壮力量的地方。哈萨克少年把雄鹿的王冠戴在她头上，就走了。那一刻她突然意识到她是一个美丽的阿尔泰少女。山口上跟她站在一起的有桦树有杨树，走到山口最高处，是两棵高大壮美的红松，跟大山的翅膀一样高高扬起枝杈，她捧在手里的是很大很大的雄鹿的角，九个大叉，跟真正的翅膀一样，让少女飞翔的一对巨翅。她抱住脑袋蹲在山口呜呜哭起来。

火烧云弥漫了天空，火烧云大片大片坠落，从北屯到布尔津到哈巴河到那个叫友谊峰的地方，应该是阿尔泰的最高峰，那地方本来叫奎屯山，额尔齐斯河真正的源头在冰川上，蒙古人把那地方叫奎屯山，奎屯是寒冷的意思。火烧云应该去融化奎屯山上的冰块，火烧云跟鹰一样掠过无数山峰林莽和峡谷，火烧云冲向山口上的少女。

那肯定是她最冰冷的一天，她呜呜大哭之后她就冷静下来了，她捧着九叉鹿角。森林熊熊燃烧着，火烧云把所有的树都变成巨大的火把，小溪里流动的也是火焰，她踩着溪水中的石头一跳一跳，越跳越远，湿了鞋子，水中的大火就顺着小腿蔓延而上。她离开石头走到深水里，她抓到的全是小红鱼，从火焰里蹿出来的小红鱼，跟火星一样烫手，她一声不吭到了岸上。她顺着山谷的底部往回走。火烧云是烧不到山坳里来的，山坳里阴沉沉的弥漫着逼人的凉气。天空变小，赤红的云霞也变小了，整个天空的火烧云凝成一块，红得渗血。据说，少女最美的时候就是天上的云样儿，森林和草原的血色云朵变成少女的脸庞出现在天上，少女就可以爱任何一个阿尔泰少年了。

一个月后，哈萨克少年退学回布尔津，那个挂在树杈上的鹿角让另一个少女拿走了。据说是蝴蝶把少女引过去的。少女蹲在茇茇草丛里解手，阿尔泰的茇茇草丛跟房子那么大，喷着浓烈的青草气息，少女的芳香跟风暴一样拔地而起，少女从茇茇草丛里钻出来，少女就被蝴蝶包围了，少女跟着蝴蝶翩翩飞舞，越过草地和花丛，到森林里去了。

少女就像跨一道门槛一样跨到马背上。

马驮着芳香四溢的少女和锋利的鹿角，马知道那个布尔津少年，马就把少女驮到少年跟前。少女满脸惊奇地看着少年，少年盘腿坐在灰蓝色岩石上看天上的火烧云，灰蓝色岩石的金色苔藓跟豹子皮一样，他在岩石上已经坐了三天了。火烧云照耀着他的眼睛，他什么都不看只看火烧云。少女的手在他眼前晃了几下，马脑袋凑过去马鬃盖住他的脑袋都没有用。

少女就到山坡上去了，林子的上方布满火烧云，林子里黑洞洞的，少女在黑洞洞的林子里弄来柴禾，篝火就烧起来了，火焰吼起来，火焰举着漂亮的鹿角，真正的阿尔泰马鹿蹦跳着呦呦叫着。灰蓝色岩石上的少年被火熔化了，他到篝火跟前来了，他坐在少女身边，他告诉少女："你就叫金海莉吧。"

"我不是汉人的姑娘。"

"从今天起你就是汉人的姑娘。"

那个在北屯中学发奋学习的金海莉压根就没有意识到她已经被人代替了。那个蒙古族姑娘很喜欢"金海莉"这个汉人名字。火烧云就彻底地熄灭了。

教室里的灯只亮到十一点半。大家还在用功,点着蜡烛。高中生金海莉的蜡烛跟火把一样,芯有筷子那么粗,是用羊毛捻的,嫂子亲手制作的土蜡烛很豪迈地蹲在桌子上,金海莉的头发常常发出吱吱的叫声,接着就是呛人的臭味。她经常对着小圆镜,用小剪刀剪掉火烧的痕迹。

有些痕迹是剪不掉的。离开阿尔泰之前,她听到了"金海莉"的名字,是在青格勒草原上。她考上了内地的大学,不但是垦区的骄傲也是草原的骄傲,哥哥和嫂子带她到青格勒草原看望嫂子的娘家人。那是草原少有的盛会,过路的人都要进来唱歌。哈萨克汉子和他的妻子就进来了。大家问安祝福喝酒唱歌,分手的时候,哈萨克汉子就叫出"金海莉"这个珍贵的名字,哈萨克汉子小心翼翼地扶着怀孕的妻子爬上马背,小声地叫着"金海莉金海莉",那个脸蛋红红的金海莉用痴迷的目光望着丈夫,紧紧地跟着丈夫,到草原深处去了。

草原上有两条青格勒河,大青格勒河小青格勒河全都流进额尔齐斯河。珍宝一样的金海莉啊,"金海莉"是哈萨克汉子叫出来的。她一直叫不出哈萨克汉子的名字。

几年后,她带着未婚夫回到阿尔泰。哥哥有点担心妹夫的身子骨,哥哥有一套男人的歪理论,男人结婚前应该去冒一次险,哥哥跟人家喝酒时说这番话的。这个戴眼镜的研究生就被激起来了,跟着阿尔泰汉子到大森林里去了。

他们碰到了熊，就是那个凶猛的白熊。白熊走过来的时候，哥哥把枪扔掉了，妹夫手里的枪也被他夺下扔到地上，哥哥向白熊示意，白熊认识哥哥，白熊对陌生人怀有敌意。

"我怎么办，我怎么办？"

妹夫满头冷汗，妹夫都不会说话了，哥哥那些锦囊妙计不起作用了，妹夫抓住他的手只会说："带我我逃逃逃命吧。"

"不能逃。"

"为为为什么？"

"动物喜欢追赶逃跑的人。"

"为为为什么？"

"动物追人的时候有胜利的感觉。"

"还是逃吧，我要逃。"

哥哥就把妹夫架到树上，很奇怪，惊慌失措的妹夫抱住树就噌噌爬上去了。白熊也过来了。哥哥不敢乱动，白熊闻他的脚蹭他的手和胳膊，他把白熊的注意力引向另一棵树。熊眼睛不好，熊找不到那个拿枪的人，熊甚至有点怀疑这个阿尔泰老熟人，熊一巴掌拍断碗口粗的小松树，朝陡坡爬去。熊喜欢冒险，熊的前脚短后脚长，看见坡就想爬，爬到坡顶再滚下来，好多树被压歪了，不要紧的，阿尔泰大地水土丰美，那些倾斜的树很快就绷直了，连那些压断的树也会长出新枝，高高地伸向天空。天覆盖着山顶，山顶被天空磨圆溜了。

"下来吧。"

哥哥叫树上的客人。客人爬到树顶上去了，鸟儿飞上去都有些困难。密密的枝叶挡着，看不见人影。哥哥吼了三遍，树顶上才筛漏下很微弱的声音："我马上下来。"两个时辰后客人下来了，客人站在地上，仰起脑袋看高高的西伯利亚红松树："人确实是猴子变的。"哥哥马上纠正他："阿尔泰没有猴子，阿尔泰人是熊的后代。"

"这是科学，科学证明人是猴子变的。"

"科学能证明全世界，就是证明不了阿尔泰，熊是阿尔泰山的神。"

吵了半天，各不相让，到山下就有了结果。

熊从山顶滚下来了，每棵树都成了嘹亮的歌手，红松、云杉、冷杉，还有桦树、杨树、榆树，还有水边的柳树，全都响起来了，跟波涛一样，从森林到密林到灌木丛，连那些密布在大地深处的树根也发出低沉的吟唱，石头都唱起来了。石头被熊的后臀撞起来，石头跟熊一起滚动，石头很少滚到谷底，那些高大的树木抬腿一脚就把石头踢碎了，有些石头老老实实被树踩在脚下不能再动了。熊是不可阻挡的，熊跟坦克一样一路轧过去，平坦的河川地带，那些芨芨草丛挡住了不可一世的白熊。

白熊在草丛里滚几下，滚到两个男人脚边。哥哥没动，客人也没动。客人的脚压在熊屁股底下，熊屁股毛蓬蓬的跟棕刷子一样，他脚上的皮鞋是真牛皮做的，熊那么迟钝熊还是感觉到光滑软和结实的皮子，熊感到亲切，熊爬起来，轻轻地拍一下这个奇怪的小家伙，左脚右脚都拍一下。森林的壮歌还回荡在山谷里，也回荡在熊的喉咙里，熊踏着旋律和节拍嘿嘿——嗨嗨唱着，向山谷深处走去，两个男人不由自主地跟在熊后边跟了一会儿。

"你是好样的，你没动，你跟上去了，你还唱了几句，那是大力士的歌，是壮士歌啊！"

"你的话是有道理的，熊是我们的神。"

"是阿尔泰的神。"

"是阿尔泰的神。"

"你是阿尔泰的女婿，阿尔泰的驸马。"

"金海莉是公主了？"

"阿尔泰的女人都是公主。"

哥哥把猎枪递给妹夫。

"打枪，打枪，全打出去，大力士，壮士，结婚才有意思。"

妹夫朝树林开了两枪，很粗壮的一个树杈慢慢落下来，跟击落的飞机似的。那是红松的树杈。

哥哥从河里抓到大红鱼，剖成两半，扎在柳条上架在火上烤，鱼油就渗出来了，扑轰扑轰往火里掉。

"金海莉没吃过大红鱼，你要吃。"

"没道理呀。"

"有大红鱼垫底她就得服你。"

"我们很平等的。"

"别骗人了，小心金海莉欺负你，金海莉考大学就是要过城里人的生活，听说城里女人厉害得很，男人不敢惹她们，是不是这样？"

"没那么严重。"

"你不要怕金海莉，我告诉你一个秘密，从我爸到我，给她吃的都是小红鱼，小红鱼是斗不过大红鱼的，兄弟你记着。"

"大哥你待我这么好！"

"叫我大哥的人我都会帮他的。"

他们的婚姻最终破裂是不是与大红鱼有关系？有一点是肯定的，妹夫不是什么事都听金海莉的，妹夫有时候很犟，毫不退让。当初打动金海莉的是这个男人的温文尔雅善解人意，唯一的一次阿尔泰之行就把这个男人给改变了，这种变化是一天一天显示出来的，是一场静悄悄的革命。直到他们分手金海莉都没有搞清楚到底发生了什么事情，她甚至不知道男人在白熊拍打双脚时的从容镇静，她不知道男人跟在白熊后边一路高歌的情景，也不知道那条神秘的大红鱼。

分手后不久，前夫娶了一位新西兰姑娘做妻子，后来就移居新西兰，据说那里的群山草原湖泊跟阿尔泰很相近，面积也差不多。后来就没有消息了。

记得他们吵得最厉害的一次，正好母亲也在。母亲第一次离开阿尔泰到女儿家住，小两口准备让母亲住上一年，母亲可以歇一口气了。母亲待了一个月就不习惯了，里里外外都是女婿在忙，大男人系着围裙围着锅台跟燕子一样挥洒自如，那些来串门来做客的单位同事，那些大男人们身上竟然带着奶味，他们惦记幼儿园里的孩子，打奶喂奶。女婿不在家的时候，母亲很含蓄地提醒女儿对丈夫好一点。

"我们很好呀，我对他很好的。"

母亲不能再说什么了。母亲慢慢会习惯的。母亲还真长了不少见识。母亲亲眼见到妻子们怎样呵斥嘲笑自己的丈夫。母亲担心有一天女儿也会这样对待女婿。母亲也知道女婿可以任劳任怨，女婿绝不会被呵斥被嘲笑，母亲也知道他们在克制着。母亲打算提前返回阿尔泰。第二十九天的时候为一件很小的事情，小两口吵起来了，不是母亲所担心的呵斥和嘲笑，是一件小事情，很难给人留下印象。女儿只想让丈夫让她一下，这显然是夫妻心理较量无数次的一个焦点。克制是有限度的。女儿首先失去了耐心，要在不经意间拿下这个制高点。丈夫也不是刻意的，丈夫出自本能。什么时候他有了这种本能？女儿一下子就火了。丈夫用沉默来反抗。

母亲简直不认识自己的女儿了，女人发火是很丑陋的，母亲毫不含糊地指出这一点。母亲没想到女儿会把火烧到自己身上，女儿自己也没想到她对母亲有那么大成见，她多爱她的母亲啊，以至于达到这种疯狂的程度，以至于声泪俱下。

"你一辈子幸福吗？幸福吗？幸福吗？"

母亲默默地看着女儿大吵大闹。

母亲是一个礼拜后离开的。小两口平静下来了,母亲告诉他们她要回阿尔泰,劝不住的,母亲还告诉女儿:"不要伤害男人,伤害男人是得不到幸福的。"

母亲把哭泣的女儿紧紧搂在怀里,用草原的方式闻女儿的头发闻女儿的脖子下巴眼睛鼻子耳朵,最后是手,是那双冰凉的小手。母亲把那双小手捂住紧紧地捂住,森林里的棕熊就是这样呵护幼熊的,还不停地祝愿着,蹲在水泥地面上不停地祝愿着心爱的女儿。

"孩子你会得到幸福的,女人怎么会得不到幸福呢?"

32

第一次婚姻破裂后,金海莉又结了一次婚,丈夫比她小三岁,没多久又离了。陆陆续续有过几个男朋友,一个比一个小,最小的一个比她小十岁。三十岁那年,她到北方大草原搞田野考察,在科尔沁草原,她一下子被古老的安代舞迷住了,大家围着那个婚姻不幸的女人跳啊唱啊,萨满领唱,众人齐唱。

  打开你乌黑的头发啊,安代!
  坐在那儿发闷可不行啊,安代!
  你的伙伴来齐了啊,安代!
  快到外边跳舞来啊,安代!

  院子里挤满了人啊,安代!
  离开板凳来参加啊,安代!
  如果不到场上来啊,安代!
  香火味四溢飘天外啊,安代!
  火绳打你皮肉开啊,安代!

劝导的话儿认真听啊,安代!
甩起膀子跳起来啊,安代!
想的定能如愿以偿啊,安代!
快把那炷檀香抛开啊,安代! ……

草地上有一座专门给病人准备的白帐篷,人们还要赞美这座白帐篷。

这白帐篷不同一般的帐篷,
里边宽敞亮堂堂。
如能抓住正往前跑的人,
把它送给你做奖赏。

十八洞神仙,
可以居住在这漂亮的帐篷。
唧啾和鸣的金翅凤凰,
见了白帐篷也叹赏

年轻力壮的小伙子看了
也想住进这白帐篷。
在深夜的睡眠里,
可以入梦的白帐篷。

请九世葛根活佛,
来到地基看阴阳。
手艺精巧的木匠,
施展手艺做了这帐篷。

截断了地下的水线,
避开了山的走向,
用全部智慧和才能,
盖起了这座白帐篷。

面向正南丙丁火,
精心选择了一块好土壤。
这在世上绝无仅有,
是永世长在的白帐篷。

把苍天的意愿作标准,
搭盖了这间白帐篷。
请天上的雷公当守护人,
守护这座白帐篷。
……

  呼唤、诱导、询问、劝谕、安慰、祝颂等等一系列活动结束,歌手们带着病人奔向白帐篷,病人在白帐篷里沉睡三天三夜,醒来后世界就变了,全都是白帐篷里的世界,女人的心安稳下来了。

  那次考察活动的范围很大,从大兴安岭到阿尔泰山。她又回到阿尔泰故乡,母亲知道女儿想什么,母亲告诉女儿:"阿尔泰是好地方啊,阿尔泰的男人和女人都把自己的灵魂存放在身体外边。"

  "身体外边?"

  "那些树、那些草、那些庄稼,还有牲畜、野兽和鸟儿,它们身上都带着人的灵魂,灵魂放在自己身上很累的。"

  她很安静地听母亲说话。

  她真的静下来了。

她想起那个哈萨克少年送给她的九叉鹿角，那锋利的大角是有意味的。她想起她的第一任丈夫，丈夫内心坚硬的东西再也伤害不了她了，她掩面而泣，再也伤害不了了。不是伤害，不是伤害啊！她就很容易走向极端，甚至改变了研究方向，她竟然对野史发生兴趣，那些边疆史料里的剽悍的传奇人物强烈地吸引着她。她凭的是女人的直觉，而不是学养，她出没在中哈俄蒙四国交界的大草原上，这是她三十岁的事情。

三十一岁那年她在学术会议上碰到尉琴，两人的研究方向惊人的相似。

三十二岁那年，她来到祁连山下。这里是大月氏人和乌孙人的故乡，也是苍狼和鹿成仙的地方。在那个古老的传说里，苍狼和鹿结为夫妻，生下骁勇的男子和美丽的女儿，一个民族就这样诞生了，后来所有的草原民族都把苍狼和鹿奉为他们共同的祖先，而且形成一个传统，生下儿子就说是狼，生下女儿就是狐。金丽莉最早从史料中知道这个古老的习俗，在实地考查中重新发现这种习俗就是另一种感觉了。而且，而且岩石上有画，有苍狼粗大的生殖器，跟棒槌一样，跟腿一样，苍狼骑在鹿的背上，身边是一群小狼和幼狐，当地群众把刚生下来的孩子叫狼娃子，叫狐子。古老的岩画和传说就这样穿越了时间的隧道，那些岩石就活过来了，岩石又回到最初的岩浆状态，山峦起伏跟大海的波涛一样，在匈奴语里，祁连就是天的意思，这个叫做天的生机勃勃的群山向西，连接着天山直到帕米尔高原，向东连着秦岭桐柏山武夷山，直到海洋上那些花瓣一样的群岛……这是她在飞机上看到的。

她刚回到北京就接到来自阿尔泰故乡的信，哥哥在信中告诉她，你嫂子生了，双胞胎，一个狼娃子，一个狐子。后边的话她就看不下去了，她反反复复读第一句话，典型的阿尔泰汉子的风格，直截了当，没有客套。嫂子怀孕是家中大事，金海莉每封信都要问候一下。哥哥的字又粗又大。

你嫂子生了
双胞胎
一个狼娃子
一个狐子

然后字变小，语气平缓，谈母亲，谈麦子、玉米、葵花、森林、熊、五道黑、十道黑、鳇鱼、小白条、小红鱼，还谈到了雪豹、天鹅、黑琴鸡，哥哥以前是不谈鸟儿的。哥哥不知道世界上有过萨迪，她就像在读萨迪的《蔷薇园》，那些精美的短章，以诗开始以散文结尾。金海莉是知道这些的。

金海莉马上给婴儿买一大堆衣服、玩具寄回去，信中急切地要哥哥寄孩子的照片来。哥哥很快回信，照片要寄的，一定要在孩子百天以后，哥哥要她多包涵，这是老家的规矩，孩子不过满月不见生人，不过百天不出门。金海莉还是很高兴的，她在想象两个可爱的孩子，好像她自己做了母亲一样，她的气色也好多了。

有人及时发现了她的好气色。

那是在学术年会上，尉琴主动走过来，很惊讶地说："是不是回草原回娘家啦，气色这么好？"金海莉再也不能冷落人家了，金海莉的手不由自主地摸自己的脸蛋，就像在天堂般的夏牧场伸手摸那些盛开的鲜花一样。尉琴笑起来："感觉怎么样？草原上的天鹅，森林里的鹿。""我哥哥有孩子了，双胞胎，龙凤胎。""不是龙凤胎，应该是苍狼和狐。"尉琴用草原的方式纠正她，尉琴还不依不饶，"应该请客。"

金海莉买几瓶蒙古王酒和伊犁特曲，买几包花生米、牛肉干，两个人就在房间里喝上了。会上的人都笑这两个女疯子，也太简陋了，至少也得找个小酒馆吧。大家一直认为她们是跑大漠跑习惯了，餐风宿露，苍天为屋，大地做床，能坐在屋子里已经很进化了。

她们不在乎别人的议论。她们喝光了两瓶蒙古王，烈性的草原酒就这样化开了坚硬的外壳，可以坦诚相处了，她们就放开嗓子唱新疆民歌，唱蒙古长调，唱西北花儿。她们的动静太大了一些。更重要的是她们是会议的一道亮丽的风景，男士们期待着跟她们相处，倒不是有什么非分之想，学术交流之余，跟美丽的女士聊聊天跳跳舞，喝喝咖啡，不是很有意思吗？女学者本来就少，称得上美丽的女学者就更凤毛麟角了。两个稀有元素远离众人，单处一室，又是酒又是歌，别人就忿忿不平，又百般无奈。

有一个勇敢的男士推开门就进去了，他本来是借抗议的名义接近两位美丽的女士，如果运气好的话还能受到邀请，与两位女士一起喝酒，烈性酒就烈性酒，花生米就花生米，他能陪下来，他咳嗽两声就推门进去了。两位女士面若夭桃，两眼蒙眬星光闪闪，更让人不可思议的是女人喝白酒竟然没有异味，粗俗的说法就是没有酒臭，而且气若幽兰，淡淡的兰香之后是浓烈的野玫瑰的芳香，是野蔷薇的芳香。他亲眼看到蒙古王伊犁特怎么化为香雾，他也看到了芳香而娇艳的女士怎样冷眼相向，人家不欢迎他，他连声说对不起对不起打扰啦打扰啦，就退出去，拉上门，刚离开几步，那门就响了一下，锁上了。

大家都在走廊那头盯着呢，大家都嘲笑他，他还沉浸在那不可思议的酒香里，他就向大家解释：“女人喝酒太有意思了，那么浓的香味。"有人就指出来，人家喝的是洋酒，威斯忌，懂不懂？尉琴经常出国，经常参加国际学术会议，洋鬼子的做派她都会，精致的玻璃杯，倒很少一点点威斯忌，攥手里让体温传过去，轻声交谈着，小口小口呷着、品着，芳香就散出来了，葡萄、柠檬、玫瑰、蔷薇，很纯粹的鲜花的芳香。

"你说得不对，不是威斯忌，是蒙古王，绿瓶子，伊犁特，白瓷瓶子，标签是红的。"

再没人吭声了，肯定是蒙古王和伊犁特。

"还有蒙古长调，这么唱，各唱各的，谁也不理谁。"

蒙古长调确实自顾自地唱，只给自己唱，给天地唱。

"那你就要理解人家对你的冷淡。"

房间里的两个饮酒的女人，从蒙古长调里出来了，看见了大地尽头的朋友，就对朋友倾诉心里的话。喝了酒唱了歌，说的话都是真实可信的。年长的尉琴告诉金海莉，在吉尔吉斯和哈萨克大草原上生活着十万东干人。这些金海莉知道。金海莉很快就知道了她所不知道的东干人的历史和苦难，白彦虎和他的夫人，在离开祖国前的不眠之夜，楚河流域古丝绸之路的复兴。这些民间传说和故事都是学术论文不能涉及的，金海莉研究的托海匪帮甚至不能写成论文，尽管有许多令人难忘的故事，金海莉的研究是没有任何出路的，完全是一种兴趣和爱好。尉琴滔滔不绝地讲东干人的蔬菜，中国人吃了几千年的胡萝卜茄子在十九世纪末的中亚草原成为一种罕见的奇迹，简直在讲述一个童话故事。金海莉突然打断尉琴的话，问她："你为什么对东干文化有这么大兴趣？"

"东干人是从陕西过去的，你老家不在陕西吗？"

"我老家，陕西？"金海莉对陕西没有任何印象。

"我是阿尔泰人。"

尉琴的脸就红起来："你，你没听你父亲说过陕西话？"

"陕西话难听死了，兵团的孩子都说普通话，宁愿说河南话也不说陕西话。告诉你吧，我的小学老师都是大知识分子，还有留学生呢，那个年代，山沟里尽是大知识分子。我妈为了让我受到最好的教育就不停地搬家，只要打听到哪个地方有大右派，有下放的教授编辑，我妈就慕名前往，你说我怎么能学土得掉渣的陕西话呢？"金海莉忍不住笑起来,"我妈的湖南话更可笑,泥(你)事(是)拿(那)衣(一)高?(个)事(是)傲(我)!我爸呢,也可笑,死(是)谁?死(是)俄(我)。"

尉琴好像受了很大的委屈,小声说:"陕西话很好听的。"

"你说陕西话好听?"金海莉突然捂住嘴,一副恍然大悟的样子,"我父亲跟你一直说陕西话?"

尉琴点点头,酒真是壮胆的好东西,尉琴打开最后一瓶蒙古王,倒满杯子,也不敬金海莉,自个儿全喝下去了。尉琴的头也低下去了,好像茶几底下趴着一个人,她跟那个人说话,说得那么诚恳。

"1990年我去前苏联留学,本来打算考查岩画艺术,有一天我在校园里突然听到纯正的陕西话,是从一个高大黝黑的男子嘴里发出来的,我以为听错了,我跟上去,发现这个人说的就是陕西话。我跟他打招呼,我的俄语很好的,连我自己也没有想到我说出来的竟然也是陕西话,我以为我把你父亲忘了,我考上大学考上研究生,我成了家,我先生待我很好,我原以为我会忘记在阿尔泰的一切。我的陕西话那么流利,几乎脱口而出,那个男子死死地看着我,问我是陕西人吗?我竟然点点头。那个人跟孩子一样奔过来,抓住我的肩膀,满脸兴奋,说是舅舅家来人啦!我就这样认识了东干人,也是第一次听说在吉尔吉斯和哈萨克居住着十万说陕甘方言的东干人。"

"在陕西你也能听到这种方言。"

"原来我也是你这种想法,回国后,我马上赶到陕西,我大失所望,从城镇到农村,根本听不到你父亲说的那种韵味十足的陕西话。你父亲是1930年被抓壮丁离开陕西的,到1991年我去陕西的时候,隔了半个多世纪,多少古老的东西在破四旧移风易俗的时候给毁掉了。1992年,我又重返前苏联,去寻找楚河流域的东干人,那里的人都知道陕西村,都是上万人口的大村镇,真没想到十万东干人说的都是清朝同治光绪年间的陕西关中方言。"

"没想到你对我父亲感情这么深。"

"你父亲是一个很有意思的人,语言能复活一个有意义的生命。他肚子里全是故事,简直就是乡村的百科全书。他说我是韩(闲)人,说我整天在凉房底下歇韩(闲)着,人韩(闲)长指甲,心韩(闲)长头发。他老远看着就肚子胀,就想给我找点事,就病在床上,折腾连队的赤脚医生呀,他把赤脚医生叫精脚医生。"

"兵团的孩子都一门心思念书考学,考出去,越远越好,从来就没想过父亲的身世。"

"小时念书不贪心,不知书里有黄金;早知书里有黄金,夜照明灯下苦心。"

"你记得这么清楚。"

"我娃乖,穿新海(鞋),我娃不乖穿旧海(鞋)。打锣锣,磨面面,我娃是个乖蛋蛋。拉锯,扯锯,你舅家门前唱大戏。哄娃娃,睡觉觉,山里来了个老道道。头上戴个草帽帽,腰里系的是草腰腰。把娃撂到墙缝里,蝎子夹得要命呢;把娃撂到房上,老娃(鸦)叼得当当;把娃撂到河里,两个娃娃捞呢;把娃撂到井里,两个娃娃等呢。月亮月亮丈丈高,骑白马,挎大刀。大刀长宰个羊,羊没血,杀个鳖;鳖没蛋,杀个雁;雁没肉,炸个麻花吱喽喽。"

"我爸真的活来了。"金海莉眼泪都下来了。

好像茶几底下那个人爬出来了,坐端坐直,就坐在尉琴对面,尉琴头也抬起来了。

"我记得不全,我在东干人村庄里记下的,我断断续续说了几句,东干人就一口气背下来了。"

33

东干人离开陕西的时候没有一个读书人，学问最大的两个人可以推出天干地支，十二属相，也都有音无字，他俩就算是秀才了。人们对故乡的记忆基本上是清朝同治光绪年间的民间文化和风俗习惯，基本是童年的记忆，他们又回到了人类的童年时代。

这也得之于东干人的固执，第一个招揽顾客的东干人很固执地用自己的语言，一次两次，据说整整一个礼拜他在一条巷子里吆喝："卖——韭菜哩！"跟刀子一样把"韭菜"这个词刻在俄罗斯女人的脑子里了。据说第一批嫁给东干男人的女人就是俄罗斯女人。东干人征战好多年，男性远远高于女性，婚姻问题是头等大事，俄罗斯女人首先走进东干人的生活，接着是吉尔吉斯人、哈萨克人、卡尔梅克人，一个多世纪基本上是东干男人娶异族女人。这些勇敢的女性结婚不到一年就能掌握中国的陕甘方言。从那个伟大的词"韭菜"开始，茄子、黄瓜、萝卜、豆角、茴香……一个词一个词扎下根。俄语、哈萨克语、吉尔吉斯语、卡尔梅克语，都遵从这些中国陕甘方言的内涵。

韭菜之后，辣子大显身手。陕西十大怪中的第一怪辣子是道菜，而且是中国所有辣子中最爆裂最有味道的秦椒，筷子那么细长的红辣子，每餐必有辣子，生的、熟的、鲜的、干的、油炸的，一大盘一大盘地上，这也符合草原民族的暴烈刚直，也符合俄罗斯人嗜酒的习惯。这道菜根本不需要东干人劳神，一经出现就迅速蔓延，人们亲切地呼之为大漠飓风，浩浩荡荡吹开人们的脸膛，有钢刀穿心般的快感，吃得满脸通红，两眼喷泪，嘴巴直吼。俄罗斯人还嫌不够，在生辣子上加上洋葱，加上西红柿，这个伟大的发明起源于辣子，它的名称必然是陕西话，东干人给这道菜两个名字，老虎菜,很威风的一个称呼;另一个名字叫皮辣红,中亚草原民族把欧洲来的洋葱叫皮芽子,辣子西红柿,合起来就是皮辣红。

东干人从陕西带来的古老的酿醋工艺几乎可以跟欧洲的葡萄酒技术相媲美,大麦和杂粮加上曲子,调节温度,查看颜色的变化,非常复杂玄妙,只有技艺高超的人才能做出上品。中亚及欧洲历史上没有醋,东干人每餐必有醋。草原人和俄罗斯人走进醋房,一口咬定是酿酒厂,他们看了坛子里的醋,都喊起来了:"酒,酒,葡萄酒。"东干人让他们尝一口,他们就不嚷嚷了,但他们也很固执,东干人所谓的醋,其色泽完全是上等葡萄酒,梁赞和乌克兰的酿酒厂是做不出来的,只有意大利和法国能做出这种上等葡萄酒,说具体一点,只有七河省总督大人以及总督身边的人品尝过地中海边美妙无比的葡萄酒。总督大人理所当然要品尝东干人的醋,总督大人呷一口,一股绵长的带着芳香的酸味从腹内冉冉升起,而且盘旋上升,升到鼻腔不立刻出来,只出来极小的一缕,更大的一团越过鼻腔直达天灵盖,然后向左脑右脑前脑后脑蔓延,渗透所有的神经细胞,被醋香洗涤过的神经网络闪出红铜般的光亮。总督大人在德国最先进的西门子公司见过发动机的内核,里边一圈一圈亮闪闪的铜线就是这种光泽。太妙了!总督大人用德语法语最后是俄语来表达他的激动。下边的话更让总督大人吃惊,据说如此珍贵的酒料,东干人每餐必食,拌凉菜,主食里也勾兑,比如面条、菜汤。东干人是虔诚的穆斯林,禁酒,他们果然有比酒更高级的东西,而且以饮食的方式享用,实在是妙啊。东干人的吃苦耐劳是大家公认的,他们享用如此高贵的东西是天经地义的。有一个小小的问题总督大人必须搞清楚:"他们每餐必有酒醋,他们不醉吗?"俄罗斯人嗜酒如命,且每酒必醉,醉了就打老婆,或者斗殴闹事,成为严重的治安问题,总督大人关心的就是这个问题。人家就告诉他,东干人不喝酒,不赌博不偷盗,"几乎是清教徒"。

"这个酒醋喝多少都不醉？"

"大人，不是酒醋，是醋，醋喝不醉。"

"脸也不发红？"

"脸是慢慢红起来的。"

"慢到什么程度？"

"半年或三四个月。"

总督再也问不下去了，总督试着喝了几个月，大概是三个月吧，苍白的脸色红润起来了，仆人发现的，接着是镜子，总督哈哈大笑："我喝醉了，一点醉的感觉都没有。"总督就问人家这种美好的醉态能保持多久？人家就告诉他："什么时候有醋就保持到什么时候。"

粉条、榨油、中药、针灸，这些绝活都保留着，筷子瓷器也保留着，唯一遗憾的是做豆腐的手艺失传了。"豆腐"这个词也就消失了。一直找不到黄豆，好多年以后，黄豆出现时，东干人还能用黄豆生豆芽。

他们中有许多生意人，在阿拉木图、奥什、比什凯克、江布尔、塔什干这些中亚大城市开设店铺，他们不用俄语的"商店"，就用"铺子"，后来"铺子"这个中国词汇就跟俄语的"商店"并用流行于中亚大地。

祖祖辈辈种地的东干人，把土地看得跟生命一样，当年他们高超的烹调手艺打动了沙皇，沙皇不但免他们的税和兵役，还特许所有东干人的村庄用沙皇的名字命名。他们拒绝了这个在别人看来求之不得的荣誉。那些一度叫做"尼古拉耶夫卡"的东干人村庄，不久又恢复了原来的名字，营盘、梢葫芦村、米粮川、新渠庄、星火镇、红旗村等等。那条古老的纳伦河，当年白彦虎率部过河时，冰层破裂，好多人掉入激流，大家纷纷下水捞人，河滩一片"捞人，赶快捞人"的吆喝声，这条纳伦河就成了"捞人河"。

他们的一些词，今天在关中还流行着，吃饭叫咥，打人叫咥，干出名堂也叫咥，烦恼叫泼烦，妻子叫婆娘，杏叫横，不说话叫不言传，还有斜马歪道，胡吹冒撂，克立马察这些既土又文雅的词。他们的语言又是开放的，以陕甘方言为词根容纳新知识，飞机叫飞船，火车叫火船，轮船叫水船，知识分子叫科学人，作家叫文学人，登山运动员叫往山上跑的人，学建筑的大学生叫学盖房的，外科大夫叫开肚子的。他们都会说三四种语言，俄语、哈萨克语、吉尔吉斯语，他们都会说，这些语言慢慢地融化到独特的东干语中。

那些古老的传说和故事为语言的保存提供了保证，对中原对故乡陕西的怀念莫过于说书人，他们中那些记忆力好的老人，可以背下整本整本的《说岳全传》《隋唐演义》《杨家将》《三国》《水浒》《薛仁贵征东》《薛丁山征西》。说书人大段大段叙述时，完全把东干人自己的苦难遭遇加进去了，老杨业怒撞李陵碑、众儿郎血染金沙滩、双枪将挑滑车、岳飞命丧风波亭、忠孝节义、千古忠良，说书人常常声泪俱下，陕西十大怪中最有名的秦腔不唱吼起来，一声又一声炸雷般的吼声响彻辽阔的中亚大地，说书人慷慨激昂时一口鲜血喷薄而出，手一抹，洪钟般的高亢声调毫不减弱，慕名而来的草原牧人，特别是演唱《江格尔》的江格尔齐，演唱《玛纳斯》的玛纳斯奇，无不肃然起敬。

有一首很长的民歌叫《珍珠倒卷帘》，也叫《十三个月》，人人会唱，几乎是中国历史的小百科全书，在故乡陕西早已失传，完整的歌词是尉琴从东干人那里抄来的。

十三个月一年多，孙二娘占了十字坡，
杀的天下仇人多，遇见了好汉武二哥。
十二个月整一年，刘全进瓜到银殿，
北瓜落到了阎罗殿，搭救亲人李翠莲。

十一月来雪加霜,王祥卧冰为亲娘,
亲娘得病牙床上,无有鲜鱼作药方,
热身子压在寒冰上,惊动了四海的老龙王。
十月里来十月一,孟姜女本是范郎的妻,
范郎打到了城墙里,千里路上送寒衣,
送一里哭一里,一声哭倒了一万里。
九月里来九重阳,刘秀十二走南阳,
走到途中迷了向,碰上石人问十声,
连问十声九不应,抽出宝剑斩石人。
八月十五月儿圆,秦琼敬德米梁川,
打三鞭,还两剑,都为唐王保江山。
七月里来秋风凉,磨道里受难李三娘,
刘治出门不还乡,杨七郎打围认亲娘。
六月里来热难当,关二爷保的是二皇娘,
出五关斩六将,古城壕边斩蔡阳。
五月里来五端阳,青白二蛇闹雄黄,
盗下仙草免了灾,香姑睡在牙床上。
四月里来四月八,梨山老母下山啦,
下山不为别的事,搭救弟子樊梨花。
三月里来三月三,三圣结义在桃园,
桃园结义弟兄仨,三战吕布虎牢关。
二月里来龙抬头,老子下山骑青牛,
好人坏人常相斗,孙膑庞涓结怨仇。
正月里来正月正,白马银枪小罗成,
人人都说他年纪小,夜打登州救秦琼。
二月里来龙抬头,王氏三姐上彩楼,
公孙王爷她不爱,绣球单打平郎手。

前门赶走薛平贵,后门撵走王宝钏,
寒窑里边把身安,一住就是十八年。
三月里来三月三,孙能马武当状元,
马武练剑上千年,孙能盗牌九连环。
四月里来天气长,闪上能人叫薛刚,
他的武艺世无双,后来的梨花比他强。
五月里来五端阳,张飞生来禀性刚,
刘备稳坐西川地,千里路上关大王。
六月里来热难当,河东口困住了赵玄郎,
多亏呼延来救驾,救驾的能人封侯王。
七月里来七月七,牛郎天桥会织女,
一对儿女实可爱,喜鹊搭桥世上稀。
八月里来八月八,掌朝人儿姜子牙。
姜子牙稳坐钓鱼台,杀得殷朝开了花。
九月里来九重阳,伍子胥过关双鬓苍,
江边坐个女贤良,千万别说我过江。
十月里来十月一,霸王江边别虞姬。
名将挑车九十九,剩下一个没力气。
十一月里冷冰冰,白袍领兵去征东,
三千人马东海岸,白龙马踢开凤凰城。
十二月来整一年,曹操率兵打孙权,
不服刘备坐西川,孙权派人把亮搬,火烧赤壁美名传。
十三月辞旧岁,家家户户过新年。
新年年头颠倒颠,这就是珍珠倒卷帘。

唱完了,还要加一段结束语。

人人都说唱得好,我看唱得也罢了。

公鸡头,母鸡头,抓住一头说一头。

要搅搅得烂烂的,要说说得酸酸的,要扯扯得宽宽的。

天上望,满天星。屋里望,点的灯。

墙上望,挂的弓。弓上望,落的鹰。

低头望,满地坑。坑里望,冻的冰。冰上望,拥的葱。

来了一股老黄风,刮平了坑,吹灭了灯,吹走了鹰,露出了星。

他们唱完中国所有的历史演义,压轴戏就是《过国家》就是《歌唱英雄白彦虎》。尉琴悄悄地说:"我明白了,白彦虎的墓为啥都是假的。"旁边马上有人接上话:"英雄都是活的,死了就不是英雄了。"

这是尉琴最长的一次考查活动,她的专著《东干人的历史文化》《白彦虎籍贯考证》《白彦虎墓地之真伪》早已誉满海内外,她就有必要拓宽研究范围,她就来到塔拉斯河畔。作为一个学者,塔拉斯可不是一个陌生的地方,那个叫李白的诗人就出生在塔拉斯河畔的碎叶城,后来就是《大唐西域记》,就是高仙芝与黑衣大食的塔拉斯河之战,就是西辽王朝,就是蒙古人的西征和丘处机的《西游记》。在这些历史画卷的后边,尉琴怀着一种神秘的感应,吩咐司机开远一点,再远一点,日本三菱越野车可以适应中亚任何地形,这部车完全听从尉琴的指挥,几位同伴还是犯嘀咕,这位女学者对塔拉斯河畔的古迹一点也不感兴趣,她更像一个农妇,一个加利福尼亚的农场主。"为什么不说我是准噶尔的农场主呢?"大片大片的葵花地就这样出现了,接着是玉米,辉煌的中亚细亚葵花和玉米。女学者安静下来了,越野车也安静下来了,尉琴是那么自信,走下车子，朝那个干活的农民走过去。大约有三百多米，她就认定那个挥动着铁锹铲开渠道把塔拉斯河水放进葵花地的壮汉是老金，中国人老金，她的老金……尉琴与老金相见的场面扣人心弦，但也没有细写的必要。印象最深的应该是尉琴打给金海莉的电话："我在塔拉斯河畔，塔拉斯河畔，听明白了吗？这是我的塔拉斯河。"尉琴说不下去了。

34

布尔津南边干旱的荒漠上，长着棒槌般的肉苁蓉，据说是动物的精液变的。那些高傲的雄性动物，找不到合适的伴侣，宁肯把精液注入大地也不委屈自己，让一个丑陋不堪的母兽带走自己的生命之液是天理难容的。它们穿越群山和草原，来到布尔津荒野，那些绵软细腻的沙丘就成为它们首选的目标，它们嚎叫着在绝望中射出一股股生命的汁液，腥臊之气弥漫天地。沙丘也是梭梭生长的地方。肉苁蓉顺着梭梭的根长出来，就不是梭梭了，就是硬撅撅的大地的生殖器了。肉苁蓉是很文雅的称呼，老百姓叫它地精，大地的精灵。

白熊不想当地精，说穿了还不是大地的生殖器。白熊开始躲避母熊。白熊对所有母熊失去了兴趣。白熊从森林中走过时，多少母熊在盯着它。众多的母熊失去了靠近白熊的勇气。它跟大家不一样，它跟白熊有过孩子，它还想要孩子。它什么都不顾，它直截了当告诉白熊，我还想要孩子。白熊就问它："我们的孩子呢？"

"不送动物园和马戏团了，我们自己带。"

"森林已经被人保护起来了。"

母熊再傻也不想在美好的春天，在发情期惹白熊不高兴。母熊变聪明了，母熊装作倾听的样子，它只有一个目的，生孩子。白熊就告诉它:"生下的孩子去做奴隶,我们宁愿不生。"白熊说完就走,白熊走得很快,还是受了伤。激情中的母熊是很厉害的,据说只要母熊有生孩子的念头,它就变得异常凶猛,最可怕的时候会咬死公熊。至于生下的孩子有没有尊严它是不管的,它只顺从洪水般的母性本能。它一改顺从与温柔,如同晴天霹雳频频向白熊进攻。白熊被咬得血肉横飞,白熊翻越两架山才摆脱了咆哮的母熊。

春天很快就过去了。白熊再次碰到母熊时,母熊已经怀了孩子,母熊笨拙憔悴简直令人不敢相信它曾经那么凶猛。在一棵红松树下,它们彼此打量了一会儿,白熊就可以放开胆子开玩笑了。玩笑也很有分寸,白熊拍拍母熊的肚子,意思是你要小孩你的愿望实现了,你应该高兴呀?母熊的神情很复杂。母熊还是忍不住用脑袋碰碰白熊的胸膛。白熊那颗结实的心脏跟一匹骏马一样。那意思就是你的心脏跟骏马一样,你的骏马为什么不奔驰啊?你的骏马为什么不冲进我的身体?我的身体已经有生命占着,可我还是向往你的生命。白熊抱起怀孕的母熊,用胸脯顶着,走到林中空地,那里生长着两三米高的忍冬和蔷薇,白熊把母熊放在高大鲜艳的蔷薇丛中,白熊去抓雪兔。

雪兔是阿尔泰的珍品。它不同于一般野兔,它生活在森林中,冬毛一身雪白,夏毛就换一身褐灰色,也不打洞,随地生崽,崽落地就能吃奶就能奔跑,几乎没有任何抵御能力,所有的食肉动物都把它当点心,反而很少落入人类之手。它就凭着很强的繁殖力来延续生命,一窝十仔,数量很大。

白熊抓住雪兔就什么都明白了。总有一天,森林的壮士会沦落到雪兔的境地。母熊的眼窝子里淤满泪水,整个面孔都湿了。白熊就是在这种悲壮的情绪中愤怒起来的,白熊的鬃毛竖起来了,尤其是额头上的那撮白毛,白得耀眼。白熊又回到青年时代,身手敏捷迅猛,很快就出现在森林的边上。那个不幸的森林警察当场就被白熊拍死了，连声都没吭，一下子僵硬在壮美的红松树下。白熊驮着尸体下到额尔齐斯河里，白熊亲眼看到大红鱼把尸体吞下去。白熊亲眼目睹了蚂蚁似的人们如何慌乱，在出事地点拿着各种仪器不停地勘察。人们用尽所有手段，也找不到死者的线索。用阿尔泰古老的说法，森林吞噬了那个年轻的生命。

这时候，哈纳斯湖那条五百岁的大红鱼又创造了奇迹，图瓦人的骏马在湖边饮水时被大红鱼活活吞下去。图瓦人没有去勘察去哀悼，他们跪在地上，无限敬仰地祝福那匹幸运的马。按他们的说法，森林吞掉一个人就是人的庆典。他们举行了盛大的庆典。他们是蒙古人中最古老的一支，最初来自贝加尔湖以北的森林，又叫森林蒙古，比生蒙古还要纯粹还要率真，他们古老的仪式外人很难理解。

哥哥娶的大概就是森林蒙古的女人。当丈夫把森林里的故事讲给妻子时，妻子满脸兴奋，让丈夫跪下对天对大地发誓，丈夫一一照办，妻子就说出了那个伟大的森林之王白熊。

哥哥是发过誓的。哥哥唯一能做的就是劝大家，劝那些保护森林的男人们离森林远点，隐蔽一点，因为他也是干这个的。

他看见白熊蹲在林中空地一动不动，他就停下来。熊是比较懒的，吃饱喝足就睡觉，熊要是蹲在地上，那是很警觉的，那是进攻的前奏。他还是走过去了，他在林中绕一圈绕到白熊的对面。白熊沉入梦幻，哥哥嗨嗨喊了几声，白熊动都不动。

他把这个消息告诉妻子，他还做出样子给妻子看，这样子就这样子，他跟熊玩过，他可以做出很逼真的样子。

妻子什么都明白了。妻子骑上马，到布尔津去了。妻子很容易就找到了地精，妻子跪下拜了又拜，献上奶酪油馕。她可以接近大地的精灵了，她伸手轻轻地抚摸着，小声呼唤丈夫的名字。丈夫真的出现了。丈夫一直在后边跟着。在中亚大漠，地精是补男人身体的。

丈夫问妻子:"我有那么糟吗?"

"你很好的。"

"你摸着地精喊我名字我听见了。"

"我在保佑你。"

"你想让森林把我也吞了。"

"你害怕吗?"

"我向往着那一天。"

"我的丈夫应该是这个样子。"

妻子一直用衣服捂着地精,妻子撩开袍子的一角,地精就出来了。

"白熊是不是这个样子?"

"白熊为什么要这样?"

"它想成为森林的地精。"

"母熊会咬死它的。"

"干旱的荒漠才能长地精,阿尔泰会不会成为荒漠?"

"阿尔泰已经保护起来了。"

"熊的感觉很准的,它要做地精了。"

"拦不住的。"

"没有白熊的森林太可怕了。"

"只要我有一口气,白熊就不会有事。"

妻子说的不错,白熊真的要做地精。她甚至怀疑它不是从北冰洋凫水来的,它是从阿尔泰的土地里长出来的。它往地上一蹲,就开始发芽拔节,长出许多东西。

35

  金海莉看到侄儿侄女的照片,完全跟她想象的一样,阿尔泰的狼娃子和狐子。男孩一身青衣,女孩一身红衣,都是苍天和大地的颜色。金海莉把孩子的照片镶在镜框里。要在前几年是不可想象的。孩子唤起她的母性意识。她忍不住把这个喜讯告诉尉琴,她们是无话不谈的好朋友,随时都可以打电话。尉琴在电话里提醒她,为什么不回阿尔泰故乡去看看,去抱抱他们,亲亲他们,闻闻他们的气味。这确实是个好主意,谢谢你。就要挂电话了,她突然觉得有个问题要问尉琴,这个问题一直困扰着她,这也是属于在电话中询问的问题。

  "有什么话你就说吧!"

  "你跟你先生幸福吗?"

  "我深深地爱过你父亲,所以我更爱我的先生。"

  "我还是不明白。"

  "你很快就会明白的。"

  她很快就见到了亲人,母亲、哥哥、嫂子、摇篮里的孩子,她根本抱不到手,孩子太娇嫩,骨头是软的,脑门还没长严实,还在动,她使出吃奶的劲在嫂子的协助下总算把孩子抱到怀里了,她也不能动了,那种感觉就像在抱一泡水。嫂子小声问她:"你什么时候生呀?"

  "我还能生吗?"

  "你的屁股你的身腰一窝子能生十个仔。"

  母亲笑:"我闺女又不是雪兔,雪兔能生那么多,雪兔也不怎么爱惜孩子,连窝都没有,旷野就是它的窝。"

  金海莉的脸都红了:"妈,我不是雪兔。"

"我又没说你。"

整整一个礼拜,金海莉总算学会了抱孩子,孩子也喜欢上她了。她给孩子唱歌说话,摆弄红气球,孩子就盯着她看,孩子的眼睛就升起一颗一颗星星,跟节日夜晚的礼花一样,孩子看到自己的星星升上天空孩子就使劲,这是兴奋的表示。孩子的力气很有限,再过十天八天,孩子就跟牛犊子马驹子一样了,母亲的怀抱就容不下他们了。

"我要把他们带到上学。"

"一直带到六七岁,你受得了吗?"

嫂子解开袍子,嫂子的胸脯跟山岳一样喷出热腾腾的气息:"让他们地上爬地上滚,我腾出手就让他们在我怀里滚,女人的怀抱啊是孩子碾出来的。"嫂子使劲拧金海莉的腮帮子,"好好抱这两个崽,娃娃能给大人带来好运气。"

嫂子是青格勒地方的人,嫂子就用那地方的歌子表达她的心情。

篝火燃到了天明,
我们跳舞的地方啊山坡成了山谷。
月亮升上了山顶,
我们拥抱的地方啊沉下去,成了山洞。

燃烧到天明的,
是那坚硬的梭梭。
从山坡跳舞跳到山谷的,
是那好心肠的亲人。
和我拥抱在山洞里的,
是我忘不掉的哥哥。

金海莉就到森林里去了。她拒绝了哥哥的保护，也拒绝拿任何武器。母亲和嫂子站在她一边，两个连话都不会说的小宝宝用他们亮晶晶的眼睛支持了金海莉。金海莉就过了克兰河，到森林里去了。

阿尔泰的女人都要在山口解手的，这是不公开的秘密，完全是对古老传说中那个被熊劫持的姑娘的一种纪念。山口奇妙到这种地步，有些妇女不喝水，根本没有解手的意思，登上山口就由不得她了。从低凹的山谷一路爬上来，山口的凉风一吹就要打激灵，就要到草丛灌木丛里去解手。

金海莉蹲在高大茂密的芨芨草丛里。风把她的气味送到森林里，白熊的眼睛刷一下就亮了。金海莉也看到了白熊。彼此互相打量着。白熊的形象趋于完美，鬃毛不再竖起，跟流水一样向后翻卷，露出宽大的额头，从脑袋到后背仿佛披着质地优良的大氅，缓缓而行，气度不凡。金海莉不能退也不能挪前一步。她穿一身素雅的咖啡色套裙。白熊就绕着这个美丽的女人转圈子。金海莉吓坏了，快要放声大哭了。白熊不绕弯子了，直直走过来，一晃一晃的，那姿势让她想起一个人，她的第一个丈夫就这样子，她的诸多丈夫中就那个该死的家伙来过阿尔泰，而且到森林里去过。从丈夫执拗的脾气来看，他肯定跟白熊打过交道，白熊把他教坏的。困扰在她心头的谜团就这样解开了。新婚前的男人有过跟猛兽打交道的经验，女人就难以驯服他了。金海莉还是拧不过这口气，白熊的举止像那个家伙，神态也像。金海莉的胆子就大起来。伸手抓住白熊的耳朵。

白熊是要跟孩子滚皮球的，白熊就抱起金海莉在草地上滚起来，一直滚到两三米高的忍冬和蔷薇丛中，蔷薇是带刺的跟燃烧的火焰一样，金海莉和白熊在火焰中旋转，金海莉被扎得火烧火燎，金海莉怀抱里散发出幼儿带着奶味的芳香，白熊就陶醉在这种芳香里，白熊的大嘴就咬住金海莉的脖子。金海莉再也不是一个孩子了，金海莉大声出气，泪流满面。白熊也感觉到这个孩子长大了，长成一个丰满的女人，白熊跟女人是有故事的，白熊就把金海利背到山洞里。

金海莉被吓晕了，金海莉醒来的时候，白熊捧着野果子站在她跟前，她饿坏了，抓起果子就吃。跟传说中一样，白熊出去的时候用石板堵住了洞口。白熊很快就回来了，白熊带一根大树杈，白熊跟揉干草一样把树枝揉成一堆柴禾。金海莉用两块石头拼命地打火，手指都打破了，火也打出来了，从干草燃烧到木柴。白熊远远躲开篝火，动物是怕火的。金海莉还吃到了肉，白熊弄来了柴禾，也抓来了雪兔。兔皮被扒掉了，在河里洗了。金海莉一边烤雪兔一边想古老的小说。据说最早的小说就是原始人在山洞里围着篝火讲好玩的故事。那时金海莉还没有写小说的打算。她只是好奇，对母亲，对白熊的传说，还有托海匪帮，她在篝火边烤兔子的时候她就感到所有的故事都要接近尾声了，她跟白熊的这段经历别人不会相信的，很容易被认为是一种想象。

篝火在石壁上映出她的影子，她如此冷静完全是由于这些投影，火光投出许多影子，奇形怪状，不一而足。这些都是真实的。

她开始吃兔肉。兔子扎在一根树枝上，兔肉烤熟了，树枝的味道也出来了，是白桦树的枝杈，跟火堆里燃烧的不一样。火堆里烧的是红松，松香浓郁，火焰上有一层油质，火焰的底部蓝汪汪跟海水一样，火焰从蓝色过渡到赤白，跟黑暗接触的部分艳若桃花，整个火焰美得让人惊叹。

白熊在黑暗中看着火焰，也看着金海莉。金海莉觉得这种气氛最适合讲故事。金海莉就到了光明的边缘，白熊也到了黑暗的边缘，离得很近，又身处两个世界。白熊的声音沙哑而低沉，整个黑夜都是这种声音，那么强烈的共鸣，山洞就是大地的喉咙，火焰跟热烈的舌头一样，金海莉被奔腾的洪流席卷而去。

她听了三天三夜。她并没有丧失时间观念，这完全是为了保持故事的完整。白熊跟女人的故事。森林的故事。白熊有讲不完的故事，白熊讲到第三天黄昏，白熊告诉金海莉，我眯瞪一会儿，你不要离开，白熊没说完呼噜声就很畅快地响起来了。

白熊梦见金海莉出了山洞。

金海莉站在阳光下，她身上还是留着白熊的力气，白熊讲到兴奋处总是摸金海莉的头发，摸金海莉的后背。白熊很轻松的动作却跟刻刀一样在金海莉的身上留下很深的烙印。

金海莉回到家，母亲见到女儿就有一种说不出的高兴。嫂子说："我们要去找，妈妈说你不会有事的，告诉我们，你是不是被白熊劫走了？"金海莉点点头。金海莉有好多话要跟母亲说，哥哥嫂子就出去了。

母亲摸女儿的头发，摸女儿的背，母亲的动作跟白熊一模一样，连手上的力气也是一样的，有千钧之力。母亲是吃过苦的人，母亲头发都白了，手上的力气丝毫未减。

"妈妈，有一件事我一直没有弄明白，你愿意告诉我吗？"

"你一定问我跟白熊的故事对不对？跟传说中的不一样，我是自愿到森林里去的。"

"去找白熊？"

"让它吃了我。"

"你遇到的不光是白熊吧？"

"聪明的孩子，你刚刚从山洞里出来，你就马上想到跟妈妈待了整整一个冬天的绝不是白熊，你猜得不错，是一个男人，他躲避暴风雪躲到山洞里，我们就待在一起。六七个月的时间，我怀了他的孩子，就这么简单。"

"他叫什么？"

"他没问我的名字,我为什么要问他呢?也许他有家有妻子。"

"他是做什么的?"

"放牧种地也打猎,冬天就出来打猎,女儿你觉得有什么不对吗?"

"我对他的身份有所怀疑。"

"他的那双手我能看出来,是常年持枪持刀的手,手上是染了血的,草原上这种男人很多,会打枪会使刀子才能生存,可这人不是一般的草原汉子。孩子,我给你保证,他在我跟前绝对是个圣徒,一个拿惯了刀枪的男人尽心尽力地伺候女人,整整三个月呢。到了五月中旬,草木发芽天气变暖他送我到森林边,他就回去了。"

"这些事情爸爸知道吗?"

"阿尔泰人只看见我挺着大肚子从森林里出来了,你爸爸知道的不会比别人多。"

"爸爸没问过你,怀孕的事?"

"好男人是不会问这个的,你爸爸是个好男人。"

"可大家总是把你跟熊连在一起。"

"要这么说的话,熊是最好的男人,我本来就是去找熊的。"

36

1957年冬天,女兵满脸悲伤到森林里去了,草原人的安代舞没有消除她的伤痛,反而激起她对恋人的向往,连古老的萨满也对她无能为力。她悄悄走出垦区,可她没法躲开那些拣牛粪的草原女人和放牧的草原男人。降雪前人们还在旷野忙碌着,人们看见无比忧伤的女兵到森林里去了。草原上的人都知道她找白熊去了。正像古歌里唱的:

> 你的生命和我的生命，
> 结成一条生命。
> 为了情人，
> 我的生命，
> 可以为你牺牲。

这首名叫"狂喜"的古歌很真实地表达了女兵当时的心情。她满怀喜悦走进森林。

她的女儿金海莉写这部书的时候，已经三十五岁了，有过短暂的婚姻，有过露水之情，女人所具有的沧桑金海莉都一一品尝到了，金海莉还是难以理解带有死亡气息的喜悦。母亲就告诉女儿：这首歌唱的就是这种复杂的心情。

"妈妈，你就像九歌里的湘夫人。"

女兵在湘江边读完初中就到草原去了。

"妈妈，楚人的祖先就生活在中亚，他们崇尚英雄美人，屈原就一直徘徊在昆仑山和湘水之间。"

女兵是不会徘徊的，女兵也不会像那个伟大的诗人一样以泪洗面，以弃妇自居。女儿再也不吭声了，女儿读了一辈子书也没有从那些爱情悲歌中读出一丁点生命的喜悦，就像她的母亲，那个走向森林的女兵那种绝望中的狂喜。

不管冬天有多么荒凉有多么萧条，森林总是黑沉沉的，落叶松褪尽了叶子，云杉、冷杉还保持着森林的威严。那些起伏的黄草白草丛中，岩石永远是灰蓝色的。

女兵攀到悬崖顶上，不是选择自杀地点，就像狂喜不是狂热，女兵不属于狂热。女兵很冷静，脑子没有发热。女兵在白熊走熟了的路上布置一系列障碍，草丛里埋有尖石头，树杈上架着大石头，陡坡上的灌木是断的，还有陷阱，不深。女兵做完这一切就把刀子扬手一甩，刀子一片银光跟鱼一样，扎进河里。这是女兵没想到的，女兵知道这里有条河，女兵不知道刀子落水会跟鱼一样游来游去，刀子活过来了。刀子在她手上就是活的，忙个不停，她身上出汗，刀子烫得要命，滚烫的刀子在冰冷的河里就嗖嗖蹿起来，比鱼还快。出了汗的女兵攀到悬崖顶上，不是为了吹凉风，是为了让人的气味飘远一点，出汗的时候人的气味也就浓起来了。

野兽总是循着气味捕捉食物。白熊一觉醒来，就沉浸在浓浓的气味中。雪落下来了，眨眼间整个群山焐在厚厚的白雪底下。不要紧，熊是不怕雪的，熊能找到目标。熊睁大眼睛瞅着大雪给它盖上厚被子，熊要起来了，熊就揭开大雪的厚被子，翻身一滚就起来了。白熊在雪地里就像个大雪球，越滚越大，越滚越稳当。女兵看到的就是一个渐渐靠近的大雪球。埋在草丛里的石头让雪球摔了好几次，雪球喷出粗气，雪球一拐一拐的，捶打胸口，这才像一个熊，女兵认出来了，就是这只白熊。

你的生命和我的生命，
结成一条生命。

白熊就可以把两条生命连接在一起。没有仇恨，真的没有。我看到的是一辆坦克，大功率的坦克轰隆隆开过来了，再过来一点，声音再大一点，我钻进去就行了，就可以跟他待在一起，驾驶着大功率的生命轰隆隆前进。女兵脸上有了笑容。白熊走到树跟前，它拨开头顶的树枝，卧在树上的大石头就落到它脑袋上，白熊都晕了，躺在地上哇哇大叫，吼叫声跟打雷一样震撼了群山，大地都在发抖，森林里的树抖得更厉害，卧在树上的石头就提前坠落，有一块落到熊脚边熊躲一下，幸亏它没过去，这些石头要都落它身上它可就惨喽。白熊也明白了，悬崖顶上的那个人是个猎手，是个非常非常狡猾的猎手。非撕碎他不可。白熊最讨厌拿枪的人。

白熊一瘸一拐加快速度，往陡坡上冲，白熊估计猎手会在它爬到一半时开枪的，白熊怕什么呢？白熊快爬上来了，白熊没有听到枪声，估计是个拿刀的家伙，好猎手总是用刀对付猛兽，猛兽也把这机会看得很神圣，这是跟人真正的较量，比较古典比较公正的决斗。白熊油然而生一股豪气，刷刷刷几下就到悬崖的边上了，那里有一丛灌林，白熊抓住灌木条子引体向上，胸脯都上去了，脑袋都探出来了，灌木条子也断了，熊瞎子视力不好，可在坠落的瞬间还是看到了灌木条子被刀砍过的白茬子。

白熊在雪地躺很久，它不得不佩服这个猎手手段高明。游戏越来越有意思了，白熊要把这个游戏做到底，还要做出水平来。

白熊还走原路，它要让对手看看它如何攀上去的。白熊咬牙切齿，挥动前爪，一个爪子下去就是一个坑，嗨哟，森林的大力士唱着壮士歌，很悲壮地攀上去了。很悲壮地逼近对手。对手一下就被白熊掀翻在地，白熊要把死亡的游戏做得有滋有味，就不急于要对手的性命，白熊还要听对手的哀叹、惨叫，死亡不能缺少这些旋律和节奏。

白熊的手段都施完了，白熊满怀信心睁大眼要看看对手的惨状，最好是听到对手的哀号与惨叫。高傲的白熊不管与谁，同类也好人也好，它从来不看对方，它的眼睛总是半闭半开，根本不看对方，直到把对方治服，取其性命时它才睁开眼睛。这回它看到的是一张生动而喜悦的面孔，没有哀号没有惨叫，没有反抗，在一种大幅度的放弃与顺从中承受一切，包括熊一系列的举动，高傲的白熊惊讶得难以自制，它的一只利爪还高高举着，那一巴掌下去，地球也会被拍个稀烂。女兵躺在地上，无比喜悦地盯着高悬的熊爪，女兵嘴里发出的不是哀号不是惨叫而是一首古老的民歌。

你的生命和我的生命，

结成一条生命。

　　从女兵狂喜的目光中可看出来，她所吟唱的那一条生命就在白熊身上，只要白熊拿走这条生命，两个生命就流在一起了，真正的额尔齐斯河就流出山外了。白熊的利爪就是在那一瞬间变软的，熊掌除过利爪还有很厚很软和的肉，走起路来充满弹性，多坎坷的路都损害不了白熊。白熊就靠柔软起来的熊掌托起女兵走进山洞。

　　托海一直用枪瞄着白熊，白熊根本没有意识到这种危险。托海几次都要扣动扳机了。一次是白熊被石头砸晕了，托海知道有个同行在守候，托海就松开扳机。一次是白熊攀上悬崖，托海想帮同行一把，放一枪，猎物归同行，算是帮忙，这在森林里是常有的事，正要扣扳机时，同行从灌木后边站起来了，托海吓一身汗，枪真要打响，射倒的将要这个突然站起来的同行。托海收枪准备离开。托海都走上对面的斜坡了，悬崖在斜坡底下，托海发现被熊摁在地上的是个女人，大皮帽子掉了，女人的长头发露出来。托海跪在地上，端起枪，托海听到女人的歌声，声音不大，在寂静的群山里却很清晰，那是新疆所有人都熟悉的情歌，也是让男人们热血沸腾的歌子，是女人唱给男人的。

你的生命，嗳啊呀来，

和我的生命，啊呀呀来，

啊呀来喂狂热起来嗳，

结成一条生命耶啊呀嗳？

为了情人，嗳啊呀来，

我的生命，啊呀呀来，

啊呀来，喂狂热起来嗳，

可以为你牺牲,啊呀啊呀来啊呀来?

啊呀来喂狂热起来嗳。

女人低沉的歌声延续了托海的杀心,托海从来没有听过这么完整的唱法,那些衬词语气词是很难唱出来的,那肯定是为爱情而殉难的圣徒,托海非听出结果不可,托海的食指就僵硬在扳机上。歌声消失了,托海难受得要死,白熊的掌高高举起,托海又要扣动扳机了,这回要射击白熊就比较困难,白熊在晃动,女人的脑袋和白熊的脑袋交替出现,出现到第六次时,猎手全明白了,那是古老的熊舞,那是让所有男人流下热泪的舞蹈。

熊跟猎手的孩子在森林里玩得多么开心,猎手总是放弃不了熊熊燃烧的杀心,猎手终于射出了子弹,他的孩子被击中了。这是最让猎手痛心的一件事。当熊跳起舞的时候,再也没有猎手用枪去瞄准了。

托海沉醉在熊的舞蹈里,那个女人已经成为熊的孩子,我们都是熊的孩子。托海羞愧交加,他很想加入那原始的舞蹈,回到童年,走到熊跟前,让熊抱起他。

白熊抱起女人往山洞里走,托海就跟上去了,托海就像个无家可归的孩子,长枪拖在地上,快到洞口时他顺手把枪扔下山崖。

洞口让熊给堵住了。托海守在洞口,他试了几次,他搬不动那块石板。他就难过地哭起来,好像世界上就孤零零剩下他一个人。他总算哭够了,他就去森林里弄一捆柴禾,还有他打的一只鹿。他用木柴撬开石板,他背着柴禾拖着猎物,好像回到家里,他进了洞,照原来的样子用石板堵住洞口,这回他好像有了神力,一下子就把石板搬动了。他跟回自己家一样走到白熊跟前。

白熊专心照料女人呢,女人睡着了,也可能是吓晕了,白熊不知怎么办才好。篝火在它的后边燃烧起来,女人脸上也渐渐红起来。白熊看到了猎手，熊从来都不怕人，熊带回一个女人，再出现一个男人，熊觉得这很正常。男人比熊强多了，托海弄来柔软的干草铺在地上，把皮袍子脱下给女人盖上。女人睡了很久，女人醒来不顾一切把托海抱住，女人在喊一个男人的名字："白桦树！穿鹿皮的白桦树！"托海浑身一缩，好像被子弹击中了，托海挨过的枪子能装一麻袋，这颗子弹是从白桦树上射来的，是从梅花鹿的眼瞳里射来的，女人一双鹿眼跟湖水一样跟哈纳斯湖水一样啊，托海的红鱼一下子就浮上水面。在女人呻吟着的梦话中，托海听到的白桦树把大地都覆盖了，托海听到的梅花鹿一大群又一大群，托海还听到了甘肃、黄河、祁连山、羊油灯、剥了皮的小羊羔，托海怀抱里的女人就是剥了皮的小羊羔。

白熊跟所有动物一样，躲开篝火，躲在黑暗里，白熊看着这两个人类的孩子抱在一起。

那个女孩子刚刚做女人，总是不好意思，在托海不注意时她就从侧面打量，她看到白熊也会脸红起来，白熊就很夸张地伸出掌做出要烤火的样子，烤她脸上红红的大火。

白熊也满足托海的愿望，让托海成为真正的孩子，站在熊肚子上跳啊跳。

两个人类的孩子，也是熊的孩子。熊的声音太有沧桑感了，山洞加上篝火，真正的创世纪，远古洪荒年代，伊甸园，没有智慧树，但有智慧老人，白熊老爷爷，男人和女人就这么称呼白熊，白熊很高兴，完全是个睿智的长者，混沌不堪的眼睛也明亮了。

有一天，白熊听见男人跟女人讲艾力·库尔班的故事，因为女人怀孕了，肚子大起来了，女人又惊又喜，男人就讲那个在中亚大地流传了千年万年的故事。美丽的姑娘被熊劫持到山洞里，跟熊生活在一起，还生下了熊的孩子。

"你是熊吗？"

"我是熊的孩子。"

"你怎么是熊的孩子?"

"一个猎手要么杀光所有野兽,要么成为野兽的孩子,熊是野兽中最通人性的,做熊的孩子是上天有眼。"

白熊跟老人一样被人类的孩子供着养着。

冬天就要过去了,托海想给女人换换口味,不能老吃兔子和鹿,他们吃了一个冬天了,都吃烦了,托海要去捕鱼,女人很想吃鱼。冰天雪地吃鱼也太奢侈了,跟王公贵族似的,女人就说:算了,不要到河里去,冰那么厚。

托海出了山洞托海就是穿鹿皮的白桦树。托海成小伙子了。他在雪地没抓到野兔,也没抓到雪兔,他已经很累了,山洞里的鹿肉可以吃到春天,他没必要再到河边去。他用石头砸开冰,把柳条伸进冰窟就把鲟鱼钓上来了,他还钓到了红鱼,用柳条上的倒杈钓鱼是他的一手绝活,走遍阿尔泰饿不死。

女人问他为什么对女人这么好。托海一般不回答,她的这个问题让托海很感动,托海说:"我欠女人的太多,我有两个老婆,都死了,我没让她们过过一天安生日子。"

"你这么精心照顾我就是来赎罪?"

"对!对!"

托海就不再说话了。托海完全是个忠诚的仆人,绝不冒犯女人。女人被宠着真有一种不凡的气度,好像她真的成了群山和草原的主人。托海从女人的口音和军装就断定女人是军垦部队的。

有一天,托海听见他心爱的火焰神驹在外边嘶叫,托海的血一次次热起来,有好几次他把洞口的大石板都搬开了,大团的雪花扑进来,用宽大厚实的掌心抚摸他,他就跪下了。他常常在夜里惊醒,火焰驹的叫声回荡在夜空里,渐渐的有了野性。火焰驹快要变成野马了。马的一声声嘶叫引起女人的惊觉，女人问他："是不是你的马？"

"是一匹野马，听那声音，跟狼一样，我咋能骑一匹野马？"

仔细听，确实跟家马不一样，那么暴烈，那么高亢，很少有家马的悠扬和柔性。

春天到了，冰雪消融，树枝发软，跟蛇一样在空中一伸一伸，森林黑沉沉的，密林明亮而疏朗，白桦树全都穿上了金色的鹿皮，而且骑着骏马。女人小声问托海："是不是这匹马？"托海点点头，女人就说："我想他不会死的，熊把我们当孩子，熊咋能吃了他呢？"熊把他们送到森林边上熊就回去了。女人摸着那些活过来的白桦树，女人就看不见托海了，托海把女人送到河边。一只鹿走过来，托海跪到鹿跟前，托海身上再也没有血腥味了，鹿闻了他的脑袋，闻了他的手，鹿就把他带走了，到祁连山下，黄河边，鹿进入古老的神话，成为岩画的一部分，托海下到水里，给传说中的美妇人做丈夫去了。

37

金海莉想起她第一次见到托海的照片时那么眼熟，这个悍匪就是母亲一生的秘密，就是哥哥的生身父亲。金海莉三十五岁了，金海莉才真正理解白熊吃掉父亲老金和甘肃小伙子的时候，是那么坦然，那么理直气壮。

金海莉跟尉琴天南地北胡聊。聊过之后金海莉觉得尉琴有些话是带暗示性的，比如尉琴发现天山昆仑山的河流泉水大都叫阿克苏，阿克苏是白水的意思，它们源于冰川和雪山，随时都可以断流。阿尔泰的河流泉水都叫布拉克或哈拉苏，就是黑水的意思，是从大地里涌出来的，带着土地的颜色，清澈至极，远远看去就是黑的。

阿克苏、布拉克、哈拉苏，这几个词金海莉玩味了好久。

水到渠成的那一天，尉琴告诉金海莉，你是金人的后代。

"你说什么？"

"你父亲没告诉你，你们是金兀术的后代，从长白山打到黄河边，灭掉北宋就定居在渭河边了。"

"我妈都不知道呀？"

"老金这个人，总让我想到白彦虎。"

哥哥十六岁那年，父亲老金肯定意识到了死亡，草原上的骏马看到儿马长起来的时候，就知道自己老了，就悄悄离开村庄到荒漠去迎接死亡。父亲老金好像去远行，白熊把他带到了福乐世界，这样可以给养子留下广阔的生活空间。金海莉身上的血狠狠地涌了一下，这绝不是胡思乱想。草原古老的养子习俗是很有人情味的，成吉思汗一边征服世界一边收留敌人的孩子，送到不儿罕山下母亲的帐篷里，孤居的母亲养了一大群孤儿，成吉思汗的夫人孛儿帖也是先养别人的孩子，再生养自己的孩子，亲子与养子的权利是一样的。金海莉就写了一篇草原养子习俗的长文，洋洋洒洒好几万字，不再是枯燥的学术术语了，词和句子跟腕上的血管一样胀鼓鼓的。

金海莉的床头放着芨芨草扎的笤帚，是嫂子送给她的，制作得很精致，故乡阿尔泰的人们用芨芨草扎笤帚，大的扫院子，小的扫床，还用芨芨草扎门帘，做屋顶。根本不需要查词典，一个活的蒙古词马上跳出来，古尔班通古特，蒙古语三墩芨芨草，"北风卷地白草折"里的白草，更准确的叫法应该是鸡息草。小时候母亲总是让她到芨芨草丛里去收鸡蛋，芨芨草丛比鸡窝更有吸引力，鸡总是跑到芨芨草丛里下蛋，总是跑到芨芨草丛里找虫子找草籽吃，吃饱了就卧在里边睡觉，那真是一个休息的好地方。

金海莉一年大半时间是在野外度过的，她总算从草原转到黄土高原。她搭老乡的手扶拖拉机，小小的车厢挤得满满的，老太太婆姨小女子碎娃娃，金海莉挤在中间。手扶拖拉机在深沟大壑里转来转去，简直是翻江倒海，车厢里人的被颠了几个来回，你扑到我的身上，我扎到你的怀里，哭声，骂声，娃娃的哭号。总算到了河川，路平坦了，拖拉机也稳了，金海莉从人家老太太怀里钻出来，老太太跟老母鸡捂小母鸡一样一路上捂着她。老太太就笑："是个好女子。""不好，一点都不好。"金海莉故意斗嘴。老太太很认真："你好，你该也好。"

"该，该是啥？"

"该，就是该么。"

"说清楚么。"

"该、怪、乖。"

都是土得掉渣的方言土语。金海莉问不出个所以然。她也会讲所以然这个很洋气的词儿了。这么文雅的词却是土语。

走村串户，金海莉很留意那个特殊的"该"。"你该人。""该人。"她经常听到这些话。

有一天晚上，庙会有戏，金海莉混在人堆里。戏开不久，前边的两个人就没心思看戏了，一个男子一个女子，男子很大胆很直率："我喜欢你。"女子头低下去，又抬起来，男子继续说，"我喜欢你该。"

"你就喜欢我该？"

"就是你该！"

两个人就出去了。

金海莉全明白了，金海莉也出去了。金海莉返回老乡家里她住的小屋子。金海莉写了一篇文章。她以陕甘方言来证明古汉语是有前缀后缀的。

"该人。"（这个人）

"你该。"（你这种人，你的那个东西）

"我喜欢你，我喜欢你该。"（我喜欢你，我喜欢你那个东西。）

写完论文，金海莉还意犹未尽。金海莉还有表达的欲望，一切从"该，你该"开始，从金海莉的身体开始，熊、女人、阿尔泰、额尔齐斯河迎面扑来。

刚开始她没有意识到写的是小说，尉琴见到她不觉一惊，小声问她："你喜欢上了一个人对不对？"

"我爱上了一个人。"

"这就对了，女子，看你这眼睛，你这气色，爱上一个人就有家了，女人没家是不行的。男人可以流浪，女人就不能流浪。"

这个时候，她也没有意识到她在写小说。谁也不知道她写什么。

有一次，尉琴去看她，她没意识到这个慢慢走近的人，她太投入了，写着写着她就不由自主地唱起来了。尉琴一听就明白了，跟文章没有关系，白纸黑字，写的不是这些字，全是金海莉不由自主喊出来的，是安代歌舞中最凄惨的篇章。

你躺倒在白帐篷，
不许头发披肩上。
如果不认真听我讲，
用这皮鞭抽打叫你伤。

向外伸开十个手指，
安静躺下把病养。
若有一个手指弯曲，
就会遭难有灾殃。

如果大拇指弯曲，

你来世遭难不吉祥。

如果食指弯曲，

你再世定遭祸殃。

如果中指弯曲，

你祖上会有灾难不吉祥。

如果无名指弯曲，

全村邻居遭难遇灾殃。

如果小指弯曲，

你本人难免灾星不吉祥。

如果想一生干干净净，

就好好躺下把病养。

尉琴悄悄退出去。安代歌舞是帮助女人建立家庭的巫术，尉琴是知道的。

她们再次见面的时候，金海莉老瞅她的小拇指，还问尉琴："这根小指头好像是弯的？""光线不对，是直的。"金海莉就对着太阳看，看半天："弯的，是弯的。"金海莉就不吭声了。

38

金海莉接到尉琴的电话，遥远的中亚细亚打来的国际长途，中亚细亚阳光灿烂，这边正是半夜三更茫茫黑夜一片寂静。金海莉听到塔那斯河，我的塔那斯河，金海莉知道尉琴有了大发现，不是草原石人像就是原始岩画。这个错误很快得到纠正，电话再次响起，是在半小时以后，尉琴可以控制自己的情绪了："老金活着，老金种出了大片大片的玉米和葵花……"

金海莉踏上了回故乡之路，是坐飞机回去的。金海莉第一次坐飞机，这么好的机会留给故乡阿尔泰是有道理的，她要好好地看看阿尔泰故乡，从苍穹之顶从云端上俯视草原群山森林河流湖泊。她要是看仔细一点她就会看见哥哥正在翻山越岭追赶白熊。

哈纳斯湖附近的哈熊沟是熊的乐园，人是轻易不敢进去的。沟里的棕熊不分国籍，俄罗斯的哈萨克斯坦的外蒙古的全都聚在这里。白熊是傲然独立的。那么多棕熊都想怀上白熊的孩子。中俄哈蒙联合考察团的专家们也发现了棕熊的愿望。联合国提供资助，这个伟大的计划就开始了。催淫的玛霞克草包尔莎克草已经过时了，有更好的药物来对付白熊。望远镜夜视仪以及众多的精密仪器躲在几公里外的山上，白熊还是能感觉到的，它的精液将被抽到针管里，可以贮存好多年，可以分发给众多的母棕熊。草原上的骏马会拒绝主人的无理要求，甚至以死相抗。傲慢的白熊就这样想到了那些烈马，它的头高高昂起，看不出它有多么愤怒，它的毛是顺的，脑袋几乎是个大倒头。

白熊下到河里，哈巴河、克兰河、布尔津河都过了一遍，河水把岸撑大了，跟地震似的裂了一下，全阿尔泰都感觉到了。白熊沿着布尔津河进入哈纳斯湖。哈纳斯湖其实是几十公里长的河道，水面开阔，白熊的下巴底下就涌起一条碧绿的大围脖。那围脖可太大了，从湖心通到岸边；那围脖太好了，森林里的狐狸狲狌全拧在一起也没有那么光溜的毛啊，哈纳斯湖就给白熊系上这么一条大围脖。接着就是苏尔管，苏尔管是图瓦人的专利。图瓦人用湖边的芦苇制作苏尔管，学会吹奏苏尔管得三十年，吹出声音就得八年。这一天，图瓦人全都拥到哈纳斯湖边，老人们折断芦苇，根本不用加工，不用送气，手里的芦苇就呜呜响起来，来自天籁的美妙的音乐，图瓦人吹奏了数百年的曲子《清澈的额尔齐斯河》《额尔齐斯河波浪》，年轻人手里的芦管也响起来了，女人、孩子全都有了苏尔管。

阿尔泰是阶梯状的，每个台阶都很辽阔都很平坦，群山消失又出现在远方，大河升起，河岸降低，白熊的大围脖涌到岸上，把牧草都拧上去了，两岸的灌木、密林、森林都拧上去了，白熊的脑袋越扬越高，快要到天上了。

天空有一只孤零零的雄鹰，雄鹰的叫声丝毫引不起白熊的注意，雄鹰跟黑黑的陨铁一样落下来，又升上去，蓝天被划破了，就像绷了一根铁丝，疾飞的鹰看上去就是一道黑线，飞到苍穹顶上时鹰就不动了，就成了一座遥远的孤岛。

百鸟升起，鲜花盛开，云团一样的花粉漂过来，雌花就张开生命之门。

大河的源头在阿尔泰山的最高峰奎屯山，就是最寒冷的山，有一大截子银光闪闪的冰川，白熊就来到冰川深处，那是一座陡峭的冰崖，白熊可以在这里结束生命了。

哥哥追上来。哥哥三天前得到消息，考察团的计划太吓人了，大家都觉得很科学，哥哥跟父亲老金放过马，哥哥磨了一晚上刀子。母亲和妻子把他当成英雄，艾里·库尔班就是这个样子，两个孩子就这样看着他。他就追赶白熊去了。

哥哥翻山越岭，渴了就喝泉水，阿尔泰到处是水，他还是放出了白桦树的树液，美美地喝一顿，擦嘴时他发现被剥了皮的白桦树就是一个穿着鹿皮的壮汉，他就想起人们对母亲的种种议论，当年那个甘肃小伙子就被称为穿着鹿皮的白桦树，满山遍野都是穿鹿皮的白桦树，哥哥心里就说：给树做儿子也不错嘛。哥哥喝树液就理直气壮了，就像喝自己家的。哥哥就这样来到冰峰底下，白熊太兴奋了，白熊冲下来。一个回合就行了，哥哥打开白熊的心脏，血喷了半个时辰，全结成冰块了，就像一只小熊，红宝石一样的小冰熊留在大河的源头。

哥哥扛着熊的尸体，到十三连集体墓地。哥哥挖开父亲老金的墓坑，里边是甘肃小伙子和父亲老金的衣冠，熊跟它们埋在一起。真正的坟墓应该这样子，有一个沉沉的尸体。哥哥被判五年徒刑。

金海莉还记得她回到阿尔泰的情形，母亲见到她第一句话就是："我们刚刚安葬了你父亲。"

大河还在流着……金海莉只能写到这里了，时间是2003年元月16日凌晨五点钟。

```
图书在版编目（CIP）数据

大河/红柯著. -- 上海:上海文艺出版社,2023
（红柯作品系列）
ISBN 978-7-5321-8451-4
Ⅰ.①大… Ⅱ.①红… Ⅲ.①长篇小说－中国－当代
Ⅳ.①I247.5
中国版本图书馆CIP数据核字(2023)第018674号
```

发 行 人：毕　胜
责任编辑：解文佳
特约编辑：谢　锦
装帧设计：周伟伟

书　　名：大　河
作　　者：红　柯
出　　版：上海世纪出版集团　　上海文艺出版社
地　　址：上海市闵行区号景路159弄A座2楼 201101
发　　行：上海文艺出版社发行中心
　　　　　上海市闵行区号景路159弄A座2楼206室　201101　www.ewen.co
印　　刷：上海昌鑫龙印务有限公司
开　　本：710×1000　1/16
印　　张：15.5
插　　页：3
字　　数：194,000
印　　次：2023年3月第1版 2023年3月第1次印刷
I S B N：978-7-5321-8451-4/I・6669
定　　价：68.00元
告 读 者：如发现本书有质量问题请与印刷厂质量科联系　T: 021-52830308